**META FRIEDRICH**

# Radieschenheim

**GIFTIGE NACHBARN** Als Margreta Mai, Inhaberin des Gartenlokals »Radieschenheim« im gleichnamigen Kleingartenverein im Lübecker Umland, eines Morgens gut gelaunt und voller Tatendrang ihren Garten betritt, kann sie es kaum glauben: Mitten auf dem Kräuterbeet liegt ein Mann, sein Gesicht von einem großen Hut verdeckt. Als sie den Flegel aus ihrem Garten vertreiben will, muss sie eine schreckliche Entdeckung machen: Vor ihr liegt der stellvertretende Vorsitzende des Kleingartenvereins, Manfred Kunkelbein, und er ist tot!

Kurze Zeit später taucht der knurrige Kommissar Jan Knutsen auf, der zukünftige Schwiegervater ihrer Tochter Marjolein und entschiedener Gegner von Margretas Kochkünsten. Er verhält sich gewohnt mürrisch und will Margreta sogar aus ihrem eigenen Garten schicken. Als er den schlechten Scherz macht, der Tote sei sicherlich durch ihr »Grünzeugs« umgekommen, reicht es Margreta. Sie beschließt, lieber auf eigene Faust zu ermitteln, schließlich kennt sie in Radieschenheim Mann und Maus.

Foto © S. Braun

*Meta Friedrich ist das Pseudonym der Autorin Meike Schwagmann. Die gebürtige Lübeckerin studierte in Wuppertal und Saarbrücken und lebte zeitweilig in Frankreich und den USA. Heute wohnt sie mit ihrer Familie in Hessen, wo sie als freie Autorin und Journalistin arbeitet. Neben mehreren Kurzgeschichten hat sie zwei Romane im historischen Genre veröffentlicht und wurde im Jahr 2015 für den HOMER-Literaturpreis nominiert. Mit ihrem Gartenkrimi kehrt die Autorin zurück an Norddeutschlands Küste. Eine Herzensangelegenheit, wie sie meint, denn ihr Herz hat trotz der langen Jahre in Abwesenheit niemals aufgehört, für Norddeutschland zu schlagen.*

Bisherige Veröffentlichungen im Gmeiner-Verlag:
Die Seelenwärter (2014)
Die Schädeljäger (2012)

**META FRIEDRICH**

# Radieschenheim

*Ein Gartenkrimi*

GMEINER SPANNUNG

*Ausgewählt von*
*Claudia Senghaas*

Besuchen Sie uns im Internet:
www.gmeiner-verlag.de


Im Ehnried 5, 88605 Meßkirch
Telefon 07575/2095-0
info@gmeiner-verlag.de

1. Auflage 2016

Lektorat: Claudia Senghaas, Kirchardt
Herstellung: Mirjam Hecht
Umschlaggestaltung: U.O.R.G. Lutz Eberle, Stuttgart
unter Verwendung eines Fotos von: © Ingo Bartussek – Fotolia.com
Druck: GGP Media GmbH, Pößneck
Printed in Germany
ISBN 978-3-8392-1847-1

Personen und Handlung sind frei erfunden.
Ähnlichkeiten mit lebenden oder toten Personen
sind rein zufällig und nicht beabsichtigt.

# KAPITEL 1

Es war ein herrlicher Frühlingsabend im Gartenlokal ›Radieschenheim‹ im gleichnamigen Lübecker Kleingartenverein, als Margreta Mai einen Riesentopf mit frisch gekochter Bärlauchsuppe vor die Nase von Hauptkommissar Jan Knutsen ab- und damit seine Gutmütigkeit auf die Probe stellte.

Denn wer es sich mit dem Lübecker Kommissar verscherzen wollte, der brauchte nicht viel mehr zu tun als genau das: nämlich ihm ein Gericht mit nichts als Gemüse zu servieren. Denn von *Grööntüch* im Allgemeinen hielt er rein gar nichts!

Margreta Mai hingegen war in der Regel eine sehr geduldige Frau. Ihr Geduldsfaden reichte mindestens von ihrer Wahlheimat Lübeck bis zu ihrem Heimatdorf am Rande des Hessischen Vogelsbergs und war so elastisch wie das langgezogene E eines Norddeutschen, das sie tagtäglich bei der Aussprache ihres Namens zu hören bekam.

Kommissar Knutsen allerdings traf Margreta Mai mit seiner Gemüseabneigung mitten ins stolze Köchinnenherz. Sie war der Ansicht, dass Menschen wie er nicht verstanden hatten, dass Kochen und Kreativität mehr verband als zu Beginn das gemeinsame K! Und deshalb reichte ihr Geduldsfaden, was ihn betraf, nicht mal mehr bis nach Hamburg.

Und so nahm seinen Lauf, was seinen Lauf nehmen musste: Kommissar Knutsen war beleidigt, dass er nichts Ordentliches zu essen bekam. Und Margreta Mai war beleidigt, weil er ihre Suppe bereits ablehnte, noch bevor er sie überhaupt probiert hatte.

Zum Glück mussten die beiden diesen Moment nicht allein überstehen. Denn an diesem herrlichen Frühlingsabend waren auch Margretas Tochter Marjolein und Knutsens Sohn Ole zugegen, die angesichts ihrer Hochzeit am Ende des Monats überhaupt nichts von dem sich anbahnenden Familienstreit hielten und deshalb mit Engelszungen auf die beiden einredeten. Außerdem saßen am Tisch Knutsens Exfrau Simone und ihr Mann Bernwald Lieblich, die das sich anbahnende Drama durch Folgendes abzuwenden versuchten: Sie schaufelten sich immer wieder Schöpfkellen voll Bärlauchsuppe auf ihre Teller und konnten gar nicht oft genug wiederholen, wie gut Margreta das Essen gelungen war.

Und so konnte das Unglück abgewendet und der Abend unter das Thema gestellt werden, weswegen sie überhaupt alle zusammengekommen waren: die baldige Hochzeit von Marjolein und Ole. Schließlich gab es noch so viel zu tun und tausend Kleinigkeiten zu besprechen, auch wenn die Einladungen ins hübsche Restaurant an der Wakenitz bereits lange verschickt waren.

Als Margreta Mai am nächsten Morgen um kurz nach sechs in ihr Gartenlokal zurückkehrte und das Vorderrad ihres Fahrrads in den Fahrradständer schob, hatte sie nicht viel Schlaf bekommen. Eine Diskussion darüber, ob die Lübecker und die Vogelsberger Verwandtschaft gemischt werden sollte, hatte die Runde bis weit nach Mitternacht zusammengehalten. Letztlich waren alle übereingekommen, sich auf das Experiment einzulassen. Allein deshalb, weil es einfacher war, als darauf zu achten, welche Familienmitglieder auf keinen Fall nebeneinander sitzen durften.

Das rustikale gusseiserne Schild mit dem ausgestanzten Radieschen in der Mitte quietschte über Margretas vom Fahrtwind zerzausten Lockenkopf wie zur Begrüßung in seiner nostalgisch verzierten Halterung an der roten Backsteinwand. Dies entlockte ihr ein Lächeln auf das von der Fahrradtour erhitzte Gesicht. Es erinnerte sie an die Überraschungsparty zu ihrem 50. Geburtstag im vergangenen Februar. Die Kleingärtnergemeinschaft hatte zusammengelegt und ihr mit diesem Schild eine Riesenfreude gemacht.

Margreta überquerte gähnend die Lokalterrasse, die sich über den kompletten Vorplatz des Lokals erstreckte und auf der bislang nur ein paar massive Holzbänke zum Sitzen einluden. Sie freute sich über die bunten Tulpenköpfe, die zwischen den sanften Tönen von Hartriegel, Forsythie und Schneeball die ersten knallfarbigen Argumente setzten. Im Vorbeigehen warf sie einen Blick durch die Fenster in ihr noch dunkel daliegendes Lokal. Hier servierte sie derzeit erst an vier Tagen in der Woche vom Mittag bis in den frühen Abend eine Auswahl kleiner warmer Speisen und etwas Gebäck zum Kaffee. Mehr war um diese

Jahreszeit nicht nötig. Es war zwar schon allerhand los in der Kleingartensiedlung, schließlich wollte jeder die Jahresernte auf den Weg bringen, doch kaum einer blieb, wenn die Sonne sich in den Abend verabschiedete und es unangenehm kühl wurde. Wenn die Tage länger werden würden, würde ihre Freundin Valerie wieder im Gartenlokal mithelfen. Die hatte sich, bevor die Gartensaison richtig losging, noch auf eine Schiffsreise mit ihrer Tochter in die Fjorde Norwegens geschickt.

Rechts am Lokal vorbei führte der Weg in ihren Garten. Margreta folgte ihm und hielt am Nebeneingang. Als sie die Tür aufgeschlossen hatte, tauschte sie ihre Straßenschuhe gegen die am Eingang stehenden, mit Rosen bedruckten Gartenschuhe, dann folgte sie dem Weg weiter bis zu einer Gartenpforte, die eine quer wachsende Ligusterhecke durchbrach und dessen Holz in der Morgensonne silbrig glänzte. An die Pforte geschraubt hing ein mit bunten Farben bemaltes Holzschild, das ihr entgegenleuchtete. Darauf stand, in krakeligen Buchstaben geschrieben, das Wort ›Privat‹. Hier endete nämlich der Lokalbereich, und es begann der private Gemüsegarten von Margreta.

Das Schild war das Werk von Marjolein. Sie hatte es gemalt, als sie gerade eingeschult worden war. Jetzt war sie bereits 23, Referendarin an einer Grundschule und wollte bald heiraten. Margreta seufzte einmal tief bei dem Gedanken daran, dass es ihr vorkam wie gestern, als sie das Schild mit Hilfe ihres Nachbarn

Freddy Meerbusch angebracht hatten. Dann hob sie den Schließhaken aus der Öse, was nie ohne ein leichtes Quietschen vonstattenging. Als sie den ersten Schritt in ihren Garten gemacht hatte, waren Müdigkeit und Trübseligkeit jedoch augenblicklich verflogen.

Denn für Margreta gab es nichts Schöneres als ihren Garten! Er gehörte für sie zum Leben wie die Luft zum Atmen. Oder, wie sie es selbst gern ausdrückte, wie der Samen zur Erde. Wie sie einmal ohne ihn sein konnte, vor 20 Jahren, als sie noch in einer Stadtwohnung in Frankfurt lebte und dachte, nur die Zweisamkeit mit ihrem heutigen Exmann Ulf Mai könne sie glücklich machen, kann sie sich heute nicht mehr erklären. Er hatte sie und ihre damals dreijährige Tochter eines Tages ganz unverhofft verlassen, um einmal um die Welt zu reisen und, wie sich später herausstellte, nie wiederzukehren.

Wie es sich für einen anständigen Frühlingsmorgen im Lübecker Umland gehörte, hing der Nebel noch tief und versah Bäume und Sträucher mit einem milchigen Anstrich. Margreta ignorierte, dass sie fröstelte. Sie passierte die schwarze Anbaufläche, die sie und Freddy Meerbusch bereits im März mit Kompost versehen und für die Aussaat vorbereitet hatten. Sie begutachtete den jungen Spinat, den sie erst vor Kurzem ausgesät hatte und der später am Tag in ihren Salat wandern sollte. Und sie schaute im Gewächshaus nach den jungen Gemüsepflanzen. Hier hatte sie Tomaten, Kohl, Salat, Fenchel, Sellerie, Kohlrabi und natürlich Radieschen ausgesät. Ein sorgenvoller

Blick galt der gesprungenen Glasscheibe. Sie hoffte, dass sie auch noch in diesem Jahr hielt. Wenn es nach Marjolein gegangen wäre, dann hätte sie ihr schon lange ein neues Gewächshaus besorgt. »Es ist doch schon uralt, Mama! Die Scheibe auszutauschen, das lohnt doch nicht mehr.« Recht hatte sie damit, das Gewächshaus stand schließlich schon dort, als Margreta den Garten übernommen hatte. Es war damals schon nicht mehr neu. Und doch konnte Margreta sich nicht davon trennen.

Als sie wenig später ihre Fliederbeerbüsche umrundet hatte und damit in den südlichen Gartenteil kam, in dem auch ihr Kräutergarten lag, stieß sie einen spitzen Schrei aus. Die Meisen, die in den umstehenden Obstbäumen gerade noch emsig umeinander geworben hatten, brachen vor Schreck ihren Gesang ab. »Ach du meine Güte, was ist denn hier passiert?«, entfuhr es Margreta entsetzt.

Ihr Kräutergarten war komplett verwüstet worden! »Oh, mein Salbei!«, rief sie aus und stürzte vorwärts. Ein Teil der Äste war abgeknickt und hing nun traurig nach unten. »Und mein Rosmarin!«, jammerte sie. Hatte sie ihn nicht erstmals durch den Winter gebracht? Viel Vlies, ein Kranz aus wärmenden Steinen und ganz viel Liebe hatten nichts genützt, denn nun lag er da, von irgendjemandem achtlos umgetreten. Und der Nachtfrost hatte ihm eindeutig den Rest gegeben! Die größte Überraschung wartete allerdings inmitten des austreibenden Oregano: Ein Koloss von einem Mann hatte sich dort rücklings breit gemacht.

Seinen Kopf auf dem jungen Schnittlauch gebettet, seine Füße hoch auf die Lavendelstauden gelegt, schien er es wirklich gemütlich zu haben. Seine Hände ruhten unterhalb seines Bauches, und sein Gesicht hielt er mit einem Sombrero vor der Morgensonne geschützt. Der Hut war wirklich riesengroß. Mit seiner rot gemusterten breiten Krempe verdeckte er den ganzen Kopf von der allerletzten Haarspitze bis zum Beginn der Brust.

»Na warte, Bürschchen, wenn du meinst, dass du hier deinen Rausch ausschlafen kannst, dann hast du mich aber noch nicht kennengelernt!« Margreta stapfte wütend auf den ungebetenen Gast zu und stieß ihm mit dem Fuß gegen die Hüfte. Doch statt dass er sich rührte oder zumindest mit Gegrummel reagierte, erreichte sie nur, dass die eine Hand von seinem Bauch rutschte und sich mit lockerem Griff um ihren Fuß legte. »Das gibt es jawohl nicht!«, zeterte Margreta, beugte sich über ihn und rüttelte an seinen Schultern, was nur zur Folge hatte, dass auch die andere Hand vom Bauch rutschte. Mit einem leisen Knistern legte sie sich auf die Reste der gestutzten Oreganostängel vom Vorjahr, um schließlich im frisch austreibenden Grün zur Ruhe zu kommen. Der Hauch einer Oreganoduftwolke stieg auf, ansonsten keine Reaktion.

Merkwürdig, dachte Margreta, zog ihren Fuß unter der Hand weg und trat ein Stück zurück. Mit einem Arm quer über die Brust gelegt und dem anderen darauf gestützt, rieb sie sich zwischen Daumen und Zeigefinger die Nasenspitze. Erst jetzt sah sie sich den

Daliegenden genauer an. Schwarze Jeans, schwarze Turnschuhe: Durchschnitt. Die graue Jacke kam ihr bekannt vor, doch wusste sie, dass auch sie nicht außergewöhnlich war. Nahezu jeder trug diese Art Jacke in seiner Freizeit. Der Zipper des Reißverschlusses verschwand unter der Hutkrempe. Wie friedlich er dalag, dachte sie. Ein bisschen zu friedlich vielleicht. Margreta ging in die Hocke und beobachtete die Brust. Die bewegte sich nicht. Margreta schluckte, dann riss sie mit einer schnellen Bewegung den Sombrero in die Luft. Was sie unter dem Hut entdeckte, nahm ihr für einen Moment den Atem. Dann sprang sie hoch, stolperte ein paar Schritte zurück, schlug sich die Hände vor den Mund. Das konnte doch nicht wahr sein! Vor ihr lag, mit geschlossenen Augen und weit geöffnetem Mund, der zweite Vorsitzende der hiesigen Kleingartensiedlung, Manfred Kunkelbein. Seinen letzten Atemzug hatte er offenbar schon lange getan.

Knapp drei Stunden später saß Margreta mit einer Wolldecke über den Knien und mit ihrem Schlüssel in den Händen spielend auf einer der Bänke vor dem ›Radieschenheim‹. In ihrem Garten wimmelte es zwar inzwischen nur so von Polizisten, doch Margreta schien man vergessen zu haben. Die zwei Streifenpolizisten, die als Erstes da waren, hatten sich zwar gemeinsam mit ihr den Tatort angesehen, doch als sie ihn an den Kriminaltechnischen Dauerdienst übergeben hatten, hatten sie sich schon verabschiedet. »Um etwa neun Uhr wird jemand vom Fachkommissariat kommen und sich um sie kümmern«, hatte sie später im Vorbeigehen eine Polizistin informiert. Immerhin hatte sie einen mitfühlenden Blick für Margreta übrig, bevor sie wieder in den Garten verschwand.

Vor einer Viertelstunde etwa war dann ein hochgewachsener schlanker Mann in Turnschuhen, Jeans und Baumwolljacket um die Hausecke gekommen. Sein weißes T-Shirt, das über dem Hosenbund hing, wirkte ausgewaschen. Die Morgensonne deckte das rötliche in seinem blonden Dreitagebart auf. Mit einer Hand strich er sich durch sein streng frisiertes kurzgeschnittenes Haar. Margreta schätzte ihn auf Mitte 30. Er stellte sich als Kommissar Magnus Fink vom K1 vor und hörte ihr zumindest eine kurze Weile zu. Doch auch er vertröstete sie wieder, nachdem er einen Anruf erhalten hatte. »Ich glaube, die Tatortgruppe ist gerade eingetroffen. Entschuldigen Sie, ich muss noch einmal nach hinten!«

Also hing Margreta wieder ihren Gedanken nach, halb in Trauer um ihre Kräuter, denen so übel mitgespielt wurde, halb in Aufregung um den Leichenfund. Sie konnte immer noch nicht glauben, was ihr heute Morgen passiert war. Der zweite Vorsitzende! Tot in ihrem Garten! Ob es wohl Mord war?

»Was denn, was denn! Wer hat denn die Absperrung hier an der Gartenpforte befestigt? Habt ihr euch etwa nicht in die Wildnis hier getraut? Da kann man doch wunderbar was um den Stamm wickeln. Mannomannomann, ich kann das Band doch nicht jedes Mal neu festmachen, nur weil ich hier einmal langgehen will! Fink, sehen Sie zu, dass das geändert wird!«

Als Margreta die Stimme erkannte, die vom hinteren Garten zu ihr nach vorn drang und die ihren prächtigen Garten, kaum dass er betreten wurde, bereits als Wildnis verunglimpfte, spannte sie sofort ihre Muskeln an. Ihr Mund wirkte augenblicklich strenger und ihr Kinn reckte sich stolz in die Höhe. Hätte jemand neben ihr gesessen, hätte der sicherlich auch das leise Knurren vernommen, das ihre Stimmbänder intonierten. Jan Knutsen! Ausgerechnet Jan Knutsen! Hatte er gestern Abend nicht bereits genug ihre Nerven strapaziert? Musste die Kriminalpolizei Lübeck ausgerechnet ihn vorbeischicken? Margreta setzte einen Blick auf, der Marjoleins zukünftigen Schwiegervater gleich signalisieren sollte, dass sie sich keinesfalls und auch nicht in Anbetracht der Umstände über seine Ankunft im ›Radieschenheim‹ freuen würde. Warum Marjolein nur so einen Narren an ihm gefressen hatte! Sie fand ihn nicht nur nett, sondern konnte viel zu oft auch noch Verständnis für ihn aufbringen. Das war gestern Abend so, als sie auf Margreta eingeredet hatte, dass Bärlauchsuppe eben nicht nach jedermanns Geschmack sei. Und das war schon an anderen Abenden so. Zum Beispiel, als sie zu einer Zusammenkunft Gurkensandwiches mit Kräuter-Limonen-Frischkäse mitgebracht hatte. Denn obwohl Knutsen auf die Würstchen vom Krummesser Schlachter zurückgreifen konnte, die er nicht nur selbst mitgebracht, sondern am Ende des Abends nahezu allein verspeist hatte, hatte er wieder einmal die Gelegenheit genutzt, ihre Kochkünste zu beleidigen.

»Was für komisches Zeug du dir immer einfallen lässt!«, hatte er gesagt und in sein Würstchen gebissen.

»Ist doch nicht so schlimm, Mama«, hatte Marjolein sie beruhigt. Margreta knurrte gleich noch einmal, als sie daran dachte. Sie konnte sich nicht erklären, wie so ein Mensch ein gutes Gespür bei der Aufklärung eines Mordfalls haben sollte.

Kurze Zeit später hörte sie die Gartenpforte zuklappen. In Erwartung auf Knutsen überprüfte sie noch einmal ihren grimmigen Blick, doch der fiel ihr glatt aus dem Gesicht, als Kommissar Fink nach vorne kam.

»Frau Mai, jetzt habe ich Zeit für Sie. Ich würde Ihnen gern ein paar Fragen stellen. Könnten wir dafür eventuell ins Lokal gehen?«

»Natürlich können wir das«, sagte Margreta, froh, dass endlich etwas passierte. Sie faltete erst die Decke zusammen und stand dann auf. »Wenn Sie kurz warten könnten? Ich mache Ihnen die Lokaltür von innen auf.«

Auf dem Weg zur Vordertür, eine Doppeltür mit großen Glaseinsätzen, hielt sie für einen Moment an der Theke inne. Sie hörte den Kühlschrank hinter sich brummen. Die Leuchtanzeige des Kaffeevollautomaten war noch ausgeschaltet. Der Sekundenzeiger der Uhr, die seitlich über den Regalen hing, tickte für jede Sekunde, die er auf dem Zifferblatt zurücklegte. Wie friedlich alles noch hier drinnen wirkte. Das Stammtisch-Radieschen aus Emaille, das noch aufgeräumt am Ende der Theke stand. Die Barhocker, auf denen der nächste freundschaftliche Plausch gehalten werden sollte. Die weiß gestrichenen, hölzernen Bankreihen mit den maigrünen Sitzkissen, die sich an den Wänden entlang durch das Lokal zogen. Die Tische und Stühle, deren weißer Lack stellenweise durch das Licht der einfallenden Sonne glänzte. Vielleicht brauchte sie nur ihren großen, silbernen Kaffeevollautomaten anzustellen, und der Spuk wäre vorbei. Sie könnte ihren ersten Kaffee an diesem Morgen aus einer ihrer geliebten großen weißen Porzellantassen genießen, den sie sich auf einer der hübschen Untertassen mit dem breiten, radieschenroten Rand servieren würde. Fünf Minuten später würde sie wie jeden Morgen einfach in die Küche gehen und mit dem Gemüseputzen beginnen. Und dann würde sie …

Ein dreimaliges energisches Klopfen an die Vordertür holte sie im Nu in die Wirklichkeit zurück. Sie erkannte Knutsen. Er wirkte wie ein riesiger Schatten, während er durch die Glasscheibe stierte und mit einer Hand wedelte, als könnte sie ihn dort tatsächlich übersehen. Fink stand hinter ihm.

»Hallo, Margreta!«, sagte Knutsen, als sie die Doppeltür entriegelt und die eine Seite geöffnet hatte. Bis auf den Gruß verschwendete er allerdings keine weitere Zeit mit ihr, sondern marschierte einfach an Margreta vorbei und setzte sich auf einen Hocker vor der Theke. »Du kannst mir doch bestimmt schnell ‚nen Kaffee machen, oder? Aber mach nicht wieder dieses

Schaumzeugs oben drauf. Mit diesem braunen Zucker oder was das war.«

»Zimt!«, sagte Margreta, die nun auch zur Theke zurückgekehrt war.

»Ja, meinetwegen, dann eben Zimt. Also nicht Zimt. Einfach schwarz. Und Zucker nehm' ich mir dann selbst.« Dann sah er sich zu Fink um und winkte ihn herein.

Als der neben Knutsen Platz genommen hatte, fragte ihn Margreta: »Sie auch einen?«

Fink grinste verlegen. »Gern.«

»Auch ohne Zimt?«

»Ähm ja … Wenn es geht?«

Margreta schaltete kopfschüttelnd den silberglänzenden Kaffeevollautomaten ein und füllte Wasser und Bohnen auf. Sie bestückte zwei Untertassen mit jeweils einem Löffel und einem Plätzchen. Dann stellte sie zwei Porzellantassen unter den Kaffeeauslauf.

Als die Bohnen mahlten, schoss es aus Knutsen heraus: »Und Margreta? Jetzt wollte sich tatsächlich mal einer deine Radieschen von unten angucken, was?« Dann prustete er los. Margreta drehte sich entsetzt um. Und auch Fink starrte seinen Chef entgeistert an. Das darf doch nicht wahr sein, dachte sie. Zum Glück war Knutsen der Einzige, der über diesen geschmacklosen Witz lachen konnte. Sie beschloss, sich nicht provozieren zu lassen, balancierte die zwei Kaffeetassen zur Theke und schob das Schälchen mit Zuckertüten, das neben dem Stammtisch-Radieschen stand, dazu.

Knutsen grinste immer noch, während er sich Zucker in den Kaffee rührte. Wahrscheinlich hatte er schon lange darauf gewartet, diesen Witz mal anzubringen, dachte Margreta. Als er die ersten Schlucke Kaffee getrunken hatte, war er wieder ernst. »Soso, da hast du also heute Morgen eine Leiche in deinem Garten gefunden.«

Margreta seufzte. »Ja, leider.«

»Und? Geht es dir gut?«

Sie nickte leicht.

»Wir haben qualifiziertes Personal, Margreta. Die kümmern sich gern um dich. Musst nur was sagen.«

Margreta schüttelte den Kopf, dann sah sie zu, wie Fink sich ebenfalls Zucker in den Kaffee schüttete. Gedankenversunken rührte er um, viel mehr als nötig war. Als er bemerkte, dass Margreta ihn anstarrte, ließ er klirrend den Löffel fallen. »Frau Mai! Ja, dann werde ich Ihnen jetzt ein paar Fragen stellen. Ich würde das Gespräch mit dem Handy aufzeichnen. Ist das okay?«

Margreta nickte.

In den nächsten Minuten erzählte Margreta, wie sie den zweiten Vorsitzenden gefunden hatte. Fink fragte nach, in welcher Beziehung sie zu ihm stand, ob sie glaubte, dass er Feinde haben könnte, und ob sie wüsste, warum er tot in ihrem Garten lag. Margreta antwortete nach bestem Wissen und Gewissen, doch empfand sie es als sehr anstrengend, da sie auf viele Fragen einfach keine Antwort wusste. Sie hatte nicht mehr oder weniger mit dem zweiten Vorsitzenden zu tun als mit dem Rest des Vorstands des Kleingartenvereins. Sie kamen regelmäßig zum Stammtisch vorbei und waren ihrer Meinung nach anständige Leute. Sie gaben sich stets nett und freundlich, wenn auch nicht so offen wie beispielsweise der Ältestenrat des Vereins. Das war eine Gruppe von Rentnern, die entweder früher einmal im Vorstand mitgearbeitet hatten oder aufgrund ihrer langjährigen Mitgliedschaft zu Ehrenmitgliedern befördert worden waren. Den Namen Ältestenrat hatten sie sich einmal selbst gegeben, und Margreta fand, dass er aufgrund ihrer weitreichenden Erfahrung auch gut passte.

Und auch der Vorsitzende Klaus Himmel war eigentlich sehr offen und immer hilfsbereit. Er kümmerte sich sehr aufopfernd um alle seine Mitglieder. Dass der Rest seine Vorstandstätigkeit eher geschäftsmäßig abwickelte, das war ja schließlich kein Vergehen und noch lange kein Grund dafür, dass Kunkelbein tot in ihrem Kräuterbeet liegen musste.

Knutsen hatte sich nicht in die Befragung eingemischt. Er war mit seinem Kaffee an einen der Tische gezogen, hatte eine Weile auf seinem Handy rumgetippt und ein Lied vor sich hingesummt. Ein Seemannslied, meinte Margreta, doch sie war sich nicht sicher, als gebürtige Hessin kannte sie sich da nicht so genau aus. Marjolein hatte einmal erzählt, dass das Norddeutsche Liedgut eine Leidenschaft von ihm sei. Als er seinen Kaffee leergetrunken hatte, verließ er das Lokal. Zuvor murmelte er noch etwas in Finks

Ohr, das Margreta nicht verstand, und an Margreta gewandt, sagte er nur kurz angebunden »Bis später!«.

Als er draußen war, fragte Fink sie, wo sie am vergangenen Abend und in der Nacht gewesen sei. Doch noch bevor Margreta antworten konnte, dass sie die Frage unverschämt fand und er doch schließlich wissen musste, dass sie ihn mit Hauptkommissar Knutsen höchstpersönlich verbracht hatte, öffnete sich die Lokaltür. Herein kamen Margretas Nachbar Freddy Meerbusch und Ilwa Steenkamp, ebenfalls stolze Gartenbesitzerin im Kleingartenverein ›Radieschenheim‹.

»Mensch Margreta, min Deern!« Der gutmütige Meerbusch, alleinstehender Rentner und von Frühling bis Herbst fast täglich entweder in seinem eigenen oder in Margretas Garten unterwegs, ging schnurstracks auf sie zu, nahm sie in den Arm und drückte sie dabei ganz fest. Die Worte fehlten ihm in diesem Moment.

Margreta war zwar irritiert über die Umarmung. In den vielen Jahren, seit sie sich kannten und er ihr im Garten half, wo immer er konnte, war ihr so eine vertraute Geste noch nicht vorgekommen. Doch letztlich war Margreta froh über die willkommene Unterbrechung. Finks Frage hatte sie nämlich sprachlos gemacht. Jetzt tröstete sie die feste Umarmung sogar. Es tat gut, liebe Menschen um sich herum zu wissen.

Als Margreta sich aus Meerbuschs Umarmung löste, kam Ilwa Steenkamp mit vorgestreckten Armen durch das Lokal gelaufen. Sie griff über die Theke nach Margretas Händen, drückte fest zu und brachte dabei nicht mehr über die Lippen als »Mein Gott, Kind!«. Auch ihr stand die Rührung ins Gesicht geschrieben. Ilwa Steenkamp besaß erst seit vorletztem Jahr ein Gartengrundstück am Rande der Kleingartensiedlung. Es war einer der Gärten, in dem weniger der Nutzen als die Zierde im Vordergrund stand. Aber das passte zu ihr, denn die Bankierswitwe wurde schließlich in der Kleingartensiedlung nur ›die Hanseatin‹ genannt. Diesen Spitznamen hatte man ihr verpasst, da sie ausnahmslos Bluse und Kostüm trug und angeblich sogar eine Stadtvilla am Stadtpark besaß. Zudem leistete sie sich für die Gartenarbeit einen Gärtner. Ein junger Pole, der seine Arbeit gewissenhaft erledigte und gerade mal ein paar Brocken Deutsch verstand. Wenn sie eigentlich aus all diesen Gründen so gar nicht zur Kleingartengemeinschaft passen wollte, schien sie ihr dennoch viel zu bedeuten. Sie war oft hier, immer auf der Suche nach Gesellschaft, und in diesem Punkt war sie überhaupt nicht wählerisch. Vielleicht half ihr die Plauderei über den Gartenzaun über den Tod ihres Mannes hinweg, dachte Margreta manchmal. Sie schien es jedenfalls nicht aus Neugier zu tun, sondern in der Hoffnung, dass die Stunden des Tages dadurch schneller vergehen könnten.

»Es geht mir gut, macht euch keine Sorgen um mich«, sagte Margreta, die ihre Hände zurückzog. »Darf ich euch vorstellen? Kommissar Fink! Er kümmert sich gemeinsam mit Kommissar Knutsen um das, was in meinem Garten passiert ist.«

Meerbusch reichte Fink die Hand, während Frau

Steenkamp noch blasser wirkte. Mit einer Hand vor dem Mund rief sie aus: »Ein Kommissar! Ojemine! Frau Mai!«

»Was ist denn, bitte schön, an einem Kommissar auszusetzen?«, tönte es laut von der Tür her. Knutsen war wieder hereingekommen und sah ärgerlich zu Frau Steenkamp. »Was machen Sie überhaupt alle hier? Darf ich Sie bitten, das Gartenlokal zu verlassen? Hier ermittelt die Polizei!«

Sofort strebten Frau Steenkamp und Meerbusch mit ängstlichem Blick zum Ausgang.

»Doch gehen Sie nicht zu weit weg!«, rief er ihnen hinterher. »Wir werden Sie auch noch persönlich befragen, was Sie zu der Sache zu sagen haben.«

Dann fiel die Tür ins Schloss.

Margreta hatte mit offenem Mund verfolgt, wie Knutsen im Nu Margretas Nachbarn herausbefördert hatte. Sie war entsetzt. »Das hätte man wirklich auch freundlicher sagen können!«, schimpfte sie mit Knutsen, während sie die Schiefertafel aus einer der Schubladen riss und mit quietschendem Kreidestift ›Geschlossen!‹ draufschrieb. Margreta ärgerte sich maßlos über Knutsen. Wie konnte er diese freundlichen Menschen so behandeln?

Knutsen reagierte darauf weniger besorgt, mit einer wegwischenden Handbewegung war das Thema für ihn erledigt. Er drehte sich zu Fink um. »Wenn du hier fertig bist, kannst du mit der Befragung der Nachbarn anfangen, Magnus. Fang am besten bei den beiden Vögeln an, die hier gerade ausgeflogen sind. Später treffen wir uns im Vereinsbüro. Ich warte nur noch auf den Schlüssel des Vorsitzenden.«

»Alles klar, Chef«, sagte Fink. »Frau Mai? Wenn Sie mir noch die letzte Frage beantworten könnten? Wo Sie waren? Heute Nacht?«

»Bis nach Mitternacht hier. Und dann zu Hause!«, antwortete sie kurz und knapp.

»Ja, das hätte ich dir auch sagen können!«, mischte sich Knutsen ein. »Ich war nämlich auch hier! Habe ich es dir nicht erzählt? Frau Mai ist die Mutter von Marjolein!«

Fink sah überrascht zwischen den beiden hin und her, dann rutschte er vom Barhocker. »Also gut. Ich werde dann mal zu den Nachbarn gehen, Chef.«

Knutsen brummte zustimmend und verfolgte ihn mit seinem Blick, bis Fink draußen war. Dann kam Knutsen vor zur Theke, sah einen Moment sehnsüchtig auf seine Kaffeetasse, verbot sich mit einem knurrenden Laut aber selbst, eine weitere zu bestellen. Stattdessen nahm er eine der Zuckertüten aus der Schale und spielte mit ihr in seinen Händen. Margreta ging zur Tür, um dort das Schild anzubringen, und räumte dann die Tassen von der Theke in die Küche.

»Also, drei Dinge, Margreta!«, sagte Knutsen, als Margreta zurückkam. Das Papier in seinen Händen sah ganz abgegriffen und flusig aus. Noch ein bisschen mehr, und der Zucker rieselt heraus, dachte Margreta.

»Erst mal die gute Nachricht für dich: Er scheint tatsächlich nicht an deinem Gemüse erstickt zu sein …«

Knutsen schien die Pause, die er offenbar deshalb einlegte, um zu genießen, wie Margretas Augen schmal wurden, ihre Wangen sich aufplusterten und ihr Mund sich zu einem wütenden Rund zusammenzog. Seine Mundwinkel zuckten, doch er war schlau genug fortzufahren, bevor sie sich eine Antwort zurechtgelegt hatte. »Und zweitens: Er ist nicht in deinem Garten gestorben.«

Während Margreta die erste Nachricht herunterschluckte und begann, über die zweite nachzudenken, entspannten sich ihre Gesichtszüge etwas. »Das heißt was?«

»Dass ihn jemand dorthin gebracht hat!«

»Und wo kam er her?«

Knutsen zuckte mit den Schultern. »Derzeit sind die Mitarbeiter der Tatortgruppe noch beschäftigt, den Tatort hier zu vermessen. Und natürlich wird die Leiche abgearbeitet, damit sie in die Gerichtsmedizin überführt werden kann. Das wird noch eine Weile dauern. Doch es wurden Spuren auch außerhalb deines Gartens festgestellt. Denen wird nachgegangen, sobald Zeit dafür ist. Es wurde bereits Verstärkung angefordert.«

Knutsen wartete einen Augenblick, wie Margreta die Nachricht aufnahm. »Du hast also keine Idee? Warum jemand die Leiche hierhergebracht haben könnte?«

Als Margreta nur nachdenklich den Kopf schüttelte, stand er auf und ging Richtung Ausgang. In der geöffneten Tür stehend wandte er sich um: »Und drittens: Der Garten darf vorerst von niemandem betreten werden – auch nicht von dir!« Mit diesen Worten verschwand Knutsen nach draußen. Die Tür fiel mit einem Klack ins Schloss.

Margreta starrte noch immer auf den Ausgang, als Knutsen schon lange nicht mehr zu sehen war. Dann griff sie zum Telefon, das in seiner Station auf dem Regal stand, und fragte sich, während sie eine Nummer eintippte: »Und wer soll sich um mein Gemüse kümmern?«

# KAPITEL 2

»Nein, Marjolein, es geht mir wirklich gut. Du brauchst die Anprobe nicht abzusagen. … Doch natürlich war das ganz schrecklich, was denkst du denn! … Ja, mitten auf den Kräutern. Der Schnittlauch ist ganz zerdrückt, den werde ich vorerst nicht ins Rührei schnippeln können … Nein, ich habe keine Verletzung gesehen. Meinst du denn, ich habe ihn noch angefasst? Ich dachte ja zuerst, er würde nur schlafen … Blut? Nein, Blut habe ich auch nicht gesehen. … Ich sage doch, ich habe ihn nicht bewegt! Der Mann ist über 1,90 groß! … Das weiß ich nicht, mein Kind. Die Polizisten haben mich gleich weggeschickt. … Ja, dein zukünftiger Schwiegervater ist auch hier. Spielt sich mal wieder auf wie … Was meinst du? … Jaja, das hast du schon öfters gesagt, dass er ein ausgezeichneter Kommissar ist! … Ja, meinetwegen auch das. Der Beste! … Ach mein liebes Kind, was du dir für Sorgen machst. Ich habe keinen Schock. Ich sitze hier nur herum und kann nichts machen. … Ja, stell dir vor, ich musste das Lokal schließen. Und ich darf nicht mal in meinen Garten! … Was? … Doch. Natürlich habe ich dafür Verständnis. … Jaja, Spuren sichern. So was muss sein, das weiß ich auch. Ich hoffe, die bauen nicht so ein Zelt auf! Und bringen damit die Pflanzen um! … Nein, ich kann nicht nachsehen. Ich darf da doch nicht hin, das habe ich doch gesagt! Und den Kräutergarten kann ich vom Haus aus doch nicht sehen. … Was? Wegen des Wetters muss so ein Zelt aufgestellt werden? Woher du das alles weißt! … Ach, von deinem zukünftigen Schwiegervater. Natürlich. Scheint dir ja viel zu erzählen. … Nee, so gesprächig habe ich ihn noch nicht erlebt. … Aber wie ich jetzt an mein Gemüse kommen soll, das hat mir dein zukünftiger Schwiegervater nicht verraten. … Ja, ich habe Gemüse gesagt. … Natürlich denke ich jetzt an meinen Garten! Was denkst du denn? … Das ist doch nicht unsensibel! Ich LEBE von meinem Gemüse … Nein, einkaufen ist nicht dasselbe! Das ist nicht, was meine Kunden erwarten. … Was? … Ja, na gut. Ist gut. Ich weiß, dass du jetzt los musst. … Ja, ja, meinetwegen, wir reden später. … Ja, mein Schatz, ich hab dich auch lieb. Und viel Spaß bei der Anprobe. Wie gern wäre ich dabei gewesen! … Ja ist gut. Tschüss, Marjolein.«

Margreta starrte, nachdem sie aufgelegt hatte, auf das rote Hörersymbol. Ein bisschen mehr Verständnis für ihre Situation hätte Marjolein wirklich für sie aufbringen können! Da musste Knutsen dran schuld sein. Wie hatte er Marjolein nur so um den Finger wickeln können? »Oh, dieser Knutsen!«, grummelte sie und schnappte das Zuckertütchen, das der Hauptkommissar zerrupft auf der Theke hinterlassen hatte. Sie pfefferte es mit mehr Wucht in den Mülleimer, als sicherlich nötig getan hätte. Dass sie dabei eine Zuckerspur einmal quer durch den Thekenbereich hinterließ, machte sie nur noch wütender.

Das Beste, was Margreta half, wenn sie wütend war, war ihr Garten. Dort konnte sie sich nach Herzenslust abreagieren. Denn nie war ein Beet schneller von Unkraut befreit, als wenn sie mit den ganz großen Emotionen an widerspenstigen Halmen riss. Und wie schön war es doch, mit ordentlich Wut im Bauch gleich meterweise Gartenstücke umzugraben.

Margreta fühlte, dass sie heute richtig etwas leisten könnte, wenn … ja wenn Knutsen ihr nur nicht verboten hätte, in den eigenen Garten zu gehen!

»Oh, dieser Knutsen!«, schimpfte sie gleich noch einmal. Doch Margreta hatte zum Glück eine zweite Lieblingsbeschäftigung, auf die sie in so einem Fall zurückgreifen konnte: Hefeteig kneten! Hefeteig liebte es geradezu, kräftig durchgewalkt zu werden. Wem danach die Arme nicht schmerzten, der hatte es nicht richtig gemacht! Und so flogen die Seiten ihrer Rezeptsammlungen schon kurze Zeit später durch die Luft. Es gab ja so viele herrliche Hefeteigrezepte, von herzhaft bis süß, von locker bis klebrig. Und dann sah sie, das Bild mit den köstlichen Zimtschnecken! Die Seite, schon halb in die Luft gehoben, fiel wieder sanft auf die Unterlage zurück. Zimtschnecken waren einfach perfekt! Denn die würde Knutsen, würde er noch einmal einen Schritt in das ›Radieschenheim‹ wagen, auf keinen Fall probieren!

Die Zutaten flogen in die Schüssel, die Hefe in den See aus süßer lauwarmer Milch. Und dann ging es los, das lange Kneten, das so wunderbar von der Hand ging bei all dem Ärger, den sie heute bereits erlebt hatte. Mit Marjolein, die vergessen zu haben schien, dass sie im ›Radieschenheim‹ ihre Kinderjahre verbracht hatte und doch wissen musste, wie wichtig der Garten für ihre Existenz war. Und mit Knutsen, der sich aufführte, als hätte er ihr neuerdings etwas zu sagen. Wie konnte er ihr nur verbieten, in den eigenen Garten zu gehen? Margreta walkte und walkte. Und dabei schimpfte sie und schimpfte.

Und gerade in dem Moment, als sie dachte, ihr würde tatsächlich der Atem ausgehen für so eine große Menge Zimtschneckenteig, da wurde sie von folgendem Schauspiel in ihrem Garten abgelenkt, das sie von ihrem Platz aus durch das Küchenfenster beobachten konnte: Einige Polizisten, ganz eingehüllt in weißen Anzügen, kamen um die Fliederbeerbüsche herum. Sie folgten einander in einer Reihe und gingen bis zu dem für die Pflanzung vorbereiteten Gemüsebeet. Hier unterhielten sie sich, wiesen auf verschiedene Punkte im Garten. Einer kniete sogar, als gäbe es auf dem Boden etwas zu sehen. Was nur taten sie da? Die Leiche lag doch im Kräuterbeet! Margreta tat einen entsetzten Aufschrei, als sie sah, dass einer der Beamten einen Schritt auf das jungfräuliche Stück Land setzte. Und noch einen. Das ging doch nicht! Sie und Freddy Meerbusch hatten Stunden investiert, um es für die Pflanzung von Wurzeln, Lauch oder Zwiebeln vorzubereiten! Und was tat er jetzt? War das etwa eine Tapetenrolle, was er da in den Händen hielt? So sah es jedenfalls für sie aus. Der Beamte rollte das Ende ab und reichte es seinem Hintermann. Mit dem Rest stapfte er – Margreta sah fassungslos zu – einmal diagonal durch das Beet in Richtung Gewächshaus und dem danebenliegenden Geräteschuppen. Ja, konnte er denn nicht außen herum gehen? Und wo wollten sie überhaupt hin? Zu ihrem Gewächshaus, die Tomaten gießen? Margreta konnte sich kaum beruhigen.

Als das abgerollte Papier schließlich zu Boden sank, atmete Margreta auf. Sie hatte die Hoffnung, das Schlimmste überstanden zu haben. Doch weit gefehlt: Jetzt marschierten all die anderen Beamten auch noch dem ersten auf dem ausgelegten Papier hinterher. Margreta schnappte nach Luft. Sie wollte ihre Hände hochreißen, gegen das Fenster hämmern. Sie wollte denen da draußen zeigen, dass sie nicht allein waren. Dass sie sie im Blick hatte! Doch statt nur ihre Hände riss sie auch die Teigschüssel mitsamt Inhalt in die Luft. Unglücklicherweise hatten sich ihre Hände bei all dem Ärger tief in den Hefeteig gekrallt! Die Schüssel löste sich nun mit einem großen Teil des Teigs und polterte zu Boden.

Zum Glück war Hefeteig nicht der Typ Teig, der aus seiner Schüssel floss und sich rasant über den Boden ausbreitete. Hefeteig war da eher der verhaltene Typ Teig, der lieber in seiner Schüssel verblieb, solange er noch feucht und klebrig war. Wirklich zum Glück! Das dachte auch Margreta, als sie die Schüssel samt Teig aufsammelte. Und da der Ärger nun seine eigene Art gefunden hatte, von ihr zu gehen, beschloss Margreta – zum Wohle des eigenen Seelenfriedens -, die Aussicht nach draußen besser zu ignorieren und sich lieber voll und ganz auf ihre Zimtschnecken zu konzentrieren.

Sie dachte nur noch mit Wehmut an ihren Kräutergarten, den sie nun wer weiß wie lange nicht mehr sehen durfte. Ach, wie gern hätte sie einen Blick auf die umgetretenen Pflanzen geworfen. Sicherlich könnte sie die eine oder andere noch retten. »Ach, mein ›Radieschenheim‹, was mach ich nur mit dir?«, seufzte Margreta, als sich der Teig immer wärmer und geschmeidiger anfühlte. Als sie die Teigschüssel mit einem sauberen Geschirrtuch abdeckte, verspürte Margreta erstmals wieder so etwas wie Hilflosigkeit. Die hatte sie zuletzt verspürt, bevor sie vor vielen Jahren nach Lübeck gezogen war.

Damals hatte das ›Radieschenheim‹ wie eine Art Medizin auf sie gewirkt. Ihr Kraft gegeben, ihren Liebeskummer zu überwinden. Sie hatte sich auf Anhieb in das kleine Gartenlokal verliebt. Nur wenige Tage, nachdem ihr Exmann Ulf ihr per Postkarte aus Hongkong mitgeteilt hatte, dass er bis auf Weiteres nicht nach Frankfurt zurückkehren würde. Margreta, total vor den Kopf gestoßen, hatte spontan ihre und Marjoleins Reisekoffer gepackt und war in den nächsten Zug nach Lübeck gestiegen, wo sie bei ihrer alten Schulfreundin Valerie, die schon zu Schulzeiten mit ihrer Familie nach Travemünde gezogen war, Unterschlupf finden konnte. Sie wollte Abstand gewinnen, sich über ihr zukünftiges Leben klar werden. Das hatte sie ihrem damaligen Chef des Steuerbüros erzählt, als sie um ein paar freie Tage gebeten hatte.

Es folgten unzählige Stunden am Brodtener Ufer, die raue Schönheit seiner Steilküste hatte es Margreta ab dem ersten Moment angetan. Margreta hatte es genossen, wie der Seewind ihr dort die Gedanken durchpustete, sie aufwirbelte und wieder in völlig neuer Ordnung setzen ließ. Bereits nach wenigen Tagen erschien es ihr nicht mehr völlig unmöglich, ein Leben ohne Ulf zu planen. Der entscheidende Moment kam, als sie eines Nachmittags gemeinsam mit Valerie deren Eltern in der Kleingartenanlage ›Radieschenheim‹ besuchte, das in den südlichen Ausläufern Lübecks in Richtung Vorrade lag. Valeries Eltern besaßen dort eine hübsche kleine Schrebergartenparzelle und hatten zu Kaffee und Apfelkuchen eingeladen. Bei einem gemeinsamen Spaziergang durch die Anlage waren sie auf das verwaiste Gartenlokal gestoßen. Der vormalige Pächter war ein halbes Jahr zuvor gestorben, und ein neuer Pächter hatte sich noch nicht gefunden. Zwei Abende später, nach einem sehr guten Gespräch mit dem damaligen Vorstand der Kleingartenanlage in der Gartenlaube von Valeries Eltern, war es beschlossene Sache: Sie würde mit Marjolein nach Lübeck ziehen und mit dem Gartenlokal für den Lebensunterhalt sorgen – mit Lebensmitteln frisch aus dem eigenen Garten. Valerie hatte ihr vom ersten Moment an Unterstützung zugesagt.

Margreta mischte Zimt und braunen Zucker für die Füllung und holte die Backform heraus. Sie grübelte inzwischen über den zweiten Vorsitzenden in ihrem Garten. Wie schrecklich! Was mochte ihm in der letzten Nacht passiert sein? Knutsen hatte angedeutet, dass Kunkelbein bereits tot in ihren Garten gebracht worden war. Bedeutete dies automatisch, dass er zuvor umgebracht wurde? Wie fürchterlich! Sie verdrängte den Gedanken und redete sich ein, Knutsen könnte ihr sicher bald eine andere Erklärung präsentieren. »Ein Unfall vielleicht«, schlug sie sich selbst vor und wusste zugleich, dass das nicht erklärte, warum Kunkelbein in ihren Garten gebracht wurde. »Schlechtes Gewissen?« Margreta stützte sich auf die Arbeitsfläche und sah nun doch aus dem Küchenfenster. Die Polizisten hatten sich alle in den unteren Teil des Gartens zurückgezogen, Margreta meinte sie schemenhaft zwischen den Fliederbeerzweigen erkennen zu können. Das ausgerollte Papier lag immer noch auf dem Beet.

Bis der Teig aufgegangen war, hatte sich Margreta mit dem Abwasch und der Beseitigung der Zuckerspuren im Lokal beschäftigt. Ein Polizist hatte zwischenzeitlich an die Glastür geklopft und sie gebeten, vorerst wenn möglich das Lokal nicht zu verlassen, da Knutsen mit ihr sprechen wolle. »Wissen Sie schon, wie lange Sie noch brauchen werden?«, nutzte Margreta die Gelegenheit, eine Frage zu stellen, doch der Beamte schüttelte nur den Kopf. »Und was passiert mit der Leiche?«

»Die Spurensicherung müsste bald mit der Abarbeitung der Leiche fertig sein. Der Obduzent ist auch schon da. Sie kommt sicherlich demnächst in die Gerichtsmedizin.«

Margreta nickte beeindruckt.

Wieder zurück in der Küche hatte Margreta den bereits aufgegangenen Hefeteig zu einem großen Viereck ausgerollt und bestrich es gerade mit Butter. Dabei dachte sie weiter nach.

Wer konnte so einen Mord begehen? Wer tat so etwas? Jedenfalls niemand, den sie kannte. Davon war sie überzeugt. Im Kleingartenverein ›Radieschenheim‹ gab es doch nur anständige Leute!

Aber wer konnte etwas gegen Kunkelbein gehabt haben? Er war eigentlich ein angesehener Mann! »In den besten Jahren. Wusste immer, was er wollte. Das ist doch nicht das Schlechteste«, murmelte Margreta vor sich hin, während sie zur Zimt-Zucker-Mischung griff. Sie hatte ihn als Typ Geschäftsmann kennengelernt, der mit einer gewissen Würde zumeist Zurückhaltung übte. »Und er konnte auch charmant sein, wenn er wollte«, erinnerte sie sich und dachte an das Kompliment, das er ihr gemacht hatte, als sie alle Schrebergärtner anlässlich ihres 50. Geburtstags zu einem Umtrunk ins ›Radieschenheim‹ eingeladen hatte. »Frau Mai, wenn ich nicht selbst damals den Pachtvertrag für Sie aufgesetzt hätte und mich dort überzeugen könnte, ich würde nicht glauben, dass Sie nur 15 Jahre jünger sind als ich.« In den Vorstand hatte er seine Erfahrungen als Anwalt mit eingebracht und war damit die ideale Ergänzung zum Vorsitzenden Klaus Himmel gewesen, der sich seinen Respekt bei den Mitgliedern durch seinen grünen Daumen verdiente: Niemand im Kleingartenverein ›Radieschenheim‹ wusste mehr über das Gärtnern als

Himmel und war damit eine unerschöpfliche Quelle für alle Ratsuchenden.

Als Margreta nach Lübeck kam, war Kunkelbein bereits Pächter seiner Gartenparzelle. Er hatte sie von seinen Eltern übernommen, als die sich für das Gärtnern zu alt fühlten. Sie waren für ihren Lebensabend in eine Seniorenresidenz an den Ratzeburger See gezogen. Erst dachte jeder, so hatte Freddy Meerbusch Margreta mal erzählt, er habe den Garten nur seiner Eltern zuliebe übernommen, doch er war auch nach ihrem Tod Pächter geblieben. Zwar hatte er schon bald Gemüse- in Rasenfläche umgewandelt und ließ statt Buschbohnen Ligusterhecken und Kugelahorn in die Höhe wachsen, doch sein Engagement für den Verein war Margreta immer glaubhaft vorgekommen. Im Vorstand arbeitete er bereits seit vielen Jahren mit.

Margreta kannte Kunkelbein nur als Witwer. Ein Sohn und eine Tochter lebten, so hatte sie gehört, in Hannover und Husum. Und auch wenn Margreta sie noch nie zu Gesicht bekommen hatte, so soll er auch Enkelkinder gehabt haben. Die armen Kinder, dachte Margreta, während sie den mit der Füllung bestrichenen Hefeteig zu einer großen Rolle formte.

Ihr fiel ein, dass jemand scharf auf Kunkelbeins Platz als zweiten Vorsitzenden gewesen sein könnte, doch diese Idee verwarf sie gleich wieder. »Wenn schon, dann bringe ich doch den Vorsitzenden und nicht seinen Stellvertreter um!«, sagte sie, während sie die Heferolle mit einem großen Messer in gleichmäßige

Stücke schnitt. Beim Verteilen der Zimtschnecken in die Backform beschäftigte sie sich mit dem fürchterlichen Gedanken, dass es vielleicht gar kein Zufall war, dass jemand Kunkelbein ausgerechnet in ihrem Garten abgelegt hatte. »Oh mein Gott!«, rief sie aus. »Ich habe mit der Sache doch gar nichts zu tun!« Und während sie zum erneuten Aufgehen des Teigs die backfertigen Zimtschnecken in der Form mit einem Tuch abdeckte, entschied sie, diese Idee aus ihrem Kopf zu streichen. Zum einen gefiel ihr das mulmige Gefühl nicht, dass sich bei diesem Gedanken in ihr breitmachte, und zum anderen: Reichte es nicht, dass Kunkelbein ihr schon den Garten genommen hatte? Er sollte nicht noch mehr Einfluss auf ihr Leben haben.

Ihr Blick fiel auf den Rezeptständer auf der Fensterbank, von dem ihr das farbenfrohe Bild eines Kräuter-Frittata-Rezepts entgegenleuchtete. Sie seufzte. Das Rezept hatte sie vergangene Woche herausgesucht, es sollte heute auf ihrer Speisekarte stehen.

Da sah Margreta Knutsen, der gerade hinter dem Fliederbeerbusch auftauchte. Auch er trug nun einen der weißen Anzüge. Da sie keine Lust hatte, ihn im Gartenlokal zu empfangen, wollte sie ihn an der Nebeneingangstür abpassen. Als sie ihn dort erwartete, hörte sie ihn pfeifen. ›Dat du min leevsten büst‹, wenn sich Margreta nicht irrte. Diesen norddeutschen Liedergutklassiker vermochte sie schon zu erkennen.

Dennoch dauerte es, bis er an der Tür erschien. Als er dort ankam, wusste sie warum. Er hatte sich des weißen Anzugs entledigt.

Als er sie sah, hörte er abrupt auf zu pfeifen. Beim Eintreten sah er auf ihre Gartenschuhe, die an ihrem Platz neben dem Eingang standen. »Die ziehst du immer im Garten an?«

»Ja.«

»Ohne Ausnahme?«

»Ohne Ausnahme.«

»Ich werde sie zum Vergleich mitnehmen.«

Margreta wollte etwas dagegen einwenden. Aus Prinzip. Doch dann entschied sie sich, das Kriegsbeil vorerst zu begraben. »Gibt es draußen schon etwas Neues? Ich hoffe, ihr kommt voran!«, sagte sie stattdessen und beobachtete, wie Knutsen ihre Gartenschuhe mit einer Hand aufhob und sie von allen Seiten begutachtete. Sie waren nur ein wenig staubig von der sandigen Erde.

»Nicht viel«, sagte er und stopfte dann je einen der Schuhe in seine Jackettaschen. Mit einer Geste deutete er an, dass er gern mit ihr weiter ins Lokal gehen würde.

Margreta seufzte und machte Platz.

»Ich kann mir keinen Reim darauf machen, warum Kunkelbein ausgerechnet in deinem Garten gelegen hat. Hast du wirklich keine Idee?«, fragte er, als er am Tresen Platz nahm.

Margreta schloss kurz die Augen. Hatte sie nicht ausgerechnet diese Frage gerade erfolgreich verdrängt? Sie wollte doch gar nicht wissen, was sie mit der Sache zu tun hatte. Sie sah dementsprechend unwirsch aus, als sie ihm antwortete. »Nein, ganz und gar nicht!«

Sein forschender Blick irritierte sie. »Mein Gott

noch mal«, schimpfte sie. »Glaubst du etwa, ich habe etwas zu verbergen?«

Knutsens knurrte zur Antwort, was die Sache auch nicht besser machte. Zum Glück fielen Margreta in dem Moment ihre Zimtschnecken ein. Ein guter Grund für sie, kurz in die Küche zu flüchten. »Ich muss kurz was in den Ofen schieben«, rief sie Knutsen zu und war auch schon weg.

»So wie ich die Spurensicherung verstanden habe, führen nur zwei Spuren bis hier zum Lokal«, sagte Knutsen, als sie zurückkehrte. Er steckte mitten in irgendwelchen Überlegungen. »Es muss geklärt werden, ob sie vom Täter stammen könnten. Eine, vermute ich, kommt von diesen hier«, sagte er und deutete mit beiden Zeigefingern auf die Schuhe in seinen Jackettaschen. »Die Frage ist, von wem die andere ist, wenn du tatsächlich nur dieses eine Paar Schuhe im Garten benutzt. Die Größe ist nämlich die gleiche. Könnte es nicht doch sein, dass du noch mit …«

»Freddy Meerbusch!«, fiel es Margreta ein. »Er ist ständig in meinem Garten.«

»Freddy Meerbusch ist, nehme ich an, ein Mann?«

»Ja, natürlich!«

»Hat er tatsächlich so kleine Füße?« Knutsen betrachtete ungläubig den Gartenschuh, den er wieder aus seiner Tasche gezogen hatte.

»Das ist immerhin Größe 40 bis 41!«

»Selbst wenn er Größe 41 trägt. Für einen Mann ist das klein«, sagte Knutsen und steckte den Schuh wieder ein. »Ich habe Größe 44, manchmal 45.«

»Du bist auch groß. Meerbusch ist sicherlich nur um die 1,70.«

»Ist er schmächtig?«

»Eher kräftig. Aber du hast ihn doch vorhin selbst gesehen. Bevor du ihn rausgeschmissen hast.«

Knutsen grinste. »Ach, das war dein Verehrer?«

»Verehrer! Ich bitte dich! Er könnte fast mein Vater sein.«

»Na gut. Also nur ein Bekannter, kein Verehrer.«

»Ja!«, sagte Margreta mit Nachdruck.

»Und inwiefern hatte dein Bekannter etwas mit Kunkelbein zu tun?«

Margreta überlegte. »Eigentlich nicht viel, soweit ich weiß. Sie nannten sich ja nicht mal beim Vornamen. Obwohl, das hat Kunkelbein sowieso nur mit den wenigsten getan. Ich war auch immer nur *Frau Mai*«, überlegte sie. »Der konnte schon ganz schön förmlich sein, der Kunkelbein. Liegt aber sicher an seinem Beruf. Er war früher Rechtsanwalt gewesen. Spezialisiert auf Scheidungen, soweit ich weiß.«

Knutsen grunzte abfällig, während er sein Handy herauskramte und den dazugehörigen Stift zückte. Margreta sah ihn fragend an. »Ich weiß, dass er Scheidungsanwalt war«, erklärte er. »Er hat *die andere da* damals auch vertreten.«

*Die andere da*, damit war Knutsens Exfrau Simone gemeint. Er vermied es grundsätzlich, ihren Namen auszusprechen. Ihretwegen war er nämlich einmal von Hamburg in die *Provinz Lübeck*, wie er es mal ausgedrückt hatte, gezogen. Allerdings hatte ihre Ehe nur wenige Jahre gehalten. Simone war seit Jahren wieder verheiratet, und zwar mit Bernwald Lieblich, genannt ›Bernie‹. Wegen ihres gemeinsamen Sohns Ole waren sich Simone und Knutsen allerdings zwangsläufig immer wieder über den Weg gelaufen.

»Oh!«, sagte Margreta.

»Ja: Oh!«, betonte Knutsen mitleidheischend. »Aber das ist lange her, und außerdem war er damals eigentlich ganz fair gewesen. Also Schwamm drüber.«

»Na, von mir aus«, sagte Margreta, immer noch erstaunt über diesen unerwarteten Zusammenhang.

»Aber noch mal zu Kunkelbein.« Knutsen tippte mit dem Stift auf sein Display. »Wen nannte er denn beim Vornamen?«

»Oh, da muss ich überlegen. Meiner Meinung nach nicht viele. Klaus Himmel natürlich, den ersten Vorsitzenden. Ja, und die anderen aus dem Vorstand, Stefan Jessen, Kalle Süderberg, Saskia Ferteil. Obwohl, die Ferteil ist erst neu, da bin ich mir nicht sicher.« Margretas Mund zog sich zusammen, während sie weiter überlegte. »Und dann gab es noch das ältere Ehepaar im Garten neben ihm, Waltraud und Walter Vossen, die hat er auch beim Vornamen genannt. Walli und Walter.« Margretas Mund wurde ganz weich bei dem Gedanken an das freundliche Paar, das bis ins hohe Alter ihren Garten behalten hatte. Sie konnten zwar immer weniger tun, aber noch im Vorjahr hatte sie Erdbeeren, Kartoffeln und Wurzeln gepflanzt. Und jede Menge Tagetes! Die hatte Walli Vossen geliebt.

»Gab? Ist das Ehepaar verstorben?«, fragte Knutsen.

»Ja, inzwischen beide. Eine tragische Geschichte. Nachdem sie den Garten im Herbst abgegeben haben, ist sie schon wenige Wochen danach verstorben. Und er ist ihr einen Monat später gefolgt.« Etwas leiser fügte Margreta hinzu: »Ganz so, als hätten sie beide nicht ohne Garten leben können.«

Für eine Weile hörte man nur das Tippen des Stifts auf dem Display.

»Was passiert jetzt mit dem Garten?«, fragte Knutsen.

»Dafür gibt es eine Warteliste. Aber wer da ganz oben steht, das musst du Himmel fragen.«

»Na schön!«, sagte Knutsen und schob den Stift in die dafür vorgesehene Halterung am Handy. »Margreta?«

»Ja?«

»Ich wollte dich auch noch was fragen.«

»Was denn?«

»Wegen der Hochzeit.«

»Was ist mit der Hochzeit?«

»Ein Anzug.«

»Ein Anzug?«

»Ja.«

»Was bedeutet das: Ein Anzug?«

»Ich brauche einen.«

»Ja, das würde ich auch sagen.«

»Ich brauche auch eine Beratung.«

»Und was hat das mit mir zu tun?«

»Würdest du mit mir einen Anzug aussuchen gehen?«

Er hatte gerade die Frage ausgesprochen, da begann Knutsen seine Nase hoch in die Luft zu halten und mehrmals zu schnüffeln. »Das riecht hier doch schon wieder nach diesem komischen Zucker!«

»Meine Zimtschnecken!«, schrie Margreta entsetzt. Sie stieß sich vom Tresen ab und rannte in die Küche. Knutsen ließ sie mit seiner unbeantworteten Frage zurück.

Knutsens Handy klingelte.

»Knutsen«, hörte Margreta ihn in sein Telefon blöken, während sie mit einer Hand den Temperaturregler auf null schaltete und mit der anderen die Backofentür aufriss. »Ja, na gut, ich komme gleich. … Ist gut, ja. Tschüss!«

Sie schlüpfte mit ihren Händen in zwei Topfhandschuhe und zerrte das Backblech aus dem Ofen.

»Margreta, ich muss!«, rief Knutsen ihr zu.

»Ist gut!«, rief Margreta zurück und stellte das Blech auf das Abkühlgitter. Die Zimtschnecken waren vielleicht einen Tick zu dunkel geraten, aber sie sahen immer noch gut aus. »Da hab ich ja noch mal Glück gehabt«, sagte sie und ließ sich mit einem langen Seufzer auf einen der Küchenstühle nieder.

# KAPITEL 3

Es war um die Mittagszeit, als jemand ins Lokal kam. Es war eine Polizeibeamtin, die, wie sich herausstellte, als Knutsens Bote fungierte. »Hauptkommissar Knutsen ist derzeit unterwegs, Sie können ihn aber unter dieser Nummer auf dem Handy erreichen, wenn Sie Fragen haben.« Sie reichte ihr eine Visitenkarte, die Margreta unbesehen einsteckte.

»Was ist mit meinem Garten? Wie lange bleibt die Absperrung?«

Die junge Polizistin zuckte mit den Schultern. »Da kann ich Ihnen nicht weiterhelfen. Das entscheidet die Spurensicherung. In der Regel ein paar Tage. Aber wie gesagt, Sie können Hauptkommissar Knutsen jederzeit anrufen.«

Mit sehnsüchtigem Blick verfolgte Margreta, wie die junge Frau um die Hausecke in Richtung Garten verschwand. Zwei Minuten später folgte sie ihr. Hätte man sie später gefragt wieso, dann hätte sie behauptet, es sei einfach über sie gekommen. Sie hätte nicht wirklich darüber nachgedacht. Während sie jedoch der Polizistin hinterherschlich, war sie felsenfest davon überzeugt, dass es doch nicht so schlimm sein könnte, wenn sie mal eben ihren eigenen Garten betrat! Das hatte sie heute Morgen doch sowieso schon getan. Und außerdem würde sie ja gut aufpassen! Wenn sie allerdings ehrlich zu sich selbst gewesen wäre, dann hätte sie sich eingestanden, dass es die Tatsache war, dass Knutsen seine Arbeit gerade anderswo erledigte. Es war eine gute Gelegenheit, die sie sich nicht entgehen lassen wollte. Denn eines war klar – jedes Gärtnerherz hätte es verstanden -, sie musste nach ihren Pflanzen sehen! Gerade jetzt war doch die Zeit, in der sie sie am meisten brauchten!

Den Haken an der Gartentür hob sie ganz vorsichtig an, sodass er auch ja nicht quietschte. Dann schlich sie den Gartenweg entlang, bis sie den vorderen Gartenbereich überblicken konnte. Puh, Glück gehabt, es hielt sich gerade niemand dort auf! Hinter den Fliederbeerbüschen konnte sie allerdings Stimmen vernehmen. Mehrere Leute schienen sich dort aufzuhalten. Gut so, dachte sie. Dann konnte sie ja unbesehen nach den Pflanzen im Gewächshaus sehen, die jungen Tomatenpflanzen hatten schließlich immer Durst. Sie griff nach den beiden Gießkannen, die neben der Regentonne an der Hausecke standen. Zum Glück hatte sie sie gestern schon gefüllt. Sie warf einen ärgerlichen Blick zu dem Beet, durch das immer noch die abgerollte Tapete lag. Sie schienen sie als Weg zu benutzen, so dreckig wie sie war. Margreta schüttelte den Kopf. Nein, sie würde am Rand langgehen, wie immer. Schließlich hatte sie dort mit ein paar Trittsteinen einen Weg geschaffen. »Und das hätten sie genauso machen können!«, schimpfte sie leise vor sich hin und strich mit ihren Beinen an den ausladenden Blättern der Taglilien entlang, die über den Weg hingen. Als die Stimmen im Kräutergarten auf einmal lauter wurden, huschte sie schnell hinter das Gewächshaus in Deckung. Etwas Wasser schwappte dabei über ihre Gartenschuhe und lief hinein. Mit nassen Socken und verstimmter Laune wartete sie ab, ob tatsächlich jemand in den vorderen Garten kam. Doch nach einer Weile konnte sie beruhigt ausatmen.

»Ach, die armen Tomaten«, rief sie erschrocken aus, als sie ins Gewächshaus kam. Mit so trockenen Füßen mussten sie ihre Blätter ja hängen lassen. Sie verteilte großzügig Wasser in die Übertöpfe und sorgte für ein erfrischendes Fußbad. Anschließend kümmerte sie sich um Radieschen und Spinat und die anderen Jungpflanzen, die dort auf ihren Auszug warteten. Margreta atmete auf. Das war doch jetzt wirklich nicht so schlimm gewesen! Als sie das Gewächshaus verließ, quälten sie nur ganz kurz Gewissensbisse. Dann schlich sie weiter in den Garten hinein. Wenn ich schon mal hier bin, dachte sie. Und so kam sie bis zu den Fliederbeerbüschen. Sie traute sich sogar, einen kurzen Blick dahinter zu werfen. Auf dem Arfenpadd, der unterhalb ihres Grundstücks entlangführte, stand ein Leichenwagen. Als ein Polizist, der an der Gartenpforte zum Arfenpadd Wache stand, den Kopf drehte, sprang sie zurück. Und da sich ihr just in dem Moment ein paar Gesprächsfetzen anboten, die ihr durch die Fliederbeerbüsche entgegenflogen, konzentrierte sie sich lieber darauf.

»Das ist das gleiche Muster wie auf den Gartenclogs meiner Frau. Sie hat das Rosenmuster nämlich ausgiebig bewundert. Und fragen Sie mich jetzt bitte nicht, warum!« Der Kalauer sorgte hinter den Büschen für mehrere Lacher.

Bei Margreta sorgte er für Empörung. Rissen sie etwa Witze über ihre Gartenschuhe?

»Gut ist, dass die Rosenschuhe die gleiche Sohle haben wie der Schuh, den wir suchen. Nur ein paar Nummern größer. Schlecht ist, dass meine Frau ihre neulich günstig beim Discounter gekauft hat. Also sind solche Schuhabdrücke wahrscheinlich in jedem zweiten Lübecker Garten zu finden. Da hilft uns die Schuhgröße 44 nicht viel weiter.«

»Und der Abdruck befindet sich nur im Kräutergarten? Nicht im ganzen Garten?«, fragte ein anderer, Margreta tippte auf Kommissar Fink.

»Nur hier unten. Allerdings wurden im Kräuterbeet die Fußspuren relativ sorgfältig beseitigt. Mit einem Sack Rindenmulch wahrscheinlich, der mehrfach durch den Sand gezogen wurde. Von dem Mulch haben wir nämlich jede Menge gefunden, so, als sei ein Loch in der Tüte gewesen. Aber ab und an konnten wir einen Teilabdruck finden, und beim Gartentor ist sogar einer ganz deutlich dank des sandigen Bodens.«

»Und was ist mit dem Weg?«

»Tatsächlich führen die Spuren zum Gartengrundstück des Opfers. Nebst einer Schubkarrenspur.«

»Na gut. Dann werde ich jetzt gehen. Und die Obduktion, sagten Sie, wurde für morgen früh anberaumt?«

Was der Polizist Fink antwortete, konnte Margreta nicht mehr verstehen, da sie sich bereits auf den

Rückweg zum Haus gemacht hatte. Kurze Zeit später schlüpfte sie durch den Nebeneingang hinein. Als sie aus Gewohnheit die Gartenschuhe gegen ihre Straßenschuhe austauschen wollte, fiel ihr auf, dass sie noch ihre Schuhe anhatte. Mit einem feuchten Tuch entfernte sie den Gartenstaub. Im Lokal klingelte das Telefon.

»Gartenlokal ›Radieschenheim‹, Mai am Apparat, was kann ich Leckeres für Sie tun? … Hallo Marjolein! Was gibt's? Bist du bei der Anprobe? … Ach, ihr habt sie verschoben? Ja, das ist doch schön, dann kann ich ja vielleicht doch mitgehen. … Wieso nicht schön? Was ist denn los? … Jetzt sei doch nicht so aufgeregt, Marjolein. Erzähl doch mal in Ruhe. … Was? Die Feier ist abgesagt? Warum? Ist was mit Ole? … Zum Glück! … Okay, dann erzählst du es uns allen zusammen. … Krisensitzung. Heute Abend. Geht in Ordnung, ich habe sowieso vorerst geschlossen. … Ich soll was? Wieso das denn? … Ich will ihn nicht anrufen! … Okay, von mir aus, mach ich es eben. … Ja, wir schnacken später weiter, mein Schatz!«

Knutsens Nummer brauchte sie nicht von der Karte abzulesen, die ihr die Polizistin gegeben hatte, Margreta hatte sie bereits in ihrem Telefon eingespeichert.

»Knutsen!«, knurrte der Hauptkommissar in den Hörer.

»Margreta hier. Ich wollte Bescheid sagen, dass es ein Problem mit der Hochzeitsfeier gibt. Marjolein und Ole wollen uns heute Abend unbedingt sehen. Passt dir das? Um acht in der Dankwartsgrube?«

»Probleme? Was denn für Probleme? Haben sie sich etwa gestritten?«

»Das nicht. Sie hat gesagt, es habe etwas mit dem Restaurant zu tun. Mehr weiß ich nicht.«

»Gut. Ich werde versuchen, da zu sein. Versprechen kann ich aber nichts.«

»Jan?«

»Was denn noch?«

»Ich muss nicht die ganze Zeit hier im ›Radieschenheim‹ bleiben, oder?«

»Nein, natürlich nicht. Aber bitte bleib erreichbar!«

Margreta sah auf ihr Handy. Der Akku hatte nur noch einen Strich. »Muss reichen!«, sagte sie und schob es in ihre Hosentasche. Dann schloss sie das ›Radieschenheim‹ zu und zog ihr Fahrrad aus dem Ständer. Sie sehnte sich nach einem Plausch mit ihren Kleingärtnern. Wenn die schon nicht zu ihr kommen konnten, dann fuhr sie eben hin. Und schon rollte sie den Zibbelsring, der einmal durch die ganze Siedlung führte, entlang.

Als Erstes traf sie den Vorsitzenden Klaus Himmel, der gerade vom Parkplatz kam. Er trug eine ausgesprochen ernste Miene vor sich her. »Klaus! Du schon da? Oder hast du heute frei?« Margretas Bremsen quietschten, als sie neben ihm anhielt. Klaus Himmel arbeitete in der Verwaltung einer Großküche und kam selten vor fünf in der Kleingartensiedlung an.

»Zwangsläufig, ja. Die Polizei hat mich über …« Er machte eine Pause. Schluckte. »Über Kunkelbeins Tod informiert. Und da ich der Vorsitzende bin, wollen sie natürlich mit mir sprechen!«

»Im Polizeirevier?«

»Nein, im Vereinsbüro. Ich habe ihnen vorgeschlagen, sich dort gleich umzusehen. Das ist ja selbstverständlich, dass ich ihnen helfe, wo ich kann.«

»Weißt du, was mit Kunkelbein …?« Margreta brach ab. Himmel hatte schon recht, es war schwer auszusprechen, was passiert war.

Er sah betrübt aus. »Nein, keine Ahnung. Sie hoffen, irgendeinen Anhaltspunkt in Kunkelbeins Gartenhaus zu finden. Oder eben im Vereinsbüro.« Himmel sah angestrengt zu Boden.

Wie nah ihm die Sache mit Kunkelbein ging! Er musste sich ganz offensichtlich anstrengen, nicht zu weinen. Allerdings war Himmel auch nicht der Typ für eine tröstende Umarmung, die Erfahrung hatte Margreta früher schon einmal gemacht, als Himmels Rauhaardackel Vestus gestorben war. Ein sehr vornehmer Hundeherr, der aufgrund seines Alters eines Tages seinen Hut nehmen musste. Margreta suchte deshalb lieber nach tröstenden Worten. »Ihr habt ja schon lange zusammen im Vorstand gearbeitet. So etwas schweißt zusammen.«

Himmel nickte, ohne seinen Blick vom Boden zu lösen. Er wischte sich mit einem Handrücken über die Stirn, als gäbe es dort Schweiß, den es wegzuwischen galt. Margreta tat ihm den Gefallen zu übersehen, dass er sich so ganz nebenbei mit dem Daumen auch die Augenwinkel trocknete.

»Margreta, sei mir nicht böse, ich muss weiter. Wir schnacken mal wieder!«

Margreta trat ein paar Mal kräftig in ihre Pedalen und ließ sich weiter auf dem Zibbelsring durch die Siedlung rollen. Ihr Ziel: Natürlich Kunkelbeins Garten! Wenn Himmel schon sagte, dass die Polizei dort nach einem Anhaltspunkt suchte, dann interessierte es sie natürlich auch. Allerdings sah sie, als sie um die Kurve bog, bereits ein rot-weißes Absperrband im Wind flattern, das sich vom Arfenpadd aus quer über den Zibbelsring zog und ihr die Durchfahrt verwehrte. Um zu Kunkelbeins Parzelle in der Brombeerheck zu gelangen, einer kleinen Stichstraße, die nur zu vier Parzellen führte, musste sie also andersherum fahren. Sie wendete ihr Fahrrad und fuhr den Zibbelsring in die andere Richtung, vorbei am ›Radieschenheim‹ und am Vereinsheim, das direkt an der Kurve Ecke Arfenpadd lag. Sie sah im Augenwinkel, wie Himmel gerade im Vereinsheim verschwand. Sie probierte es erst gar nicht, in den Kruutstiech zu fahren, da dieser auf die Brombeerheck führte. Dort war ganz sicher auch abgesperrt. Also folgte sie dem Zibbelsring, bis sie wieder auf ein leuchtendes Absperrband traf, das die Durchfahrt an der Ecke zur Brombeerheck verwehrte. Hier war sie allerdings ganz dicht dran an Kunkelbeins Grundstück. Sie stieg ab und schob auf die zwei Polizisten zu, die am Absperrband standen.

»Halt! Wo woll'n Sie hin?«, fragte der jüngere, etwas fülligere mit dem lückenhaften Bartwuchs auf seinen Pausbacken.

»Ich wollte zu Kommissar Knutsen. Ist er da?«, fragte Margreta scheinheilig.

»Nein!«, grunzte der andere, ohne sie auch nur anzusehen.

»Wann kommt er denn?«, flötete Margreta weiter, denn sie hatte gelernt, dass Freundlichkeit so manche Tür öffnen konnte.

»Was woll'n Se denn von ihm?« Nun drehte sich der Ältere doch zu ihr um. Während sie seinen peinlichst genau gezogenen Mittelscheitel bewunderte, schaute er sie finster an.

»Entschuldigen Sie mal! Wie reden Sie denn mit mir!«, tat Margreta entrüstet. »Ich sollte schließlich extra herkommen.«

»*Das* kann ich mir kaum denken«, sagte der Ältere und schaute sie durchdringend an. »Wer sind Sie überhaupt?«

»Das werde ich dem Herrn Kommissar aber sagen, wie Sie mit mir umgehen. Wie heißen Sie denn überhaupt?«

Da sie der Polizist statt zu antworten nur belächelte, beugte sie sich vor, um den Namen an der Dienstjacke abzulesen. Doch der Polizist war schneller und hob seine Hand davor.

»Ich werde mich trotzdem beschweren!«, empörte sich Margreta, drehte ihr Fahrrad energisch um und fuhr hoch erhobenen Hauptes davon. Ihr war bereits die Idee gekommen, es vom Wöddelreech aus zu versuchen. Die Gartenbesitzer in der nächsten Stichstraße kamen sowieso meist erst am Wochenende, also könnte sie dort ruhig vorbeigucken. Sie bog also im Zibbelsring in die Kurve und direkt in das Wöddelreech hinein.

Die erste Parzelle gehörte der Familie Brinkmann und grenzte an der Rückseite genau an Kunkelbeins Grundstück heran. Dort wollte sie es auf alle Fälle versuchen. Sie versteckte ihr Fahrrad auf dem Grundstück hinter einem Haselnussstrauch und schlich sich seitlich, soweit es ging, an die hintere Grundstücksgrenze heran. Doch durch die Äste eines voll in der Blüte stehenden Apfelbaums hindurch konnte sie nur eines sehen: das satte Grün einer dicht gepflanzten Reihe Kirschlorbeerbüsche. Von Kunkelbeins Garten sah sie jedenfalls nichts. Enttäuscht stieß Margreta die Luft aus. Sie hatte nicht damit gerechnet, dass Kunkelbein so gar nichts für einen freien Blick in seinen Garten übrig hatte.

In der Hoffnung, vom nächsten Grundstück aus mehr zu sehen, kletterte sie über den niedrigen Zaun in den Garten der Jahnkes. Doch auch dort hieß es in puncto Einsicht Fehlanzeige. Das Einzige, was sich ihr hier bot, war der Anblick einer Reihe wunderschöner Ziersträucher, die bunt im Frühlingskleid leuchteten. Allerdings konnte sie den verwaisten Garten von Walli und Walter Vossen einsehen, dem Nachbargrundstück von Kunkelbein. Immerhin.

Es hatte sich lange niemand mehr um die Parzelle gekümmert. Das Unkraut hatte mit der Frühlingssonne eine gute Chance bekommen, den Garten zu übernehmen. Es war gut, dass hier bald neue Pächter einzogen. Plötzlich hörte sie hinter den bunten Sträuchern ein Handy klingeln.

»Ja? Fink hier? ... Hallo Chef. ... Ja, ich bin hier bei Kunkelbeins Gartenhaus. ... Ziemlich sicher, dass es hier passiert ist, sagt die Spurensicherung. ... Nein, kein Raubmord, danach sieht es nicht aus. Nach einem Kampf allerdings schon. ... Ist schon ein Stückchen bis zum Garten von Frau Mai, das stimmt. ... Ja, ist gut. ... Okay. Ja, von mir aus, dann bis gleich. ... Tschüss.«

Auf einmal klingelte noch ein Handy. Margreta erschrak. Es war ihr Klingelton mit dem nostalgischen ›Ring Ring‹, das laut und deutlich aus ihrer Hosentasche ertönte. Margreta hatte sich extra diese Imitation eines alten Schnurtelefons auf ihr Handy geladen, da sie andere Klingeltöne gern überhörte. Jetzt verfluchte sie den Ton, der sicherlich auch auf der anderen Seite der Hecke deutlich zu vernehmen war. Schnell kramte sie ihr Handy heraus und nahm den Hörer ab. »Hallo?«, flüsterte sie, während sie sich von der hinteren Grundstücksgrenze zum Garteneingang schlich. Sie war nun doch froh über Kunkelbeins Heckenliebe, denn auch wenn Fink sie gehört haben sollte, gesehen hatte er sie ganz sicher nicht.

»Hier ist Knutsen! Margreta, bist du das?«

»Ja!«, hauchte sie.

»Was ist denn los? Warum flüsterst du denn?«

»Ich flüstere nicht!«, flüsterte sie. »Wie kommst du darauf?« Sie kratzte leicht mit den Fingernägeln auf der Handyrückseite entlang. »Vielleicht liegt es an der Verbindung?« Und um den Eindruck zu verstärken, kratzte sie auch noch einmal über das Mikrofon.

»So ein Mist!«, knurrte Knutsen. »Leg auf! Ich versuche es noch einmal!«

»Nein!«, entfuhr es Margreta. Sie wollte auf keinen Fall, dass ihr Handy noch einmal klingelte. Sie trat aus dem Grundstück heraus und sah sich im Wöddelreech um. Sie war allein. »Ich bin ein Stück gegangen. Hier ist es besser«, sagte sie nun in normaler Lautstärke.

»Ja, stimmt«, wunderte sich Knutsen. »Ich kann dich jetzt tatsächlich besser hören!«

Und so etwas konnte man mit einem Kommissar machen! Margreta schüttelte den Kopf. »Also, was ist?«, fragte sie, froh darüber, dass Knutsen ihren Herzschlag nicht durch das Telefon hören konnte, denn der war wegen der Aufregung noch ordentlich auf Tour. Er galoppierte durch ihre Brust wie ein Pferd durch die Steppe.

»Sag mal, wie weit geht man etwa von Kunkelbeins Grundstück bis zu deinem?«

»So fünf Minuten etwa, denke ich.«

»Pfff«, pfiff Knutsen durchs Telefon.

»Was ist denn? Habt ihr etwas entdeckt?«

»Das kann ich dir natürlich nicht sagen! Tschüss, Margreta, wir sehen uns später.«

Nachdem sie aufgelegt hatten, sah Margreta eine Weile unschlüssig auf ihr Handy. Was hatte das denn jetzt zu bedeuten? Dann holte sie ihr Fahrrad vom Grundstück der Brinkmanns und stieg auf.

Als sie auf den Zibbelsring rollte, traf sie auf eine ältere Dame. Sie durfte in etwa Frau Steenkamps Alter haben, vielleicht ist sie sogar ihre Freundin, dachte Margreta. Jedenfalls war sie ungewöhnlich schick in Schale geworfen. Nicht der Look, den Margreta für einen Besuch in einem Schrebergarten ausgesucht hätte. Die blondierten Haare hatte sie zu einem jener kunstvollen 60er Jahre-Knoten hochgesteckt, die Margreta noch nie durchschaut hatte, wie sie funktionierten. Mit leuchtend rot angemalten Lippen stand sie da und starrte auf das Absperrband der Polizei.

»Moin«, rief Margreta ihr im Vorbeifahren zu. »Dort können Sie nicht lang. Sie müssen andersherum gehen, wenn Sie in den Kruutstiech zu Frau Steenkamp wollen!« Doch die Frau reagierte nicht einmal auf ihren Zuruf. Margreta zuckte mit den Schultern, dann eben nicht. Sie folgte dem Zibbelsring weiter im Kreis. Auf Höhe des Kruutstiechs begegnete sie Freddy Meerbusch. Er kam gerade aus dem Weg, der wie der Arfenpadd auf beiden Seiten im Zibbelsring endete. Wie er sagte, kam er gerade von Frau Steenkamp. Er trug einen Karton in den Händen.

»Freddy! Na, das ist ja eine Überraschung. Was trägst du denn da für Schätze aus Frau Steenkamps Garten?«

»Schätze? Na, und ob das Schätze sind!« Freddy stellte den Karton vor sich auf den Boden. »Nu guck mal hier, min Deern. Das ist alles für dich. Weil du doch nicht in deinen Garten darfst.« Meerbusch öffnete den Karton und gab den Blick auf seinen Inhalt frei. »Ein bisschen Spinat. Und Pflücksalat.« Meerbusch hob ein Gemüsebündel nach dem anderen hoch. »Hier hab ich noch ’n paar Radieschen. Und Schnittlauch, na, wer sagt’s denn. Da soll noch mal einer sagen, dass noch nicht viel wächst, nich?«

»Ist das alles von dir?« Margreta staunte.

»Nee, ach was! Von allen. Die üblichen Verdächtigen, du weißt schon. Der Ältestenrat. Wir haben gesammelt, Frau Steenkamp und ich. Aber nun musste sie zum Doktor, nich?«

»Und das soll wirklich alles für mich sein? Ich bin sprachlos, Freddy!« Margreta war wirklich gerührt. »Es gibt nur ein Problem. Solange die Ermittlungen laufen, wird das ›Radieschenheim‹ zu bleiben. Jetzt habt ihr euch die Mühe umsonst gemacht.«

»Nu zerbrech’ dir darüber nicht deinen schönen Kopf, min Deern! Das haben wir nämlich auch gehört. Deshalb haben wir gedacht, wir bekochen heute mal dich! Und zwar bei mir! Frau Steenkamp bringt noch ihre Kochplatten mit, und dann passt das schon. Und um ehrlich zu sein, wir wollen alle zusammen schnacken. Über die Geschichte mit Kunkelbein.«

Margreta wollte ihre Dankbarkeit in einer herzlichen Umarmung ausdrücken, doch Meerbusch wehrte ab. »Lass man, lass man, min Deern. Das ist schon in Ordnung so.« Meerbusch sammelte alles wieder ein und klemmte sich den Karton unter den Arm.

»Aber ich werde zumindest kochen helfen!«, sagte Margreta.

»Wie du meinst. Wir fangen so um vier, halb fünf an.«

»Das passt. Um acht muss ich bei Marjolein sein!«

Als Margreta um Viertel nach vier an die Tür von Meerbuschs Gartenhaus klopfte, war sie nicht mit leeren Händen gekommen. Sie hatte ein großes Vorratsglas der frisch gebackenen Zimtschnecken dabei, das sie Meerbusch gleich in die Hand drückte.

»Hmm! Wat hast du denn Feines mitgebracht? Das sind doch nicht etwa die feinen Zimtschnecken? Die hast du aber lange nicht gebacken, nich?«

»Stimmt, ist ‚ne Weile her. Kannst gleich eine probieren. Ich muss aber noch mehr aus meinem Fahrradkorb holen. Ich habe nämlich auch Pellkartoffeln mitgebracht.«

Im Haus wartete bereits Frau Steenkamp, die schon von ihrem Arztbesuch zurückgekehrt war. »Ich sag's Ihnen gleich, Frau Mai, kochen kann ich nicht! Aber Ihnen beiden zur Hand gehen, das werde ich hinkriegen.« Frau Steenkamp lächelte ihr hübsches verlegenes Lächeln, eins der Dinge, weshalb Margreta sie ins Herz geschlossen hatte. Für ihren Einsatz als Küchenhelferin hatte sie sich sogar ihrer Kostümjacke entledigt. Stattdessen hatte sie eine buntgeblümte Schürze über ihren Kostümrock gebunden. Von ihrem damenhaften Aussehen hatte sie dadurch allerdings kein bisschen eingebüßt.

»Hat Ihre Freundin Sie gefunden?«, fragte Margreta.

»Welche Freundin meinen Sie? Ich habe keinen Besuch erwartet, nein!«

»Dann habe ich mich geirrt. Vorhin war ich einer Frau begegnet, ich hätte schwören können, sie wollte zu Ihnen.«

»Nun aber Schluss mit dem Palavern! Jetzt wird gekocht!«, mischte sich Meerbusch ungeduldig ein. Und mit den Worten »Alle Smutjes rein in die Kombüse« schob er die braune Falttür auf, hinter der sich zwar keine Profiküche, aber immerhin eine kleine Küchenzeile versteckte. »Ähm, oder doch lieber einzeln?«, lachte er. »Ich nehm' euch auch gern huckepack.«

Margreta genoss die gute Laune, die Meerbusch während des Kochens wie aus großen Schöpfkellen in seine Umgebung goss. Ein bisschen hatte sie allerdings das Gefühl, als sei sie aufgesetzt. So aufgekratzt hatte sie ihn noch nie erlebt. Er wirkte etwas nervös. Er hatte sich doch nicht etwa in Frau Steenkamp verguckt? Margreta lächelte bei dem Gedanken in sich hinein. Warum auch nicht? Die Liebe kommt doch am liebsten, wenn man gar nicht mit ihr rechnet.

Natürlich passten sie nicht zu dritt in die Küchenzeile, weshalb sie sich alle um den Esstisch setzten und dort das Gemüse zu putzen. Margreta beobachtete dabei heimlich Meerbusch und Frau Steenkamp. Sie meinte, tatsächlich den einen oder anderen Hinweis auf eine kleine Verliebtheit sehen zu können. Meerbusch, so befand sie, war auf alle Fälle sehr nervös! Warum sonst sollten ihm mehrfach die Pellkartoffeln beim Abpellen aus der Hand rutschen? Und Frau Steenkamp hatte die ganze Zeit so ein mildes Lächeln auf den Lippen. Margreta war begeistert von der Idee. Zum Glück kümmerte sie sich gerade um ein paar Zwiebeln, sodass es nicht ungewöhnlich war, dass sie ab und an schniefte. Die Idee gefiel ihr sogar so gut, dass sie für den Moment den Toten in ihrem Garten vergaß!

Dieser wurde ihr jedoch spätestens mit dem Eintreffen der Schrebergärtner gegen halb sieben ins Gedächtnis gerufen. Es drängelten sich schließlich zwölf Menschen um den Tisch in Meerbuschs Gartenhaus. Keiner wollte es sich entgehen lassen, etwas über Kunkelbeins Tod zu erfahren. Zum Glück ließ sich der Esstisch von Meerbusch ausziehen, sodass zehn Leute gemütlich daran Platz finden konnten, die anderen zwei quetschten sich dazwischen.

Die neun, die dazugekommen waren, zählten alle zum Ältestenrat der Schrebergartensiedlung. Da sie sich als die treuesten Unterstützer des Vorstands sahen, war es eine Selbstverständlichkeit für sie, sich in so einer Angelegenheit auszutauschen. Heute war ganz offensichtlich ein Verbrechen in *ihrer* Kleingartensiedlung passiert, da musste der Ältestenrat doch um die Ruhe und Ordnung im ›Radieschenheim‹ besorgt sein!

Außerdem, wann würde es je wieder so interessant werden? In der Regel beschäftigten sie sich doch nur mit der Planung der gemeinsamen Aktivitäten des

Kleingartenvereins. Oder sie besetzten die freiwilligen Dienste. Oder sie gaben ihre Meinung dazu ab, wenn der Vorstand über die Vergabe einer der Gartenparzellen beriet. Nicht, dass sie es nicht in Ordnung fänden. Wer sollte es sonst tun? Da das Gros der Pächter noch zur jüngeren Generation zählte und genug Arbeit damit hatte, ihr täglich Brot zu verdienen, wollten sie sich auf keinen Fall beklagen. Aber so ein Mordfall in der eigenen Kleingartensiedlung, das war selbst für den erfahrenen Ältestenrat etwas ganz Besonderes. Und so brachte ein jeder von ihnen eine gewisse Unruhe mit ins Gartenhaus von Freddy Meerbusch.

Ewald Fermann trat gleich beim Reinkommen auf Meerbusch zu. »Ist es wahr, dass dieser Kommissar Knutsen dich schon zwei Mal zum Gespräch gebeten hat?«, raunte er ihm ins Ohr. Besonders leise hatte er es allerdings nicht gesagt, denn Margreta, die daneben stand, hatte es bestens verstanden. Deshalb war es für sie eine Selbstverständlichkeit, Meerbusch zur Seite zu springen. Der blickte betroffen drein, wurde sogar etwas rot. »Das liegt daran, dass Freddys Schuhspuren in meinem Garten gefunden wurden. Ist doch klar! Er hilft mir ja ständig im Garten«, sorgte sie sofort für Aufklärung. Fermann gab sich mit einem enttäuschten »Ach so« zufrieden.

»Nun wird aber erst mal gegessen«, stoppte Franz Tondersen Fermanns Fragerei, bevor sie überhaupt richtig losgegangen war. Mit seiner durchdringenden

Stimme machte der pensionierte Schaffner oft den Wortführer der Gruppe. »Hinterher ist noch genug Zeit dafür.« Und mit einer Hand auf Margreta weisend, fügte er hinzu: »Trotz der besonderen Umstände hat Margreta mitgeholfen, für uns zu kochen. Da sollten wir nicht undankbar sein und das Essen kalt werden lassen.«

Die übrigen Schrebergärtner zeigten sich murmelnd mit Tondersens Vorschlag einverstanden.

Meerbusch hatte sich derweil in die kleine Küche zurückgezogen, nachdem er einen Stapel Teller aus einem der Unterschränke geholt hatte. Als Margreta dazukam, hielt er ihr jeweils zwei Teller entgegen, die Margreta mit je einer Portion Kartoffel-Radieschen-Salat auf Blattspinat befüllte und ein Paar heiße Würstchen danebenlegte. Frau Steenkamp, die die buntgeblümte Schürze beim Eintreffen der Gäste hastig abgebunden und dafür ihre Kostümjacke übergezogen hatte, stand zum Servieren bereit und teilte mit rosigen Wangen die Teller aus.

Sobald der erste von ihnen mit zufriedenem Gemurmel das Besteck auf den leer gegessenen Teller legte, ging die Fragerei los. Margreta wurde gelöchert, wann und vor allem wie sie den toten Kunkelbein gefunden habe und ob sie dabei allein gewesen sei. Grete Siebenhus, eine Mittsechzigerin, die sich insofern ihren ganz persönlichen Jungbrunnen erschaffen hatte, indem sie am liebsten die Mode trug, die sie schon mit 30 getragen hatte. Sie liebte weichfallende Klamotten mit Tierfellmuster, ihre langen, weißen Haare trug sie in einer wilden Hochsteckfrisur, ihre Augen und den Mund bemalte sie auch gern über die natürlich vorgegebene Form hinaus in kräftigen dunklen Tönen an. Frau Siebenhus wusste, wie man eine Frage so platzierte, dass sie alle hören konnten, und so war ihr dann auch alle Aufmerksamkeit sicher, als sie sich schließlich an Margreta wandte. »Bist du denn nicht ohnmächtig geworden? Oh mein Gott, wenn ich es mir nur vorstelle.« Und während sie an ihrem weiten Shirt im Tigerlook mit U-Boot-Ausschnitt und Fledermausärmeln nestelte, leuchteten ihre Augen, als würde sie gleich etwas über Margretas ersten Kuss erfahren. »Ich kann es mir richtig vorstellen, wie es mir dabei gehen würde«, sprach sie dann allerdings gleich weiter, und machte es Margreta damit unmöglich zu antworten. »Ich würde erst fürchterlich laut schreien. Und dann hilflos zu Boden sinken.« Anschließend ließ sie sich zu einem sehr langen Seufzer hinreißen, den sie mit einer entsprechenden Armbewegung begleitete und der ihr imaginäres Szenario wie ein geschwungener Strich unter einem Schriftstück untermalte.

Als sich schließlich alle ein für sie zufriedenstellendes Bild von den Morgenstunden in Margretas Garten und dem Leichenfund gemacht hatten, wollten sie wissen, wie es denn nun dazu gekommen sei und was die Polizei bereits herausgefunden hätte.

Margreta musste mehrfach erklären, dass Hauptkommissar Knutsen sie natürlich nicht in seine Ermittlungen eingeweiht habe und dass sie deshalb auch kaum mehr wissen könne, als allgemein bekannt war.

Grete Siebenhus hielt mindestens genauso häufig dagegen. Mit wild klappernden Armreifen argumentierte sie, Margreta sei persönlich mit dem Kommissar bekannt, also müsste sie ganz sicher auch mehr wissen.

Als Margreta und Frau Steenkamp schließlich alle Teller abgeräumt hatten, teilte Meerbusch den einen oder anderen Krummesser Korn aus. Und irgendwann gaben sich die Schrebergärtner auch mit ihren Antworten zufrieden. »Hauptsache, dir geht es gut, Margreta!«, sagten schließlich die einen. »Frau Mai, dass Sie das alles so gut vertragen können«, staunten die anderen.

»Danke, dass du so offen und ehrlich zu uns gewesen bist«, sagte schließlich Tondersen. »Deshalb wollen wir es nun auch zu dir sein.«

»Was ist denn jetzt los?«, wunderte sich Margreta und sah auf die Uhr. Viel Zeit hatte sie nicht mehr, wollte sie pünktlich bei Marjolein sein.

»Nu woll'n wir dir sagen, was wir wissen, min Deern«, sagte der 87-jährige Theo Himmel mit dünner, wackeliger Stimme. Theo Himmel, oder auch Himmel senior genannt, war der Vater des Vorsitzenden Klaus Himmel und ein Urgestein der Kleingartensiedlung.

»Was wisst ihr denn, was ich nicht weiß?«, fragte Margreta erstaunt.

Auf einmal fingen alle an zu murmeln, und es kam Margreta so vor, als würde ihr gemeinsames Wissen anfangen zu brodeln. Doch bevor es überkochen konnte, brachte Tondersen alle mit einem lauten Räusperer zur Ruhe. »Wir haben jemanden in Verdacht!«, erklang Tondersens Stimme laut in der plötzlichen Stille.

Margreta, beängstigt von der Stimmung, die auf einmal in der sonst so friedlichen Gruppe herrschte, erschrak förmlich. »Was? Wer?«

»Die Neuen!«, dröhnte Tondersen und donnerte gleichzeitig, als könne er damit seine Aussage hieb- und stichfest machen, seine Faust auf den Tisch.

Margreta schluckte diese Anschuldigung mit einem großen Schluck Mineralwasser aus Grete Siebenhus' Glas, das zufällig in Reichweite stand, herunter. »Wie kommt ihr denn darauf?«, fragte sie dann.

»Wir haben etwas gehört!«, sagte Grete Siebenhus, die das Glas, das Margreta ihr wieder hingestellt hatte, zu ihr zurückschob.

»Ja, was habt ihr denn gehört, um Himmels willen? Jetzt lasst euch doch nicht alles aus der Nase ziehen.«

»Sie hatten schon mal einen Garten im ›Sonnenglück‹ in Genin!«, brachte sich Fermann ein.

»Sie sollen dort rausgeflogen sein!«, ergänzte Grete Siebenhus und zupfte armreifenklappernd erneut an ihrem Tiger-Shirt herum.

»Er soll etwas aus der Vereinskasse geklaut haben!« Himmel senior strengte sich an, dass seine dünne Stimme laut genug zu hören war.

»Und zwar nicht zu knapp!«, wusste Grete Siebenhus es noch besser.

Als die Vorwürfe heraus waren, starrten alle Margreta an, als läge es allein an ihr, diese Behauptungen für richtig oder falsch zu erklären.

Diese konnte jedoch nichts dergleichen entscheiden, denn sie war einfach nur sprachlos. Nachdem sie ein paar Sekunden nur ins Leere gestarrt hatte, registrierte sie die Flasche Krummesser Korn, die vor Meerbusch auf dem Tisch stand. Sie zeigte mit dem Finger drauf und dankte Gott, dass Meerbusch sofort begriff. Im Nu hatte er alle Schnapsgläser noch einmal aufgefüllt. »Prost!«, sagte Margreta, erhob ihr Glas und trank es mit einem Zug leer.

# KAPITEL 4

Es war schon 20 nach acht, als Margreta ihr Fahrrad in der Dankwartsgrube in den Hauseingang schob, unterhalb der Briefkästen an die Wand lehnte und dann die Stufen zu Marjoleins und Oles Wohnung im dritten Obergeschoss hochstapfte. Sie hatte sich alle Vorwürfe der Schrebergärtner gegenüber den Neuen, die das Grundstück von Walli und Walter Vossen übernehmen wollten, angehört und war deshalb zu spät zu Marjolein und Ole gekommen. Sie selbst hatte sich erst während der Radtour ihre eigenen Gedanken zu den Vorwürfen gemacht und war sich nicht sicher, inwieweit sie berechtigt waren. Sie nahm sich vor, sich am nächsten Tag diesbezüglich umzuhören. Sie musste es ja nicht gleich Knutsen erzählen, immerhin war es nur ein Verdacht. Und außerdem, entschied sie, hatte er alle Möglichkeiten, es selbst herauszufinden.

Die Tür zu Marjoleins und Oles Wohnung war angelehnt, schon auf den letzten Stufen schlug ihr Waschpulvergeruch entgegen. Als sie den Spalt aufschob, entdeckte sie die Ursache dafür. Auf dem hellgestreiften Flickenteppich, der sich fast in voller Länge über die Holzdielen des Flurs erstreckte, stand ein Wäscheständer. Margreta warf nur einen kurzen Blick auf die noch feuchte Wäsche, dann lächelte sie liebevoll. Marjolein hatte schon immer am liebsten geringelte Socken getragen.

Aus der Küche kam ihr Ole entgegenkam. Ole hatte die große Statue seines Vaters geerbt, nur ganz so breitschultrig war er noch nicht. Unter seinen dunklen Haaren blitzten sie zwei blaue Augen freundlich an. »Margreta! Schön, dass du kommst. Meine Mutter und Bernie sind auch schon da.«

»Wie schön«, sagte sie. Dummerweise überkam sie in genau dem Moment das Gefühl, sich unbedingt frisch machen zu wollen, bevor sie Simone und ihrem Bernwald gegenübertrat. Ob das nun an Simone und ihrem Bernie lag, den drei Korn, die sie letztlich bei Meerbusch hinuntergekippt hatte, oder der schweißtreibenden Radtour bis in die Innenstadt, wollte sie gar nicht ergründen. Dennoch hatte sie schon immer das Bedürfnis gehabt, ihr Aussehen kritisch zu überprüfen, wenn sie auf Oles Mutter traf. Und dieses Gefühl war nur umso stärker, wenn sie ihren korrekt seitengescheitelten Bernie mitbrachte. »Ich geh' mir nur schnell die Hände waschen. So verschwitzt mag ich niemanden begrüßen«, sagte sie deshalb zu Ole und drehte sich zu der Tür um, die der Küche gegenüber lag.

Simone Liebchen war eigentlich – und das hätte Margreta, hätte sie just einen Frisör- und Kosmetikbesuch hinter sich gebracht, auch gern zugegeben, – eine sehr nette Person. Wäre da nicht diese gewisse Aura, die sie umgab. Diese Aura, die einem selbst das Gefühl gab, nur Beiwerk einer großartigen Inszenierung zu sein. Oder das geknickte Blatt am gebundenen Strauß. Valerie war regelmäßig empört, wenn

Margreta so etwas äußerte. »Ihr seid einfach nur zwei grundverschiedene Frauen! Zwei Frauen mit unterschiedlichem Lebenskonzept!« Oh ja, das fand Margreta allerdings auch. Margreta ging gern in den Garten, Simone zur Pediküre. Margreta liebte das Kochen, Simone den Sport. Margreta kannte alle Pflanzen beim Namen, Simone sprach vier Sprachen. Margreta ließ sich gern vom kräftigen Seewind zerzausen, Simone buchte Studienreisen. Auch wenn Margreta sicher war, dass sie das Leben liebte, dass sie lebte, beschlich sie in Simones Gegenwart doch immer dieses Gefühl, dass es vielleicht doch nett sein könnte, wenn sie ein Stückchen so wäre wie sie.

Margreta hatte sich Gesicht und Hände gewaschen und hielt nun zur Erfrischung ihre Handgelenke unter kaltes Wasser. Dabei sah sie in den Spiegel. Ihre geröteten Wangen – ob nun vom Schnaps oder der Radtour, das wollte sie gar nicht entscheiden –, fand sie eigentlich ganz hübsch. Sie könnte höchstens das schillernde Rot mit etwas Puder abmildern. Ob Marjolein so etwas besaß? Sie trocknete sich die Hände ab und sah sich in dem kleinen Regal neben dem Waschbecken um. Dort entdeckte sie eine Kompaktpuderdose. Das müsste für diesen Zweck doch genau das richtige sein, dachte sie, und fühlte sich, nachdem sie mit dem Schwämmchen über das Gesicht gefahren war, gleich hübscher. Als sie ihre frisch gepuderten Krähenfüße betrachtete, überlegte sie, warum sie es sich eigentlich nie angewöhnen konnte, täglich die Augen zu schminken. Simone tat es. Als ihr Blick auf die zwei Zahnbürsten fiel, die unterhalb des Spiegels lagen, die eine rosa, die andere schwarz, kam sie auf den Gedanken, dass sie vielleicht Mundgeruch haben könnte. Sie hielt sich eine Hand so vor den Mund, dass sich ihre Finger auf den Nasenrücken legten. Dann pustete sie hinein. »Igitt«, entfuhr es ihr, angewidert von dem, was ihr da in die Nase fuhr. Ohne lange zu überlegen, und nach dem Motto, Marjolein wird schon nichts dagegen haben, griff sie nach der rosa Zahnbürste, fand auch eine Zahncreme im Regal und putzte sich gründlich die Zähne. Als sie gerade einen Lippenstift in einem, wie sie fand, sehr natürlich wirkenden Rosaton gefunden hatte, klingelte es an der Wohnungstür. Und während sie sich die Lippen zur Krönung ihrer spontanen Verschönerungsaktion bemalte, hörte sie, wie jemand durch den Flur ging und den Türöffner drückte. Nachdem sie sich schließlich mit dem so nett nach Zitrone duftenden Eau de Toilette erfrischt hatte – jeweils ein Sprühstoß hinter die Ohren und einen in ihren Ausschnitt -, meinte sie, lange nicht mehr so hübsch gewesen zu sein. Jetzt konnte sie es wirklich mit jeder Simone Liebchen weit und breit aufnehmen, dachte sie erfreut und schloss gut gelaunt die Badezimmertür auf.

Die Wohnungstür stand wieder einen Spalt weit offen, bereit den nächsten Gast einzulassen. Dessen Schritte hallten im Treppenhaus wider, das Lied, das gepfiffen wurde, verriet außerdem, um wen es sich dabei handelte. ›Dat du min Leevsten büst‹ hatte derzeit doch nur einer auf den Lippen, und zwar Knutsen!

Margreta rollte mit den Augen. Sie hatte keine Lust, ihm bereits im Flur zu begegnen, also rauschte sie in die Küche.

»… das ist eine wirklich gute Idee! Darauf bin ich noch gar nicht gekommen«, sagte die am Küchentisch sitzende Simone gerade. Dann wandte sie sich, höflich wie immer, sofort an Margreta. »Hallo, meine Liebe. Wie geht es dir?«, sagte sie.

Margreta fühlte sich zwar sofort gemustert, doch heute hätte sie schwören können, dass sie sie nur deshalb so lange anstarrte, weil sie Margreta noch nie so hübsch gesehen hatte. Und das hatte zur Folge, dass Margreta sich gleich noch ein Stückchen hübscher fühlte. Und so antwortete sie, untermalt von einer legeren Handbewegung »So weit, so gut, Simone. Wirklich schön, dich mal wieder zu sehen. Wie lange ist es her?«

Den kleinen Dämpfer, den Simone ihr mit der Antwort »Ich glaube, gestern?« auf ihr gutes Gefühl setzte, beschloss sie zu übergehen. Allerdings verwarf sie prompt ihre Überlegung, Simone auch noch förmlich die Hand zu reichen. Das musste nach so kurzer Zeit nun nicht sein.

Zum Glück rettete Marjolein sie aus dieser Situation, indem sie von ihrem Platz am Tisch aufsprang und Margreta in den Arm nahm und drückte. »Alles okay, Mami?«, flüsterte sie ihr ins Ohr. »Ja«, flüsterte Margreta zurück.

Als sie von ihr abließ, bemerkte Margreta, wie Marjolein sie etwas irritiert anschaute. Wenn sie es genau betrachtete, dann schien es sogar, als würde sie ein wenig an ihr schnüffeln. Fragend schaute sie Marjolein an. Sie stank doch nicht etwa doch nach Schweiß? Oder gar nach Alkohol? Doch da Marjolein im nächsten Moment wieder die alte war, fröhlich und gut gelaunt, und sie neben sich auf den Platz zog, entschied Margreta, sich geirrt zu haben. Alles war gut!

Als Marjolein ihr ein Glas Wasser hinstellte, hörte sie, wie Ole seinen Vater im Flur begrüßte. »Ich dachte, Bernwald sei auch da?«, fragte sie Marjolein.

»Ole zeigt ihm etwas am Computer«, antwortete Simone, und als würde Margreta sich in der Wohnung nicht auskennen, fügte sie noch erklärend hinzu: »Im Büro!«

Ole nahm seinen Vater dort ebenfalls mit hin. Margreta hörte ihre Schritte weiter durch den Flur gehen.

»Aber noch mal zu dem, was du gerade erzählt hast«, richtete sich Simone an Marjolein. »Was genau ist das jetzt für ein Spray, was du anstelle dieser Badezimmersprays benutzt?«

»Ein Erfrischungsspray mit Zitronengeruch auf biologischer Basis. Gibt es recht günstig im Drogeriemarkt zu kaufen. Es riecht nicht so künstlich wie die Raumsprays. Ich denke, sie geben sich bei den Dingen, die man auf der Haut trägt, einfach mehr Mühe.«

»Ich meine, ich kann es sogar bis hierhin riechen.« Simone fächerte sich Luft zur Nase.

»Wovon sprecht ihr?«, fragte Margreta, die ahnte, dass es nicht Marjoleins Lieblingsparfum war, was eben ihre Haut hinter den Ohren benetzt hatte.

Marjolein verschwand kurz aus der Küche und kehrte mit genau der Flasche zurück, die Margreta meinte. »Hier, Mama. Das nehme ich jetzt anstelle dieser schrecklich künstlich riechenden Badezimmersprays. Naja, du weißt schon, wenn man sein … ähm … Großes gemacht hat. Riecht viel angenehmer und ist auf Biobasis. Theoretisch kann man es sich sogar auf die Haut sprühen. Doch das finde ich dann doch nicht gut.«

»Ach nein, wie nett«, sagte Margreta und spürte, dass ihr Wangenrot von hübsch-dezent zu alarmierend-rot wechselte. Sie drückte einmal auf den silberfarbenen Sprühkopf, tat so, als schnüffele sie interessiert daran, und sorgte gleichzeitig dafür, dass sie nicht mehr als Duftträgerin entlarvt werden konnte.

»Naja, in der Küche ist es vielleicht doch zu aufdringlich«, meinte Simone despektierlich. »Aber im Badezimmer ist es sicherlich sehr nett.«

In dem Moment kam Ole mit einem gut gelaunten Bernwald Lieblich und einem mürrisch dreinblickenden Knutsen im Schlepptau in die Küche. Bernwald reichte Margreta die Hand, von Knutsen wurde sie mit einem kurzen »Hallo« begrüßt. Simone ging wie immer in Sachen Begrüßung von ihrem Exmann leer aus, dafür wurde sie von ihrem Mann, der sich direkt neben sie setzte, geherzt.

Ole nahm die eine Kopfseite des Tisches ein, Knutsen die andere. Knutsen drehte seinen Stuhl so, dass er Simone seinen Rücken präsentierte. Dass Bernwald ihn dabei auch nur von hinten sah, nahm er in Kauf.

»Ah, der neue Badezimmerduft, jetzt auch in der Küche zu haben«, witzelte Ole und leerte die Mineralwasserflasche in sein Glas. »Wisst ihr, Marjolein probiert gerade eine Menge Neues aus. Stellt euch vor, ich muss eine rosa Zahnbürste benutzen!«

Margreta verschluckte sich fast an dem Schluck Wasser, den sie gerade in den Mund genommen hatte.

»Damit brechen wir die klassische Rollenverteilung auf!«, fügte er grinsend hinzu, während er mit den Fingern Anführungszeichen in die Luft zeichnete.

»Ja, warum auch nicht. Ich finde das gut! Sich als Mann und Frau aus ungewohnten Blickwinkeln zu begegnen. Ganz ohne die Vorgaben, die üblicherweise gemacht werden. Der üblichen Rollenverteilung ein Schnippchen schlagen …« Simone unterstrich ihre Zustimmung mit einem wohlwollenden Kopfnicken in Marjoleins Richtung.

»Hmpf«, grunzte Knutsen, was alles andere als nach Zustimmung klang. Dann beschwerte er sich mit nörgeligem Tonfall, dass er unter dem Vorwand einer dringenden Familiensitzung hierhergeholt wurde. »Wenn ich gewusst hätte, dass es dabei um eure Zahnputzgewohnheiten geht, wäre ich nicht gekommen. Wie ihr wisst, habe ich heute einen langen Tag hinter mir!«

»Sei mal nicht so ungeduldig, Jan. Du bist nicht der Einzige, der einen wichtigen Job hat. Marjolein zum Beispiel. Meinst du, Lehrerin zu sein wäre weniger wichtig?«, predigte Simone in Knutsens breiten Rücken.

Margreta konnte beobachten, wie Knutsen dazu nur kurz seine Augenbrauen in die Höhe zog. Das war mehr, als ihr sonst zuteilwurde, urteilte sie. In der Regel ignorierte er sie nämlich komplett. Nur Ole und Marjolein zuliebe riss er sich an Tagen wie diesem zusammen, wenn es darum ging, wichtige Dinge zu besprechen.

»Geht ja gleich los, Papa!«, beschwichtigte Ole. »Es ist zwar dringend, doch es kommt nicht auf die Minute an. Zudem würde ich gern noch wissen, was ihr über den Mordfall in der Kleingartensiedlung zu berichten habt. Das ist ja auch nicht gerade von Pappe!«

»Ach, arme Margreta, ja!« Simone war voller Mitleid. »Marjolein hat mir erzählt, dass du heute Morgen eine Leiche in deinem Garten gefunden hast. Das ist ja schrecklich! Das wünscht man ja nicht mal seinem ärgsten Feind! Und du, Jan, du ermittelst, hat Marjolein gesagt?«

»Hmpf!«, grunzte Knutsen.

»Und? Hast du schon eine Spur, wer der Täter sein könnte?«

Alle Augenpaare richteten sich auf Knutsen, doch die Antwort fiel enttäuschend aus. »Als wenn ich je etwas ausgeplaudert hätte«, antwortete er beleidigt, während er geradeaus die Wand anstarrte.

»Manchmal hast du schon mit mir …«, setzte Simone kleinlaut an, doch Knutsen unterbrach sie mit barscher Stimme: »Unfug! Können wir endlich zum Wesentlichen kommen?«

Marjolein stand auf, um eine neue Wasserflasche aus der Kiste zu holen. »Kein Grund, so grummelig zu sein. Wir machen uns alle Sorgen um das, was Mama passiert ist. Ist ja nun kein x-beliebiger Fall von dir!«

»Ja, na gut. Hast ja recht, Marjolein. Entschuldige bitte.«

»Bei ihr brauchst du dich eigentlich nicht zu entschuldigen«, kritisierte Ole, doch da Knutsen nur wieder zur Wand starrte, ließ er es auf sich beruhen.

»Bevor hier alle zerstritten auseinandergehen«, lenkte Marjolein das Gespräch auf den Grund ihrer Zusammenkunft. »Das hübsche Restaurant an der Wakenitz hat unsere Feier abgesagt.«

»Was?«, rief Margreta.

»Das ist ja unglaublich!«, meinte Simone.

»Habe ich mir doch gleich gedacht!«, knurrte Knutsen.

»Naja, eigentlich war das nicht zu erwarten gewesen, Papa!«, sagte Ole. »In der Familie gab es einen Todesfall. Der Chef persönlich. Und deshalb wollen sie verständlicherweise derzeit keine Feiern ausrichten.«

»Das kann ich wirklich verstehen«, sagte Simone.

»Noch ein Toter?«, fragte Margreta leise.

»Naja, das könnte man doch arrangieren«, sagte Knutsen.

»Arrangieren? Das ist doch wieder typisch!«, stichelte Simone und begann, mit einem ihrer lackierten Fingernägel auf dem Holztisch zu klopfen.

Auch Ole lehnte den Vorschlag seines Vaters ab. »Nein, Papa, da arrangieren wir nichts. Es ist vollkommen in Ordnung für uns.«

»Wir müssen nur etwas Neues finden«, ergänzte Marjolein.

»Und das in so kurzer Zeit. Und ausgerechnet im Monat Mai. Da wollen doch alle heiraten! Das ist ja geradezu unmöglich«, erfasste Margreta die Situation am besten.

»Genau! Das ist unser Problem!« Marjolein und Ole sahen zerknirscht in die Runde.

Für eine Weile hing jeder seinen Gedanken nach. So ein Pech, dachte Margreta. Es wäre so ein schönes Lokal für die Hochzeit gewesen. Es lag so idyllisch im Grünen, und ganz in der Nähe das Wasser. Wenn sie selbst noch mal heiraten würde … Und nun soll daraus nichts werden? Margreta seufzte. Sehr schade! Ob sie Marjolein nun doch das ›Radieschenheim‹ anbieten musste? Bislang war es von allen kategorisch ausgeschlossen worden. »Damit du nicht so viel Arbeit hast«, hatte Marjolein gesagt. Und ehrlicherweise war Margreta froh darüber gewesen. Aber nun? War es nicht ihre Pflicht? Zum Glück sprach Marjolein das Thema an. »Und, Mama, komm ja nicht auf die Idee, uns jetzt deshalb das ›Radieschenheim‹ anzubieten«, sagte sie energisch. »Dort werden wir auf keinen Fall feiern, das hatten wir bereits abgemacht.«

»Ach du meine Güte! Es wird *sicherlich* eine andere Lösung geben«, sagte Simone.

Das hoffte Margreta zwar auch, aber dennoch horchte sie auf. Es gefiel ihr ganz und gar nicht, wie Simone das Wort *sicherlich* betont hatte. War ihr das ›Radieschenheim‹ etwa nicht gut genug? Nicht, dass Margreta selbst ihr Lokal für Marjoleins Hochzeit geeignet hielt. Wenn es nach ihr gegangen wäre, hätte sie etwas ganz Gediegenes für ihre einzige Tochter ausgesucht. Ein romantischer Ort im Grünen, mit idyllisch gelegener Brücke praktischerweise unweit eines Blütenmeers von weißem Blauregen, die Heimat unzähliger weißer Tauben und eine tausendprozentige Sonnengarantie … Notfalls hätte es auch ein Herrenhaus getan oder ein Schloss … Aber wenn sie schon nicht entscheiden durfte, warum sollte es dann nach Simones Nase gehen?

Umso mehr wunderte es sie, als Knutsen Partei für sie ergriff. »Ich wüsste nicht, was am ›Radieschenheim‹ schlecht sein sollte. Vielleicht gibt es dort nicht gerade die beste Küche. Aber es könnte ja ein Partyservice Essen bringen.«

Margreta schluckte.

»Ein Partyservice!«, stieß Simone aus. Anschließend monologisierte sie darüber, dass – wenn schon Essen bestellt werden sollte – selbstverständlich nur ein Caterer in Frage käme. Warum das so sein musste, erklärte sie gleich dazu: Dem Partyservice würde nämlich ihrer Meinung nach etwas sehr Bäuerliches anhaften. »Ein Partyservice fährt zu Tante Friedas 85. Geburtstag. Ein Caterer wird zu besonderen Anlässen geordert. Und er liefert Delikatessen!«

»Ihr könnt euch aber über alles streiten!«, schimpfte Ole.

»Sag das mal der da!«, brummte Knutsen und deutete eine Kopfbewegung in Richtung seiner Exfrau an.

Und während Knutsen mit extra gelangweiltem Blick wieder geradeaus ins Leere starrte, Marjolein und Ole sich einen amüsierten Blick zuwarfen und Bernwald Simones Hand drückte, schaute Margreta nur betreten in ihr Glas. Sie war sich nicht sicher, ob sie lieber über Knutsens Kommentar hinsichtlich ihrer Kochkünste oder doch lieber über Simones Abwertung, was das Bäuerliche betraf, grollen wollte. Zumindest hatte sie für sich abgehakt, dass sie keine Tante Frieda kannte und deshalb auch keinen 85. Geburtstag vergessen konnte.

»Also, was schlägt der Familienrat vor?«, fragte Ole ganz pragmatisch in die inzwischen wieder eingekehrte Stille. »Wer Ideen hat, der trage sie bitte vor, viel Zeit bleibt uns nämlich nicht mehr.«

»Und die Einladungen! Was macht ihr mit den Einladungen?«, fragte Simone auf einmal ganz aufgeregt. »Die sind doch schon lange raus?«

»Wir wollen die Hochzeit ja nicht abblasen, sondern nur an einen anderen Ort verlegen. Wir werden noch eine Info zum neuen Ort rausschicken«, sagte Marjolein.

»Habt ihr es schon in Krummesse versucht?«, fragte Margreta, die dort einmal ein sehr schönes Fest erlebt hatte.

»Alles voll!«, kam es gleichzeitig von Marjolein und Ole.

»Und in Grönau?«

»Auch!«

»Innenstadt ist mit Sicherheit …«

»… auch voll! Zumindest, was da in Frage kam.«

»Hmm.«

»Ich schlage vor«, sagte Ole, »jeder überlegt noch mal, was er kennt. Und dann sagt ihr uns Bescheid, und wir werden es uns ansehen.«

»So machen wir das!«, sagte Knutsen und erhob sich von seinem Stuhl. »Ihr seht es mir sicherlich nach, wenn ich jetzt gehe.«

»Ich würde dann auch gern«, sagte Bernwald zu seiner Simone, die ihm nickend zustimmte.

»Mama, du bleibst aber noch, oder?«, fragte Marjolein Margreta.

Im nächsten Moment saß Margreta allein am Küchentisch. Knutsen hatte gleich, nachdem klar war, dass seine Exfrau und ihr Lebensgefährte mit ihm gehen wollten, ein kurzes »Tschüss dann« in die Runde geworfen und schnellstens die Küche verlassen. Die anderen zwei wurden gerade von Marjolein und Ole verabschiedet.

»Und, Mama? Wie geht es dir jetzt wirklich?«

Margreta schrak hoch. Sie war so tief in Gedanken versunken gewesen, dass sie nicht mitbekommen hatte, dass Marjolein in die Küche zurückgekehrt und neben ihr Platz genommen hatte.

»Ich muss kurz weggewesen sein«, entschuldigte sie sich. Sie strich mit der Hand eine Haarsträhne aus dem Gesicht.

»Es tut mir leid, dass ich ausgerechnet heute dieses Familientreffen einberufen musste. An so einem Tag! Aber wir müssen das Restaurantproblem so schnell wie möglich lösen.«

»Ist doch kein Problem.«

»Wer's glaubt, wird selig.« Marjolein trank einen Schluck aus ihrem Glas.

Als Margreta daraufhin anfing zu erzählen, merkte sie erst, wie gut es ihr tat. Es war das erste Mal, dass sie in Ruhe berichten konnte. Niemand, der dazwischenfragte. Keiner, der ständig auf die Uhr schaute oder Telefonanrufe entgegennahm. Bislang hatte sie wirklich geglaubt, dass sie die Entdeckung der Leiche Kunkelbeins gut weggesteckt hatte. Jetzt fühlte sie erst, wie nah es ihr gegangen war. Sie erzählte und erzählte. Von dem Moment, als sie gedacht hatte, dass Kunkelbein nur ein Betrunkener wäre, der sich in ihrem Garten verirrt hatte. Von der Schubkarrenspur und den Fußabdrücken, die von ihrem bis zu Kunkelbeins Grundstück führten, bis hin zum Verdacht der Schrebergärtner, dass die zukünftigen Pächter des Grundstücks von Walli und Walter Vossen dahinterstecken könnten. Nur einmal wurde sie unterbrochen, und zwar rief Knutsen auf ihrem Handy an. Er wollte sich für den nächsten Morgen um acht Uhr am ›Radieschenheim‹ verabreden. »Um neun muss ich in der Gerichtsmedizin sein. Und zuvor würde ich gern noch was mit dir klären!« Margreta hörte den ernsten Ton in seiner Stimme und sagte zu. Als sie aufgelegt hatte, hakte Marjolein bei den Vorwürfen des Ältestenrats nach. »Und? Glaubst du an den Verdacht?«

Margreta dachte nach. »Ich habe sie noch nicht einmal kennengelernt. Was soll ich über sie sagen?«

»Denkst du, die Schrebergärtner haben sich das ausgedacht?«

»Eigentlich nicht. Wer sollte sich so etwas ausdenken?«

Marjolein nippte an ihrem Glas. »Sicher. Da hast du recht. Wirst du es Knutsen sagen?«

Margreta rollte mit den Augen. »Knutsen!«

»Ja, was?«, Marjolein lachte. »Er ist der ermittelnde Kommissar.«

»Hmm«, machte Margreta. »Aber mit seinem Feingefühl einer Planierraupe ...« Margreta musste zwischendurch gähnen. »... wird er kaum weit kommen.«

»Das ist jetzt unfair. Nur, weil er nicht so sehr auf Gemüse steht.«

»Ich mag auch nicht alles. Aber muss ich deswegen jemanden beleidigen?« Margreta gähnte erneut.

»Nein, natürlich nicht.« Marjolein sah auf die Küchenuhr. »Es ist schon nach elf Uhr, Mama. Was hältst du davon, wenn du heute Nacht hier bleibst. Ich ziehe dir die Couch aus. Ich habe erst zur dritten Stunde Unterricht, die eine Klasse macht einen Ausflug. Dann können wir zusammen frühstücken, bevor du ins ›Radieschenheim‹ fährst.

»Ja, ist gut. Meinetwegen«, sagte Margreta schläfrig. »Aber stell einen Wecker. Ich habe um acht Uhr eine Verabredung mit deinem zukünftigen Schwiegervater.«

Eine Viertelstunde später hatte sich Margreta in die weiche Gästedecke eingekuschelt und war im Nu eingeschlafen.

# KAPITEL 5

Am nächsten Morgen fühlte sich Margreta viel besser. Sie ließ sich von Marjolein zu Buttertoast mit Honig einladen, Marjoleins Lieblingsfrühstück, seit sie Honig überhaupt aussprechen konnte. Und der heiße Kaffee tat sein Übriges, um ihre Lebensgeister zu wecken.

»Also, deine zukünftigen Schwiegereltern sind wirklich eine Nummer für sich. Ich hoffe, du musst sie nicht allzu oft zusammen ertragen.«

Marjolein lachte. »Dafür sorgt Jan Knutsen schon selbst. Er meidet sie wie die Pest und erträgt sie nur Ole zuliebe. Aber Ole weiß das ja und guckt, dass sie sich nicht unbedingt über den Weg laufen.«

»Wenn ich es mir recht überlege, dann würde ich auch kein Wort mehr mit deinem Vater reden, würde ich ihn wiedersehen!«

»Dann kannst du ihn ja sogar verstehen«, sagte Marjolein, obgleich sie etwas zerknirscht aussah. »Hmm«, stimmte Margreta zu, während sie vom Honigbrot abbiss. Und während sie kaute, dachte sie darüber nach, wie sie überhaupt einmal zusammenfinden konnten, der knurrige Knutsen und die feine Simone. »Sie treibt es aber auch gern auf die Spitze mit ihren Bemerkungen«, sagte sie, nachdem sie heruntergeschluckt hatte.

»Sie ist sonst anders. Wenn Knutsen nicht da ist. Das hast du doch auch schon erlebt.«

»Kann schon sein.«

»Sie wollen beide bei Ole trumpfen und stellen dafür gern den anderen bloß.«

»Aber sie machen sich doch so nur lächerlich!«

Marjolein leckte sich eine Honigspur vom Daumen. »Das siehst du so. Aber ich glaube, Ole kann damit umgehen. Er weiß, was er an beiden hat.«

Margreta biss wieder von ihrem Honigtoast ab. Ob Marjolein so auch über ihren Vater sprechen würde? Wenn er da wäre? Aber das war er ja nicht. Hat sich nie wieder gemeldet, zu keinem Geburtstag und auch zu keinem Weihnachtsfest. Und jetzt war er nicht mal zu ihrer Hochzeit eingeladen.

Als beide ihre Toastbrote verdrückt hatten, klingelte das Telefon im Flur. Marjolein ging kurz raus, um den Anruf entgegenzunehmen. Als sie wiederkam, schenkte sie sich und Margreta noch eine Tasse Kaffee ein. Sie grinste.

»Was gibt es zu grinsen?«

»Mein zukünftiger Schwiegervater hat eine Überraschung für uns.«

»Ja und?«

»Das hat er natürlich nicht verraten. Wir sollen bei der Wahl der Räumlichkeiten nur unbedingt darauf achten, dass es so etwas wie eine Bühne gibt.«

»Bitte was will er? Eine Bühne?«

Marjolein nickte.

»Er will doch nicht etwa einen Sketch aufführen! An dem scheitert doch jede Pointe!«

»Ach Mama, das war jetzt echt gemein! Er ist viel netter, als du immer denkst!«

Margreta schüttelte ungläubig den Kopf, doch nur solange, bis ihr Blick zufällig auf die Küchenuhr fiel. Es war bereits 20 vor acht. In drei großen Schlucken trank sie ihren Kaffee aus und stand auf.

»Marjolein, vielen Dank für Kost und Logis. Ich muss jetzt dringend los. Nicht, dass dein zukünftiger Schwiegervater und unerwarteter Bühnenstar noch auf mich warten muss.«

Margreta schaffte es natürlich nicht mehr, pünktlich am ›Radieschenheim‹ zu sein. Es war schon einige Minuten nach acht, als sie in die Kleingartensiedlung bog. Sie konnte Knutsen schon sehen, noch bevor er sie bemerkt hatte. Er wartete auf einer der Bänke, die langen Beine von sich gestreckt und den Blick auf ihre geblümten Gartenschuhe gerichtet, die er auf seinem Schoß mit beiden Händen festhielt. Mit tiefer Bassstimme schmetterte er die erste Strophe von ›Dat du min Leevsten büst‹ direkt in ihre frühlingshafte Vorgartenidylle. Margreta hielt mit dem Fahrrad im Zibbelsring an und lauschte eine Weile, nicht sicher, ob sie ihn stören wollte. Schließlich wendete sie ihr Fahrrad und fuhr ein Stück zurück, um erneut auf ihr Gartenlokal zuzurollen. Diesmal betätigte sie frühzeitig ihre Fahrradklingel, damit er gewarnt war. Als Belohnung erwartete sie ein streng dreinblickender Kommissar, der mit dem Finger auf seine Armbanduhr tippte. »Das ist aber nett, dass du auch noch kommst.«

»Entschuldige, ich musste noch mein Vorderrad aufpumpen.«

»Na gut«, knurrte er. »Hier sind deine Gartenschuhe zurück. Sie stimmen, wie erwartet, mit den Fußabdrücken im Garten überein.«

Knutsen folgte ihr unaufgefordert zum Nebeneingang des Lokals. Bevor er hinter ihr eintrat, sah er in den bewölkten Himmel. »Es ist frisch heute Morgen.«

Als er sich an den Tresen setzte, kramte er sein Handy aus der Jackentasche und tippte mit dem Stift darauf herum. Margreta sah, wie sich eine tiefe Sorgenfalte zwischen seine Augenbrauen setzte.

»Also, es gibt ein Problem. Es sind neue Fußspuren aufgetaucht. Jemand war in deinem Garten.«

Margreta hob vor Schreck die Hand vor den Mund, doch als ihr ihr kleiner Ausflug zum Gewächshaus einfiel, ließ sie sie langsam sinken. »Wie meinst du das? Neue Fußspuren? Wo?«

»Du hast nicht zufällig eine Ahnung, wer das gewesen sein könnte?«, fragte er und beugte sich seitwärts, um an der Theke vorbei auf Margretas Schuhe zu gucken.

Margreta wurde rot.

»Also? Ich höre?«

»Ich war einmal beim Gewächshaus. Na und? Das ist doch nicht verboten.«

»War es doch! Mensch, die Polizei ist doch nicht zum Spaß hier. Was meinst du, was so etwas für einen Wirbel auslösen kann?«

»Tut mir leid«, sagte sie zerknirscht. »Die Tomaten brauchen eben viel Wasser.«

»Jetzt sind doch nicht etwa die Tomaten schuld«, sagte er kopfschüttelnd, während er einen Eintrag ins Handy vornahm.

Margreta hätte ihm gern erklärt, warum nicht nur die Tomaten, sondern auch all das andere Gemüse, das in ihrem Garten wuchs, ihrer täglichen Pflege bedurfte. Doch sie ahnte, dass Knutsen dafür kein Verständnis haben würde, und schluckte ihren Einwand schwer herunter.

Sie beobachtete, wie Knutsen auf dem Display hin und her wischte. Von Zeit zu Zeit brummte er dabei vor sich hin. Für Margreta machte diese Art des Arbeitens keinen Sinn, und um diesen zu ergründen, versuchte sie, auf sein Handy zu schielen.

Doch er hatte es bemerkt, denn just in dem Moment ging das Display aus.

»Huch!«, rief sie erschrocken aus und schlug sich gleichzeitig eine Hand ans Herz.

»Tut mir leid, das ist geheim.« Er stand auf und verstaute sein Handy in die Innentasche seiner Jacke. »Hast du es dir übrigens überlegt?«

»Was meinst du?«

»Mit dem Anzugkauf.«

»Marjolein würde das sicherlich auch für dich tun«, schlug Margreta vor.

»Ich möchte Marjolein aber nicht fragen. Ich finde das nicht richtig. Sie ist die Braut. Ich … Ich … Es soll doch auch irgendwie eine Überraschung sein. Und die beiden haben genug Zeugs um die Ohren.«

»Ja, na gut. Meinetwegen.«

»Gut. Ich melde mich bei dir.«

Margreta sah ihm nach, wie er das Grundstück über die Lokalterrasse verließ. Er bog links ab in die Richtung, wo die Parkplätze lagen.

Dann ging sie in ihre Küche und sah aus dem Fenster in den menschenleeren Garten. Knutsen hatte recht, es war frisch heute Morgen.

Margreta hatte ihren Vormittag damit verbracht, eine Weile im Internet nach einem alternativen Restaurant für Marjolein und Ole zu suchen. Doch wann immer sie auf etwas Interessantes gestoßen war, lautete die Antwort bei einer telefonischen Nachfrage jedes Mal gleich. »Entschuldigen Sie, unser Lokal ist an allen Wochenenden bereits für Hochzeitsfeiern ausgebucht. Es ist schließlich Mai, Frau Mai!«

Enttäuscht gab Margreta die Suche auf. Sie tigerte ein wenig im ›Radieschenheim‹ auf und ab, wischte die Fensterbänke sauber und sortierte das Vorratsregal neu ein. Dabei sehnte sie sich nach ihrem Garten. Wie gut es ihr tun würde, sich dort etwas zu beschäftigen. Es wäre nicht das erste Mal, dass sie sich, während sich ihre Hände durch den sandigen Gartenboden wühlten, um Vogelmiere und anderem Unkraut den Garaus zu machen, auch durch ihre Gedanken wühlte. Nicht selten hatte sie auf diese Art und Weise so manche Lösung für ein Problem zu Tage befördert.

Mangels Alternative kniete sie sich wenig später vor die Beete, die die Lokalterrasse einrahmten. Und auch wenn dort auf den ersten Blick alles in Ordnung schien, so fand Margreta doch den einen oder anderen zarten Grashalm, den sie aus dem Beet herauszupfen konnte. Und manchmal genoss sie es, die schwarze Erde durch ihre Finger rieseln zu lassen.

Auf einmal stand Kommissar Fink neben ihr. Sie hatte ihn erst dadurch bemerkt, dass er seinen Schatten auf das Beet vor ihr warf.

»Hallo, Frau Mai. Wie geht es Ihnen?«, begrüßte er sie freundlich. Sein blonder Bartansatz schimmerte rot im Sonnenlicht, als sie zu ihm aufsah.

»Soweit gut, Herr Fink. Mir fehlt nur mein Garten.«

»Oh, hat man es Ihnen noch gar nicht mitgeteilt? Es gibt doch gute Nachrichten für Sie. Die Spurensicherung hat die Arbeit in Ihrem Garten abgeschlossen.«

In Sekundenschnelle war Margreta auf ihren Füßen. »Das ist ja toll, Herr Fink!« Am liebsten hätte sie den jungen Kommissar aus Freude in den Arm genommen. »Damit habe ich noch gar nicht gerechnet. Kommissar Knutsen hat in der Richtung gar nichts erwähnt.«

Fink grinste.

»Wie weit sind Sie denn gekommen mit Ihren Ermittlungen?« Margreta hoffte, dass Fink sich etwas gesprächiger zeigte. Das war er auch, allerdings erzählte er ihr größtenteils Dinge, die sie bereits wusste. »Tja, Herr Kunkelbein ist offenbar in seinem eigenen Gartenhaus ums Leben gekommen und nicht bei Ihnen. Wie – das wird die Obduktion ergeben, die derzeit stattfindet. Er wurde mit seiner eigenen Schubkarre bis zu Ihnen in den Garten gebracht, das haben wir bereits herausgefunden. Die Schubkarre stand an seinem Haus. Eine Rostspur in seiner Kleidung hat uns darauf gebracht. Wir suchen jetzt jemanden, der die gleichen Gartenschuhe besitzt wie Sie, diese Clogs. Nur in Größe 44. Kennen Sie da jemanden, Frau Mai?«

Margreta schüttelte den Kopf.

»Kennen Sie überhaupt jemanden mit der Schuhgröße 44?«

Margreta überlegte. »Knutsen!«, fiel ihr dann ein.

Fink sah sie ungläubig an. »Frau Mai, Kommissar Knutsens Schuhgröße suchte ich jetzt nicht gerade!«

Sie zuckte mit den Schultern. »Na, dann eben nicht.«

Schließlich musste sie selber lachen.

Fink zog die Stirn kraus. »Wissen Sie, Frau Mai, es ist wirklich ein weiter Weg von Kunkelbeins Garten bis zu Ihrem. Der Leichnam hätte wirklich einfacher in einer Menge Gärten zuvor abgelegt werden können. Doch der Mörder – ich gehe mal davon aus, dass es der Mörder war – hat sich die Mühe gemacht, den ganzen Weg durch die Siedlung bis zu Ihrem auf sich zu nehmen. Er hat riskiert, dass auf dem langen Weg etwas hätte passieren können. Er hätte gesehen werden können!« Fink sah sie eindringlich an. »Frau Mai, ich frage mich wirklich: Warum hat er das getan? Warum hat er sich die Mühe gemacht, Manfred Kunkelbein so weit bis in Ihren Garten zu bringen?«

Margreta schluckte schwer, während sich die Frage tief in ihr Herz bohrte und dabei den noch dünnen Panzer, mit dem sie diese Frage so sorgsam eingepackt hatte, mühelos durchdrang. Was würde sie selbst darum geben, sich diese Frage beantworten zu können. Doch sie hatte nicht die geringste Ahnung, was sie mit der Sache zu tun hatte. »Ich weiß es nicht, Herr Fink. Ich weiß es wirklich nicht. Ich wünschte, ich könnte Ihnen weiterhelfen.« Fast tonlos klang ihre Stimme, als sie hinzufügte: »Sie glauben doch nicht, dass ich etwas mit dem Mord zu tun habe?«

Fink sah sie lange an, dann schüttelte er den Kopf. »Nein, das tue ich nicht. Warum sollte ein Mörder seine Leiche mit nach Hause nehmen? Dennoch müssen wir herausfinden, warum Kunkelbein hierher gebracht wurde. Für einen Zufall war der Aufwand einfach viel zu groß!«

Und mit diesem Satz ließ er Margreta und ihr Gefühl, dass sie sich unbedingt für etwas rechtfertigen wollte, was sie gar nicht rechtfertigen konnte, allein. Eine Weile sah sie Fink hinterher, der die Lokalterrasse Richtung Vereinsheim verließ, dann setzte sie sich auf eine der Holzbänke. Sie fühlte sich auf einmal unendlich müde. Die Mittagssonne tat zwar ihr Bestes, sie mit ein paar warmen Sonnenstrahlen aufzuheitern. Doch Margreta war überhaupt nicht nach Heiterkeit zumute. Und während sich ihr Blick an das gusseiserne Ladenschild heftete, das ausnahmsweise mal stumm in seinen Angeln hing, als wolle es zu der Angelegenheit lieber nichts beitragen, begann Margreta zu grübeln. Und je länger sie grübelte, desto mehr sah sie ein, dass sie die Frage, warum die Leiche ausgerechnet in ihrem Garten lag, nicht verdrängen durfte. Sie musste herausfinden, wer ihr die Leiche von Manfred Kunkelbein in ihrem Kräuterbeet beschert hatte.

»Kleingärtnerverein ›Geniner Sonnenglück‹, Trelling am Apparat. Was kann ich für Sie tun?«

»Maier mein Name. Ich interessiere mich für einen Schrebergarten. Haben Sie zufällig was frei? Und wie könnte ich mich dafür bewerben?« Margreta strich mit einer Hand über das Thekenholz, während sie mit der anderen den Hörer fest an ihr Ohr presste.

»Dafür müssten Sie schon mal bei uns vorbeischauen. Wir können Ihnen dann unsere freien Gartenparzellen zeigen. Und wenn Sie Interesse haben und sich bewerben wollen, dann besuchen Sie am besten einen unserer Stammtische, damit wir Sie und Sie uns kennenlernen können. Es ist uns nämlich sehr wichtig, dass die Pächter gut zusammenpassen. Dann gibt es weniger Ärger, wenn Sie verstehen, was ich meine.«

»Ah ja. Ja, das hört sich doch sehr vernünftig an. Wann hätten Sie denn mal Zeit? Wann könnte ich vorbeikommen?«

»Also, wenn Sie spontan könnten, ich bin noch gut zwei Stunden hier. Ansonsten machen wir was aus.«

»Oh, das passt perfekt. Ich habe jetzt gerade Zeit«, sagte Margreta. »Also, wenn Sie nichts dagegen haben?«

»Ich bin da«, trällerte Herr Trelling in den Hörer. »Sie finden mich im Vereinsbüro. Das ist gleich am

Anfang unserer Siedlung, im Aureliaweg. In der Parzelle zwo. Einfach an die Tür klopfen, dann höre ich Sie. Ja, dann bis gleich, Frau Maier.«

Mit dem guten Gefühl, das Richtige getan zu haben, legte Margreta auf. Eine gute halbe Stunde später ging sie neben dem hochgewachsenen und schlanken, aber etwas gebeugt gehenden Jochen Trelling durch die Gartenanlage der Geniner Kleingartenanlage, die sich in eine Windung des Elbe-Lübeck-Kanals kuschelte.

»Hatten Sie schon mal einen Garten, Frau Maier? Maier übrigens mit ai, ei oder ay?«

»Müller. Müller ist mein Name. Nicht Maier.«

»Ach entschuldigen Sie. Dann hatte ich mir das falsch notiert.« Der freundliche Herr schüttelte den Kopf. »Ist nicht mehr der Beste«, sagte er und zeigte mit einem Finger auf sein Haupt, das lediglich noch ein silbriger Haarkranz schmückte. »Behält immer weniger. Aber man wird ja schließlich auch nicht jünger. Aber ach, da sind wir ja schon. Dies ist die eine freie Parzelle. Haben Sie übrigens Kinder?«

»Jaaa«, sagte Margreta, etwas abgelenkt von dem Anblick, der sich ihr bot. Ein hübscher Familiengarten erstreckte sich vor ihr, mit kleiner Rutsche und Sandkasten. Im Sandkasten lagen bunte Sandförmchen, ein Dreirad stand wie gerade erst zurückgelassen mitten auf dem Rasen. Das könnte zu den Neuen passen, dachte Margreta. Wie sie gehört hatte, hatte die Familie ein Kind. »Sind Sie sicher? Ich meine, das gehört doch noch jemandem?«

»Ja, das stimmt. Die Pächterin ist diesen Monat noch da. Aber Sie wollten den Garten ja auch nicht gleich morgen übernehmen, oder?«

»Nein«, Margreta lachte albern. »Da haben Sie auch recht. Aber warum zieht die Familie weg? Es ist doch eine Familie?«

Trelling lachte. »Das könnte man meinen, nicht? Nein, das ist unsere Frau Limperdick. Eine rüstige Rentnerin. Sie ist Leihoma, wissen Sie. Sie hat gern Kinder um sich. Jetzt bekommt sie aber selbst einen Enkel und zieht zu ihrer Tochter nach Bremen.«

»Ach so, na das erklärt einiges.« Die Antwort enttäuschte Margreta, und deshalb bemühte sie sich umso mehr um ein überzeugendes Lächeln. »Ja, wenn die eigenen Enkel aufwachsen, da möchte man dabei sein.«

»Sie haben also bereits Enkel?«

Trellings Frage war zwar ganz unschuldig gestellt, dennoch gefror Margretas Lächeln. Sie war doch gerade erst 50! »Sie meinen?«

Auch wenn Trellings Gehirn nicht mehr ganz richtig funktionierte, sein Gespür für das Zwischenmenschliche war dafür scharf wie nie. Er sah beschämt zu Boden. »Jetzt habe ich Sie beleidigt! Oh oh, wie kann ich das nur wieder gutmachen?«

»Indem Sie mir die andere Parzelle zeigen?«, sagte Margreta und fror selbst ein wenig bei der Kühle ihrer Antwort. Doch das Klima zwischen Trelling und Margreta wurde bald sonniger, während sie einmal quer durch das Geniner ›Sonnenglück‹ wanderten. Das lag sicherlich zum einen an der Sonne selbst, die sich ein wenig Platz zwischen der ansonsten dichten Wolkendecke verschafft hatte, andererseits hatte Margreta aber auch beschlossen, ihre Befindlichkeiten Befindlichkeiten sein zu lassen, um lieber möglichst viel über die anderen Pächter erfahren zu können. Es musste sich hierbei um die Anwärter auf Walter und Wallis Grundstück handeln.

Und Trelling, der sich über seinen Fauxpas immer noch ärgerte – schließlich hatte er gezeigt, dass er die Dame durchaus hübsch fand, und seine Frau war immerhin schon fünf Jahre tot – war bemüht, seine Karten durch ein besonders offenes Verhalten Margreta gegenüber neu zu mischen. Er hatte sie beleidigt, nun, dann musste er jetzt umso freundlicher sein. Er wollte ihr unbedingt zu verstehen geben, dass sie eine attraktive Frau war, ganz egal, ob sie nun schon Enkelkinder hatte oder nicht. Und so plauderte er mit Margreta lange über die derzeitigen Pächter der zweiten Parzelle und wusste noch nicht, dass er sich zu späterer Stunde aus zwei Gründen darüber ärgern würde: Zum einen, weil er seinen Grundsatz über den Haufen geworfen hatte, jemals über seine Pächter mehr als nötig Auskunft zu geben, und zum anderen, weil er sich nicht mehr erinnern konnte, worauf er Margretas Telefonnummer notiert hatte. Er meinte, auf einem der Zettel vom grünen Abreißblock, doch er konnte nirgends einen grünen Zettel mehr finden. Es war wie verflixt. Dabei wollte er ihr so schnell wie möglich mitteilen, dass sie die Parzelle haben könnte, wenn sie sie nur wollte. Weitere Besuche beim Stammtisch seien gar nicht nötig. »Ich habe lange keinen mehr getroffen, der so gut zu uns passt wie sie«, erklärte er in mehreren Telefonaten seinen übrigen Vorstandsmitgliedern, die ihm die alleinige Entscheidung deshalb gern überließen, weil er sonst der war, der nur selten zufriedenzustellen war und eigentlich an jedem neuen Pächter etwas auszusetzen fand. Irgendwann gab Trelling die Suche nach der Nummer auf und seufzte laut. »Ich weiß nicht mal mehr, ob Frau Schmidt nun mit dt oder mit tt geschrieben wird. Wo soll ich da im Telefonbuch suchen? Und ihren Vornamen hat sie mir auch nicht verraten.«

Margreta hatte den kleinen grünen Zettel auf dem Rückweg zum ›Radieschenheim‹ an einer Bushaltestelle in den Mülleimer geworfen. Sie hätte ihn auch liegen lassen können, es stand sowieso eine falsche Telefonnummer drauf, doch sie ließ sich ungern bei einer Lüge ertappen. Außerdem war sie sich sicher, dass Herr Trelling sie morgen bestimmt schon wieder vergessen hatte – so oft, wie er ihren Namen vertauscht hatte. Insgesamt war Margreta sehr zufrieden mit ihrem Besuch im Geniner ›Sonnenglück‹.

Es war tatsächlich so, dass die zweite Parzelle derzeit noch der Familie zugeteilt war, die demnächst ihrem Kleingartenverein beitreten würde. Dort bot sich allerdings ein gänzlich anderes Bild als zu dem aufgeräumten Garten von Frau Limperdick. Hier trieb das Unkraut aus den vertrockneten Horsten des Vorjahres aus, die Trittplatten waren zwischen all dem hohen Gras nur noch zu Beginn des Weges zu erkennen, und Weinranken hatten nahezu das komplette Gartenhaus eingenommen. »Ach du ahnst es nicht!«, rief Margreta aus. Sie konnte kaum glauben, dass dies eine verpachtete Parzelle sein sollte.

»Sie hatten Pech mit den Nachbarn. Es gab dauernd Streit wegen des Kinderlärms, sodass die Familie irgendwann gar nicht mehr in den Garten gekommen ist. Einen ganzen Sommer haben sie den Garten nicht gepflegt«, hatte Trelling erklärt, und seine Stimme klang dabei vorwurfsvoll. »Wenn sie nicht selbst gekündigt hätten, hätten wir es getan. Wegen der nichtkleingärtnerischen Nutzung, verstehen Sie? So ein verwildertes Grundstück ist bei uns nicht gern gesehen.« Trelling sah bekümmert aus. »Aber es hat sich ja von allein geregelt. Sie haben, soweit ich weiß, ein anderes Gartengrundstück gefunden. Ich glaube, bei den Radieschenheimern, aber es kann auch Vorrade sein. Ihr Pachtvertrag läuft jedenfalls Ende dieses Monats aus.«

Trelling hatte ihr ans Herz gelegt, den Garten von Frau Limperdick zu wählen. »Wer weiß, vielleicht wollen Sie ja irgendwann noch einmal eigene Kinder«, sagte er und schaute sie mit einem verwegenen Lächeln an.

Jetzt übertreibt er aber maßlos, hatte Margreta gedacht und mindestens genauso verwegen zurückgegrinst.

Von irgendwelchen Betrügereien, was die Kasse anging, hatte Trelling nichts erwähnt. Ob es daran lag, dass er es womöglich vergessen hatte? Auf der anderen Seite konnte Margreta aber auch nicht wissen, wie weit die Offenheit des Mannes ihr gegenüber wirklich ging, auch wenn er sich vor Freundlichkeit fast überschlagen hatte. Außerdem wäre es bei Weitem keine Werbung für das Geniner ›Sonnenglück‹ gewesen, wenn er Margreta von irgendwelchen Betrügereien um die Vereinskasse erzählt hätte.

»Wer hat das denn überhaupt mit den Neuen erzählt?«, fragte Margreta Meerbusch, auf den sie im Zibbelsring getroffen war, als er gerade mit einer Schubkarre voll Baumschnitt auf dem Weg zum Lagerplatz von ›Radieschenheim‹ war, um ihn dort zu schreddern. Margreta schob ihr Fahrrad neben ihm her.

»Kunkelbein selbst, glaube ich. Kann auch sein, dass es Tondersen war. Oder die Siebenhus, die weiß doch immer alles.«

»Hmm«, antwortete Margreta nachdenklich. »Meinst du, sie könnten das Geld aus der Kasse genommen haben, um sich die Pacht wiederzuholen? Ich meine, es ist ja eine junge Familie. Und dann so ein Pech mit den Nachbarn. Ich könnte es verstehen, wenn sie sich betrogen gefühlt haben.«

»Min Deern, du stellst Fragen. Aber ganz ehrlich. Von Gerüchten halt' ich nix.« Sie waren bereits am Lagerplatz angekommen, und Meerbusch fischte gerade den Schlüssel für den großen Holzschuppen aus seiner Hosentasche. Dort holte er zwischen den gemeinschaftlichen Gartengeräten der Kleingärtner den großen Häcksler mitsamt zwei Ohrenschützern heraus, von denen er einen Margreta reichte. »Setz mal lieber auf. Wird laut jetzt«, sagte er, zog den Häcksler vor einen mit Holz eingefassten Lagerplatz für das Schnittgut, setzte seinen Ohrschutz auf und schmiss den Motor an. Margreta wich beim Lärm des Gerätes ein Stück zurück. Es wurde noch lauter, als Meerbusch die ersten Äste in den Schacht schob. Schnell setzte auch Margreta ihren Ohrenschutz auf und sah eine Weile zu, wie der Häcksler die Äste kleingeschnitten und im hohen Bogen auf der anderen Seite rauswarf. Das Gehäckselte schichtete sich immer mehr zu einem Hügel auf.

»Welchen Eindruck haben sie denn bei der Vorstellung gemacht? Du hast sie doch auch schon gesehen?« Margreta schrie, um gegen den lauten Motor anzukommen. Meerbusch zuckte zur Antwort nur mit den Schultern und zeigte auf seinen Ohrschutz.

Als Margreta wenig später durch den Zibbelsring fuhr, begleitete sie das laute Motorengeräusch des Häckslers bis zum ›Radieschenheim‹.

Dort angekommen wollte sich Margreta als Nächstes im Kräutergarten umsehen. Sie hoffte, mit dem guten Gefühl, das sie seit ihrer Rückkehr aus Genin begleitete, ihrem Kräutergarten gegenübertreten zu können. Etwas mulmig war ihr allerdings schon zumute, als sie den Weg seitlich des Hauses betrat. Zu ihrer Überraschung wurde sie bereits diesseits der Gartenpforte von einem rot-weißen Absperrband empfangen. Das hing vorher noch nicht da.

# KAPITEL 6

Drei Versuche brauchte sie, um ihr Handy zu entsperren. Dass ihr ein neues Absperrband entgegengeleuchtet hatte, hatte Margreta ganz schön aus der Bahn geworfen. Endlich konnte sie aus dem Wahlwiederholungsverzeichnis Knutsens Nummer heraussuchen. Er ging bereits nach dem ersten Klingeln ran.

»Knutsen hier! Was gibt's, Margreta?«

Margreta staunte, wie er wieder einmal ohne Umwege und ohne sich mit den üblichen Begrüßungsfloskeln lange aufzuhalten direkt zum Wesentlichen kam. »Dein Kollege Fink hat mir gerade mitgeteilt, dass ich wieder in meinen Garten darf. Ist das nicht schön?«, versuchte sie, das Gespräch trotzdem freundlich auf ihr Anliegen zu lenken.

»Na, das ist nun wirklich Ansichtssache, Margreta«, kam es direkt von Knutsen zurück. »Aber wenn du dich freust, dann freue ich mich mit dir.«

Margreta verdrehte die Augen über sein Friedensangebot, hütete sich aber, einen Kommentar abzugeben.

»Ist die Spurensicherung also fertig«, stellte Knutsen schließlich fest.

»Das hörte sich zumindest bei Herrn Fink so an«, versuchte Margreta, ihre Zweifel darüber anzubringen.

»Dann gratuliere ich, Margreta. Dann gibt es ja

doch schneller wieder Grünzeugs aus deiner Hexenküche, als ich gedacht hatte.«

Margreta konnte sich vorstellen, wie Knutsen gerade in sein Telefon feixte, und brachte zur Antwort nur ein gequältes »Hmpf!« heraus. Das, was ihr eigentlich auf der Zunge lag, schluckte sie lieber herunter. »Es gibt nur ein Problem«, brachte sie stattdessen hervor.

»Na, dann schieß mal los.«

»Stell dir vor, direkt vor meiner Gartentür hängt noch so ein Absperrband. Das muss ein neues sein! Das war gestern noch nicht da.«

»Ach so, das! Das war gestern noch nicht da, sagst du? Na, ich kann mich gar nicht mehr erinnern, wie es war.« Knutsen tat ahnungslos.

»Knutsen? Willst du mich etwa auf den Arm nehmen?«, drohte Margreta, und nach einer kurzen Pause zeigte er sich geständig.

»Äh, ja, jetzt, wo du es sagst. Du hast recht! Da ist noch ein Absperrband hingekommen. Heute Morgen.«

»Das hast du doch nicht dort angebracht?«

»Äh, ja doch, ich war es. Ich habe es angebracht. Wollte sichergehen, dass du keine unerlaubten Ausflüge mehr unternimmst.«

»Knutsen!«

»Nun mach es schon ab!«

»Und ich kriege keinen Ärger?«

»Nein. Den kriegt höchstens Fink, sollte er dich falsch informiert haben.«

»Knutsen!«

»Ja, nun mach schon. Es wird alles seine Richtigkeit haben. Auf meinen Fink ist Verlass!«

Obwohl sie meinte, die Verwüstungen in ihrem Kräutergarten nicht vergessen zu haben, stockte ihr bei seinem erneuten Anblick der Atem. Alles erschien ihr noch viel schlimmer. Die abgeknickten Zweige des Salbeistrauchs hatten inzwischen ihre ganze Kraft verloren und hingen schlaff herunter. Um sie in einem Wasserglas zum Austrieb neuer Wurzeln anzuregen, war es zu spät. Das frische Grün all der austreibenden Pflanzen, das hier bis gestern früh vorherrschte und verheißungsvoll den Frühling angekündigt hatte, war dank des zwischenzeitlichen Lichtmangels durch das Zelt der Spurensicherung einem kraftlosen Gelb gewichen. Es sah so aus, als hätten die Triebe kaum Kraft, sich aufrecht zu halten. Am schlimmsten stand es aber um den Rosmarin. Seit dem Moment, als der Mörder seine Verwüstungsaktion durchgeführt hatte, war er schutzlos den noch zu kalten Temperaturen ausgesetzt gewesen. Jetzt lag er da, einen Teil seiner Zweige achtlos in den Sand getreten, der Rest mit Staub bedeckt. Er war ganz sicher nicht mehr zu retten, dachte Margreta. Das tat ihr sehr leid, und ein langer, tiefer Seufzer half ihr dabei, sich von ihrem Traum, den ersten Rosmarin über den Winter gebracht zu haben, zu verabschieden. Stattdessen schöpfte sie Hoffnung, dass sich alle anderen Pflanzen über kurz oder lang schnell erholen würden. Sie selbst trug ihren Teil dazu bei, indem sie das Gartenstück aufräumte, alle abgebrochenen Triebe entfernte und die durstigen Pflanzen großzügig wässerte. Und es dauerte nicht lange, da war Margreta zufrieden mit ihrem Werk. Sie klopfte ihre sandigen Hände ab und verschränkte zufrieden ihre Arme vor der Brust. Und als sie sich so umschaute, meinte sie sogar, die Pflanzen sähen allesamt viel kräftiger aus.

»Na, das sieht doch ganz gut aus, min Deern. Hast ja alles wieder in Ordnung.« Meerbusch öffnete die Gartenpforte, die jenseits des Kräutergartens auf den Arfenpadd führte. Eine Schubkarre voll mit Gartenhäckseln ließ er dort zurück.

»Zum Glück auch!«, sagte Margreta, obwohl sie alles andere als glücklich aussah. »Es ist wirklich eine Schande, was hier passiert ist«, machte sie ihrem Ärger Luft. »Und das ausgerechnet in einer Schrebergartensiedlung! Da könnte man doch meinen, dass die Menschen hier die Pflanzen lieben.« Weil Meerbusch daraufhin so betreten aussah, als habe er selbst die Verwüstung angerichtet, musste Margreta lachen. »Ach Freddy, nun guck nicht so. Ich musste meinem Ärger mal Luft machen. Das wird natürlich wieder. Meine Pflanzen sind ja robust!«

Meerbusch nickte und versuchte dabei zu lächeln, doch die Betroffenheit wollte nicht ganz aus seinem Gesicht weichen.

»Hallo?«, hörten sie eine Stimme, die hinter den Fliederbeerbüschen her kam. »Hallo? Ist da jemand?« Margreta sah Freddy erstaunt. Wer so leise rufen konnte, der wollte nicht gehört werden. »Ja, hier ist jemand!«, rief sie dafür umso kräftiger zurück. »Warten Sie, ich komme.«

Sie lud Meerbusch mit einer Geste ein mitzukommen, doch der lehnte ab. »Ich muss meine Hackschnitzel verteilen. Geh man. Wird schon was Wichtiges sein.«

Der erste Eindruck von der Frau, die in der offenen Gartenpforte, die den öffentlichen Gartenbereich von ihrem privaten trennte, stand, war mit einem Wort zu beschreiben: Lang! Die Ligusterhecke wirkte wie geschrumpft neben der schmalen großen Frau, und die Gartenpforte schien ihr gerade kurz über die Hüfte zu gehen. Ob sie auch zu lang war, das Wort ›Privat‹ auf der Tür zu lesen, schoss es Margreta durch den Kopf. Es war ihr wirklich noch nie passiert, dass jemand dieses Schild missachtet hatte. Margreta fühlte sich von der Frau an den Scheinriesen in den Abenteuern von Jim Knopf erinnert, doch im Gegensatz zu Herrn Tur Tur schrumpfte die Frau nicht, als Margreta sich ihr näherte. Die Besucherin hatte ein langes Gesicht, unter dessen blasser Haut man lange blaue Äderchen erkennen konnte. Es wurde umrahmt von langen hellblonden Haaren. Unter ihren etwas zu kurz geratenen Strickjackenärmeln schauten schmale Handgelenke heraus. Ihre langen Finger hielt sie vor dem Bauch ineinander verschränkt. Sie starrte Margreta lange an, bevor sie ihren schmalen Mund öffnete. »Guten Tag, Annika Runde ist mein Name.« Die Stimme hatte wirklich wenig Kraft. »Entschuldigen Sie bitte, aber man sagte mir, ich könnte hier einen Kaffee bekommen?«

»Das hat Ihnen wer gesagt?«

»Der Kommissar. Herr Knutsen. Er hat mich zu Ihnen geschickt.«

Margreta wischte sich eine Hand an ihrer Jeans ab und hielt sie Frau Runde zur Begrüßung hin. »Ich bin Margreta Mai, die Pächterin des Gartenlokals. Ja, es ist richtig, hier können Sie normalerweise einen Kaffee bekommen. Leider ist das Lokal derzeit nicht geöffnet.« Warum, das erklärte sie ihr nicht.

Die langen, blassen Finger schlossen sich nur kurz und kraftlos um Margretas Hand, doch es reichte, um sie davon zu überzeugen, dass ihr ein heißer Kaffee tatsächlich guttäte. »Wissen Sie was? Ich kann gerade auch gut einen Kaffee gebrauchen. Kommen Sie mit. Ich lade Sie ein.«

Es war fast wie Musik in Margretas Ohren, als ihre Kaffeemaschine nach über einem Tag Pause endlich wieder lärmte, um erst die Bohnen zu mahlen und dann den frischgebrühten Kaffee direkt in die zwei vorgewärmten Tassen zu entleeren. Und nachdem Margreta Löffel, Zucker und Plätzchen auf einem der Unterteller drapiert hatte und auf den Kaffee wartete, warf sie einen Blick auf die Frau, die sich einen der Fensterplätze ausgesucht hatte.

Sie war jünger als Margreta, vielleicht um die 40. Ihren langen Rücken hielt sie gebeugt, während ihr Blick aus dem Fenster ging. Margreta vermutete, dass sie weder Margretas Blumenbeete noch ihre Sitzgarnituren bewunderte, sondern ganz in Gedanken versunken vor sich hin starrte. Dies bestätigte sich, als Margreta an den Tisch trat und das Gedeck mit einem »Bitteschön, Ihr Kaffee, meine Dame!« absetzte, denn Frau Runde fuhr ganz erschrocken zusammen.

Dass das Dankeschön nur knapp ausfiel, obwohl sie sie eingeladen hatte, wollte Margreta ihr nicht übelnehmen. Im Gegenteil, sie erhoffte sich, dass Frau Runde nach der Tasse Kaffee von selbst gesprächiger wurde. Denn in einem Punkt war sich Margreta sicher: Irgendetwas lastete schwer auf Frau Rundes Seele, so traurig, wie sie aussah. Sie hatte erwähnt, dass Knutsen sie zu ihr geschickt hatte. Wer mochte sie sein? Hatte sie womöglich etwas mit dem Mordfall zu tun?

Unzählige Fragen drängten sich Margreta auf, doch sie konnte ihre Neugier gut im Zaum halten. Als Mutter hatte sie das Warten gelernt. Die Vergangenheit hatte gezeigt, dass sich Marjolein ihr gegenüber immer nur dann ganz geöffnet hatte, wenn sie mit ihren Sorgen allein zu ihr kommen konnte. Ungeduld von ihrer Seite aus war ihr immer ein schlechter Berater gewesen

Diese mütterliche Weisheit schien auch für Frau Runde zu gelten, denn auf einmal fing sie an zu reden. Sie suchte zwar nicht direkt das Gespräch mit Margreta, sondern sprach einfach in den Raum hinein, den Blick weiterhin aus dem Fenster gerichtet, doch das störte Margreta überhaupt nicht. Margreta konnte nämlich nicht nur warten, sondern auch ausgezeichnet zuhören. Und während sie ihre Arbeit leise hinter der Theke verrichtete, erfuhr sie, was tief in der langen Frau Runde vor sich ging.

»Ich habe ihn berührt. Einfach berührt. Es hat mich niemand abgehalten, obwohl ich gar nicht gefragt hatte. Ich habe ihn noch nie so entspannt gesehen, deshalb musste ihn berühren. Er fühlte sich kalt an. Damit hatte ich gerechnet. Doch nicht damit, dass er sich weich anfühlte. Wenn auch seltsam weich. Wächsern-weich. Ich konnte meine Hand gar nicht von seinen Wangen lassen. Sie haben sich noch nie weich angefühlt.« Frau Runde nahm einen Schluck Kaffee, ohne ihren Blick zurück in den Raum zu holen. Eine Weile schwieg sie, dann fuhr sie fort. »Seine Wangen waren immer hart gewesen. Ein einziger harter Strang aus Muskeln, und immer hat es irgendwo gezuckt. Sein Gesicht kam mir immer vor wie eine Maske, und ich habe immer gedacht, er bräuchte sie nur abzuziehen und darunter würde sein anderes Gesicht zum Vorschein kommen. Als Kind habe ich ihm einmal in die Wange kneifen wollen, um zu sehen, ob sie wirklich so hart war, wie sie aussah oder ob sie nicht vielleicht doch so weich war wie Mamas Wange. Doch ich konnte seine Wange nicht kneifen. Sie war zu hart. Hart wie Stein. So hart wie sein Griff, der meine Hand wegdrückte.« Frau Runde rieb sich das eine Handgelenk, als spüre sie den Griff noch immer, der sich damals darum gelegt hatte. »Aber nicht nur sein Gesicht war hart. Alles an ihm war hart. Er war wie ein Stein. Wäre er doch nur ein wenig weicher gewesen. Wächsern-weich.« Frau Runde umfasste wieder ihre Kaffeetasse. »Vielleicht hätte ich ihn dann ein wenig lieb haben können.« Nach diesem Satz schwieg die Frau.

Margreta sah, wie Knutsen auf das ›Radieschenheim‹ zusteuerte, doch sie wagte nicht, die Stille zu durchbrechen. Und sie wollte auch nicht, dass Knutsen es tat. Also zog sie sich so leise wie möglich zurück, um über den Nebeneingang nach draußen zu gelangen.

»… Rolling home to di old Hamborg. Rolling Home mien Deern to di«, schmetterte Knutsen gerade vor sich hin, als Margreta ihn auf halbem Weg zum Gartenlokal abfangen konnte.

»Leise, Jan! Warte! Frau Runde ist dort drin«, zischte Margreta.

»Ich weiß. Deshalb bin ich ja hier.«

»Ja, aber sie ist gerade in so einer Stimmung, in der wir sie besser nicht stören sollten«, sprach Margreta leise.

»Margreta, wenn ich immer auf die Stimmung der Leute Rücksicht nehmen sollte, dann käme ich in meinem Beruf nicht sehr weit«, dröhnte Knutsen.

Margreta hielt entsetzt einen Finger vor den Mund. »Aber jetzt kannst du«, zischte sie.

»Warum sollte ich?«

»Weil ich dich darum bitte. Deshalb.«

Knutsen sah auf die Uhr. »Es ist gleich sechs. Ich hab keine Zeit für so etwas.«

»Fünf Minuten?« Sie sah ihn flehend an.

Knutsen stöhnte. »Na gut.«

»Danke.« Margreta sah zu dem Lokalfenster, hinter dem Frau Runde saß. Sie stierte genau in ihre Richtung, dennoch wusste Margreta, dass sie sie nicht wahrnahm. »Lass uns hier hinsetzen. Dann wird sie sicherlich rauskommen, wenn sie uns sieht.«

»Aber sie sieht uns doch«, sagte Knutsen und machte eine Kopfbewegung zu besagtem Fenster.

»Glaub mir, das tut sie nicht. Auch wenn sie guckt!« Margreta schob Knutsen in Richtung einer Bank, auf die er sich mit einem ergebenen Seufzer endlich setzte. »Also, wer ist sie?«

»Kunkelbeins Tochter.« Knutsen rieb sich die Hände, als wollte er sich etwas abwaschen. »Ich habe sie vom Bahnhof abgeholt, und wir waren auch schon in der Uniklinik. Sie musste ihren Vater identifizieren.«

Ach du liebe Güte, ging es Margreta durch den Kopf. Frau Runde hatte von ihrem Vater erzählt. Und noch schlimmer: Von Manfred Kunkelbein! Sie brachte ihr eigenes Bild von dem zweiten Vorsitzenden nicht mit dem in Einklang, was Frau Runde erzählt hatte. Wie konnte er so ein kaltherziger Vater gewesen sein? Sie war schockiert. Als sie an Marjolein dachte, wurde es ihr schwer ums Herz. Niemals hätte sie böse zu ihr sein oder ihr wehtun können. Dennoch wusste Margreta, dass das nicht selbstverständlich war. Sie schluckte. »Wie hat sie es aufgenommen?«, fragte sie dann.

Knutsen sah zu einem der Forsythiensträucher, auf dem zwei Spatzen lautstark um die Wette schimpften und den Zweig, auf dem sie gemeinsam saßen, zum Federn brachten. »Gefasst.« Er schlug ein Bein über das andere und wippte mit dem Fuß. »Sehr gefasst.« Knutsen sah dem Vogelpaar hinterher, das gemeinsam wegflog. »Sie hat ihn sogar berührt. Es schien ihr überhaupt nichts auszumachen. Auf ganz merkwürdige Art und Weise wirkte sie sogar zufrieden.«

»Was meinst du mit zufrieden?«, fragte Margreta. Doch Knutsen hatte ihre Frage nicht gehört. Ganz plötzlich schlug er sich auf die Oberschenkel, im nächsten Moment stand er auf. »Frau Runde!«, rief er. Haben Sie Ihren Kaffee bekommen?«

Margreta sah auf. Frau Runde stand in der geöffneten Tür, den Griff in der Hand.

»Danke, Herr Knutsen. Ja.« Sie kam auf die Terrasse, die Tür fiel leise hinter ihr zu.

»Sie haben sich sicher schon bekannt gemacht?«, Knutsen hob seinen Arm und wies galant von Frau Runde zu Margreta, sodass Margreta nur so staunte. So weltmännisch hatte sie ihn noch nie erlebt. »Das ist ja nicht unbedingt nötig, Jan. Ich schenke Kaffee auch an fremde Menschen aus«, sagte sie und lächelte Frau Runde freundlich an. »Aber danke, ja, das haben wir bereits erledigt.«

»Gut. Gut. Nun ja, das ist ja schön«, sagte Knutsen und rieb sich erneut die Hände. Dann knurrte er. Offenbar schien er im Höflichkeitsprotokoll nicht mehr weiter zu wissen. Dann schnitt er eine Grimasse, als sei ihm gerade etwas eingefallen. »Ihr Vater wurde übrigens bei Frau Mai gefunden«, ließ er Frau Runde wissen.

Margreta sah ihn entgeistert und dann Frau Runde besorgt an. Die arme Frau sah tatsächlich noch blasser aus als zuvor, auch wenn Margreta sich fragte, wie es ihr möglich war, zwischen einer aschfahlen und einer noch aschfahleren Haut zu unterscheiden. Als Frau Runde im nächsten Moment zu schwanken anfing, war sie im Nu bei ihr und umfasste ihre Oberarme. Auch Knutsen reagierte prompt und stand bereit, als sie rückwärts in seine Arme fiel.

Als sich der Notarzt mit Martinshorn in der Kleingartensiedlung ankündigte, war Frau Runde wieder zu sich gekommen. »Das tut mir leid«, hauchte sie. »Ich wollte Ihnen keine Umstände machen.«

»Darüber machen Sie sich bitte keine Sorgen!«, beruhigte sie Margreta. »Uns tut es leid.« Sie tätschelte die Hand von Frau Runde, die mit ängstlichem Blick verfolgte, wie das Rettungsteam eine Trage aus dem Rettungswagen zog. »Wir hätten nicht so unsensibel sein dürfen«, fügte sie hinzu und warf Knutsen dabei einen strengen Blick zu, der ihn eigentlich hätte beschämen sollen.

Doch dieser gab sich gänzlich unbeeindruckt. »Ihr werdet sie doch mitnehmen und ordentlich durchchecken?«, wandte er sich an das Rettungsteam, das sich bereits um Frau Runde kümmerte. »Ich muss sie nämlich noch vernehmen, und da kann ich so etwas wie eine Ohnmacht nicht gebrauchen!«, raunte er dem diensthabenden Notarzt zu.

Alle Rettungshelfer nickten brav und halfen der sich wehrlos gebenden langen Frau Runde nach einer ersten Untersuchung auf die etwas zu kurz geratene Rettungstrage. »Wo bringt ihr sie hin? In die Uniklinik?« Die Rettungshelfer nickten.

»Wer war das denn? War das ein Gast von dir, Frau Mai?« Nachdem der Rettungswagen die Kleingartensiedlung mit wesentlich weniger Getöse verließ, kam Grete Siebenhus hinter einem der Forsythiensträucher hervor. Und hinter ihr gleich der ganze Ältestenrat.

»Hallo, Frau Siebenhus. Herr Tondersen und Herr Feldkamp. Und ach, da sind ja auch Herr Fermann, Herr Himmel und Frau Steenkamp. Herr Meerbusch, kommen Sie ruhig dazu, wo wir gerade so nett zusammenkommen. Ich habe doch alle Namen richtig in Erinnerung?« Knutsens Bass surrte zufrieden wie die Fliege über dem blutigen Steak. Er war direkt auf die Truppe zugegangen. Im Gegensatz zu Margreta konnte Knutsen beeindruckend offensiv mit der Tatsache umgehen, dass sie offenbar Zaungäste gehabt hatten. Margreta selbst ließ sich von seinem Tonfall umgarnen, der Sicherheit und Geborgenheit versprach.

Die Defensive der Schrebergärtner fiel dementsprechend schwach aus. Jeder von ihnen stammelte etwas vor sich hin. Margreta schnappte dabei Sätze wie »Alles richtig, Herr Kommissar«, »Wollten doch nur mal gucken, was hier los ist« oder »Ich bin hier grad nur zufällig vorbeigekommen« auf.

Grete Siebenhus schien sich als Einzige aus der Gruppe wohlzufühlen. Sie wartete, bis es stiller wurde, dann schoss sie erneut los. »Nun sag's schon, Frau Mai, wer war das denn? Ich für meinen Teil habe diese Person nämlich noch nie gesehen! Oder ist das Ihre Freundin, Herr Kommissar?«

»Nein, meine Freundin ist das nicht, liebe Frau Siebenhus«, unterdrückte Knutsen ein Grinsen. »Aber da Sie die Dame ansprechen. Kannte sie jemand von Ihnen? Weiß jemand Genaueres über sie? War sie schon mal hier in der Siedlung?« Knutsen setzte sich auf eine der Bänke und lud die Umstehenden mit einer Geste ein, dasselbe zu tun. Der Form halber wandte er sich auch an Margreta. »Du hast doch sicherlich nichts dagegen, dass wir uns hinsetzen?«

Im Gespräch mit den Schrebergärtnern kam heraus, dass keiner sie kannte. Nur Theo Himmel konnte sich gut an sie erinnern. Mit seiner dünnen Stimme gab er zum Besten, was er über sie wusste. »So ein langes Elend, das vergisst man doch nicht. Muss ein Unglück sein, immer größer als alle anderen zu sein. Damals hat sie vielleicht drei oder vier Mal ihre Großeltern im Garten besucht, lange, bevor Manfred den Garten übernommen hat. Wenn ich mich recht erinnere, war das schon nach dem Tod ihrer Mutter. Sie kam immer mit ihrer Tante aus Hannover zu Besuch. Tante Beate. Ich glaube, die war mit einem Pastor verheiratet.« Theo Himmel kramte umständlich ein Stofftaschentuch aus der Hosentasche und schnäuzte sich laut hinein. Hinterher wischte er sich mit dem Tuch mehrmals unter der Nase lang. »Jaja, die lange Deern. Die konnte einem früher schon leidtun.«

»Wann ist Frau Kunkelbein denn gestorben? Wissen Sie das, Herr Himmel?«, fragte Knutsen.

»Ach du liebe Güte. Na, vielleicht so vor 25 oder 30 Jahren. Bei einem Autounfall, ganz tragisch. Die ganze Familie war unterwegs. Die Kinder noch klein. Die sind dann erst zur Schwester von Frau Kunkelbein gekommen. Manfred hatte ja keine Zeit, sich um die Kinder zu kümmern.«

»Ihren Vater haben sie hier nie besucht?«

Theo Himmel schüttelte den Kopf. »Ach wat. Der hatte nie Besuch von seinen Kindern gehabt. Wie sacht man so schön: Das Verhältnis hat wohl nicht gestimmt zwischen ihnen.«

Während der Fragerunde hatte Margreta beobachtet, wie Knutsen mehrmals auf sein Handy geschaut hatte. Ganz offensichtlich erwartete er einen Anruf oder eine Nachricht. Als Theo Himmel seine Ausführungen beendet hatte, sprang er auf und erklärte, er habe erstmal genug gehört. »Falls Ihnen noch etwas einfallen sollte, rufen Sie mich bitte an.«

Während die anderen schon Richtung Zibbelsring strebten, gesellte sich Grete Siebenhus zu Knutsen. Margreta hörte, wie sie fragte, wann denn mit der Beerdigung zu rechnen sei. Dabei drehte sie eine Haarsträhne, die sich aus dem wilden Knoten gelöst hatte, immer wieder um ihren Zeigefinger, sodass Margreta unweigerlich an ein Schulmädchen denken musste.

»Na, bestimmt nicht, bevor der Leichnam von der Gerichtsmedizin freigegeben ist«, knurrte Knutsen, der ihr nicht im Geringsten die Aufmerksamkeit zuteilwerden ließ, die sie sich ganz offensichtlich erhofft hatte.

»Man wird ja mal fragen dürfen!«, beschwerte sie sich beleidigt, während sie den Gummibund ihrer Flatterhose nach oben zog.

Als sie den anderen schließlich hinterhertrottete, war Knutsen schon wieder mit seinem Handy beschäftigt. »So ein Mist. Wo bleibt Fink denn nur?«, schimpfte er.

# KAPITEL 7

Wie jeden Donnerstag stellte Margreta ihr Fahrrad am nächsten Morgen am Wochenmarkt am Brink ab. Auch wenn sie heute nichts für ihr Gartenlokal brauchte, so war es ihr zu einer lieben Gewohnheit geworden, über den Markt zu schlendern und sich von dem Angebot inspirieren zu lassen. Nicht hinzufahren war ihr nicht in den Sinn gekommen, das geschäftige Treiben auf dem Markt hätte ihr gefehlt, der Plausch mit den Marktbetreibern, die ihre Kundschaft seit Jahren kannten und trotzdem immer eine Überraschung parat hatten. Außerdem hatte Margreta mit Marjolein abgemacht, dass sie nach Schulschluss in die Gartensiedlung kommen sollte. Dort wollten sie sich bei einem kleinen Mittagsimbiss dem Thema Hochzeitsfeier widmen.

Als Margreta ein paar Tulpen gekauft und sich gerade entschieden hatte, dass sie Marjolein mit etwas geräucherten Fisch aus Schlutup und hausgemachten Krabbensalat überraschen wollte, wurde sie von Frau Behnke, einer der Stammkundinnen des Traditionsmarktes, die sich gern für einen langen Plausch an jedem Stand aufhielt, angesprochen.

»Ach, Frau Mai, ist es wahr, was in den ›Lübecker Nachrichten‹ stand? In Ihrer Gartensiedlung ist ein Mord geschehen? Das ist ja schrecklich! Haben Sie die Leiche gesehen?«

Margreta schluckte Frau Behnkes Direktheit schwer herunter. »Ich habe heute noch gar keine Zeitung gesehen, Frau Behnke«, wich sie den Fragen aus.

»Es stand ja nicht viel drin, wissen Sie«, raunte Frau Behnke ihr zu und schaute nach links und rechts, als hätte sie für Margreta ein großes Geheimnis parat. »Noch nicht mal, ob die Polizei jemanden in Verdacht hat. Die tappen bestimmt im Dunkeln, oder was meinen Sie?«

Margreta zuckte zur Antwort nur mit den Schultern und entschied, dass sie Frau Behnke gegenüber die Ahnungslose spielen wollte.

»Haben Sie denn keine Angst, sich dort aufzuhalten? Der Mörder ist ja auf freiem Fuß!«

Obwohl Frau Behnke mit dieser Frage etwas in Margreta berührte, das ihr auf Anhieb ein komisches Gefühl im Magen bescherte, schüttelte sie mit dem Kopf. »Die Polizei ist vor Ort und kümmert sich um alles. In der Hinsicht bin ich ganz beruhigt.«

Frau Behnke schien beeindruckt. Mit halb offenem Mund stand sie da und nickte langsam mit dem Kopf. Margreta nutzte den Moment ihrer Sprachlosigkeit und verabschiedete sich. »Bis zum nächsten Donnerstag, Frau Behnke. Ich muss leider weiter!«

Margreta ließ sich beim Käsestand Marjoleins Lieblingskäse einpacken, dann ging sie zurück zu der Stelle, von der sie dachte, dass sie ihr Fahrrad dort vor einer guten Viertelstunde abgestellt hatte. Doch von ihrem Zweirad war weit und breit keine Spur zu sehen.

»Das kann doch nicht sein!«, stieß Margreta aus. Sie suchte ihr Fahrrad zwischen all den anderen, die entlang des Brinks abgestellt waren, und als sie dort auch nicht fündig wurde, ging sie noch einmal um den ganzen Markt herum und fragte Besucher und Marktbetreiber, ob sie gesehen hätten, wie sich jemand an den Fahrrädern zu schaffen gemacht hatte. Doch wie sehr sie danach suchte, ihr Fahrrad blieb verschwunden. Wütend riss sie ihr Handy aus ihrer Tasche. Die Uhr auf dem Display erinnerte sie daran, dass Marjolein gerade Unterricht hatte. Sie überlegte nur eine Sekunde, dann wählte sie Knutsens Nummer.

»Mein Fahrrad wurde geklaut!«, antwortete sie Knutsen, als der sich am anderen Ende gemeldet hatte.

»Margreta? Bist du es?«

»Ja!«, antwortete sie genervt. Konnte er ihre Nummer denn nicht im Display lesen?

»Und wer hat dein Fahrrad geklaut?«

»Ich sagte *geklaut*, und du fragst mich, *wer* es geklaut hat?« Margreta schüttelte den Kopf.

»Am besten, du gehst zur nächsten Polizeidienststelle und meldest den Diebstahl. Ist nicht meine Baustelle, verstehst du? Wo bist du überhaupt?«

»Am Brink. Auf dem Wochenmarkt.«

»Hmm. Und dort wurde es geklaut, sagst du? Das ist ja sagenhaft.«

»Dabei stehen hier viel schönere Fahrräder herum! Was will einer mit meinem alten Fahrrad?«, schimpfte Margreta.

»Fahr zur nächsten Polizeistation, dort kannst du deinen Diebstahl melden. Oder an den Berliner Platz.«

»Und wie soll ich dorthin kommen?«

»So hilflos bist du doch sonst nicht!«

Ratlos, wo die nächste Polizeistation sein sollte, nahm sie den nächsten Bus in die Innenstadt und stieg am Kohlmarkt aus. Auf dem Marktplatz bauten die Marktbetreiber gerade ihre Stände auf, das Markttreiben auf dem Rathausplatz begann immer etwas später. An den Schüsselbuden vorbei erreichte sie das Polizeirevier in der Mengstraße, indem ein freundlicher Polizist ihre Diebstahlsmeldung aufnahm. »Viel Mut kann ich Ihnen nicht machen, Frau Mai! Aber wenn wir etwas herausfinden, melden wir uns natürlich.«

Geknickt ging Margreta zur nächsten Bushaltestelle. Sie war nicht gern ohne ihr Fahrrad. Sie fuhr damit nicht nur gern, sie erledigte damit auch das meiste ihrer Besorgungen. Nur in Ausnahmefällen nahm sie ihr Auto, das ansonsten geduldig in seiner Garage bei ihrem kleinen Haus in Wulfsdorf auf sie wartete. Der Busplan an der Sandstraße informierte sie, dass sie den Bus gerade verpasst hatte. Sie seufzte.

Dann fiel ihr ein, dass Marjolein gerade Pause haben musste, also dachte sie, sie könnte sich ein wenig die Zeit mit einem Anruf vertreiben. Als ihre Tochter abnahm, hörte sie im Hintergrund Kindergeschrei.

»Was ist los? Ich dachte, es ist große Pause?«

»Ich habe Pausenaufsicht, Mama. Was gibt's?«

Margreta klagte ihr ihr Leid mit dem geklauten Fahrrad, was sie sehr bedauerte, dennoch drängelte sie darauf, das Telefonat zu beenden. »Ich kann jetzt schlecht telefonieren. Wenn hier etwas passiert, bekomme ich Ärger. Ich komme ja nachher vorbei, Mama, dann reden wir.«

Margreta seufzte. Was für ein Tag. Was für eine Woche. Hörte das denn nie auf? Sie schlenderte den Bürgersteig Richtung nächster Bushaltestelle entlang. Viel langsamer als all die anderen Menschen, die in der Stadt ihre Anlaufpunkte hatten. Die Termine hatten. Verabredungen einhalten wollten. Die entgegenkommenden Passanten umschifften sie genauso wie die, die sie von hinten überholten. Wie ein Fels in der Brandung fühlte sie sich deshalb noch lange nicht.

Als sie fast die Bushaltestelle ›Fegefeuer‹ erreicht hatte, rissen sie quietschende Bremsen aus ihrer Tagträumerei. Ein Taxi hatte nicht weit von ihr angehalten, im nächsten Moment wurde die Beifahrertür mit Schwung aufgedrückt.

Der Beifahrer, ein älterer Herr im gepflegten Lodenmantel und mit Ledertasche, hatte es sehr eilig, aus dem Auto zu kommen. Er sah sehr erregt aus. Auf der Straße zückte er sein Portemonnaie und warf einen Schein ins Auto. »Hier haben Sie Ihr Geld. Den Rest können Sie behalten. Und überlegen Sie bitte mal, ob der Taxiberuf wirklich der richtige für Sie ist!« Dann knallte er die Beifahrertür zu.

Das schwarze Käppi mit dem Nationalelf-Emblem, das der Taxifahrer auf seinen blonden Lockenschopf gequetscht hatte, fiel Margreta als Erstes ins Auge, als dieser sich zum Beifahrersitz hinüberlehnte und aus dem sich öffnenden Seitenfenster dem Herrn »Sie können mich mal kreuzweise!« hinterherrief.

Als das Taxi davonbrauste, schaute der Herr kopfschüttelnd hinterher.

»Was war das denn?«, fragte Margreta.

»So was auch!« Der Herr brauchte einen Moment, bis er sich gefasst hatte. Bis dahin sah er mit bestürzter Miene zu Boden und schüttelte den Kopf. »Er war ganz ausverschämt!«, erklärte er schließlich. »Ganz ohne Grund. Er hat mich aufs Übelste beschimpft!« Die Wangen des Herrn bebten. »Ich hatte ihn lediglich gebeten, nicht so schnell zu fahren. Wir hätten beim Bahnhof fast einen Fußgänger, der über den Zebrastreifen wollte, umgefahren. Und die Ampel bei den Salzspeichern war rot, als er drübergebraust ist. So ein verrückter Fahrstil! Da kann man doch mal etwas sagen!«

Sein aufgewühlter Blick bestätigte Margreta, dass er sicherlich nicht schuld am Streit mit dem Taxifahrer war. Der Herr war ganz offensichtlich Opfer eines übelgelaunten Menschen geworden.

»Ich bin jedenfalls froh, dass ich da heil rausgekommen bin. Eigentlich müsste man so einen Kerl anzeigen. So etwas darf doch nicht auf die Menschheit losgelassen werden. Aber seine Nummer habe ich mir nicht mehr gemerkt. Haben Sie?« Er sah Margreta mit einem Schimmer Hoffnung an.

Margreta schüttelte den Kopf. »Nein. Tut mir leid. Das ging alles so schnell. Und ich gebe zu, darauf habe ich nicht geachtet.«

»Vielen Dank jedenfalls. Ist ja beruhigend, dass es auch noch hilfsbereite Mitmenschen gibt«, sagte er und tätschelte Margretas Arm. Dann ging er die Mühlenstraße entlang.

Vor dem ›Radieschenheim‹ wartete Meerbusch auf sie, mit beiden Händen tief in den Hosentaschen und den Blick auf seine Füße gerichtet. Zwischen seinen Beinen stand ein schwarzer Plastiksack. Als Margreta ihn von Weitem begrüßte, erschrak er, er hatte sie nicht kommen hören. Kein Wunder, dachte sich Margreta, normalerweise komme ich nicht zu Fuß.

Meerbusch sah auf seine Armbanduhr. »Du bist spät dran, min Deern! Ist was passiert?«

»Jede Menge, Freddy. Erzähle ich dir gleich. Wir waren doch nicht verabredet?«, Margreta hatte in ihrem Gedächtnis gekramt, konnte sich jedoch an nichts dergleichen erinnern.

»Das nicht. Ich dachte nur, wir sehen mal nach, ob wir noch etwas für deinen Kräutergarten tun können.« Dann bückte er sich und zog aus der Tüte einen stattlichen Rosmarinstrauch. »Ich habe gehört, für diesen Freund wäre eventuell ein Plätzchen frei?«

»Ach Freddy, ein Rosmarinstrauch! Das ist ja eine Überraschung!«

Als sie wenig später den Strauch gemeinsam an die Stelle pflanzten, an der zuvor der alte gestanden hatte, erzählte sie ihm von ihrem geklauten Fahrrad und dass sie deswegen Anzeige gegen unbekannt erstattet hatte. »Doch ob das was bringt, das weiß ich nicht.

Rein statistisch würde nur eins von zehn Fahrrädern wiedergefunden werden, hat mir der nette Polizeibeamte erklärt.« Sie trat die Erde rund um den Strauch fest, während Meerbusch den Strauch gerade hielt. »Dabei war es doch wirklich nur ne olle Scheese! Wer klaut denn so was?«

Meerbusch stand auf und streckte sich. »Vielleicht hat sich jemand das Fahrrad nur ausgeliehen, weil er einen fahrbaren Untersatz brauchte«, schlug er vor.

»Na, schönen Dank auch. Ich hätte den fahrbaren Untersatz selbst gut gebrauchen können. Bis der Bus hier rausgefahren ist, bin ich mit dem Fahrrad dreimal hier.«

»Wahrscheinlich steht es an der nächsten Straßenecke, und die Polizei meldet sich bald bei dir.«

»Na, das wäre wirklich schön!«

Margreta blickte mit Stolz auf den eingepflanzten Strauch. »Vielen Dank, Freddy. Nun sieht es fast so aus, als wäre nie etwas passiert.« Doch Meerbusch sah überhaupt nicht glücklich aus. »Freddy? Was ist los?«

Meerbusch schüttelte den Kopf. »Nichts! Alles gut.«

»Ach, nun komm schon. Irgendetwas bedrückt dich doch. Du siehst die ganze Zeit so aus, als brütest du was aus. Wirst du krank?«

»Nun lass gut sein, min Deern«, wehrte er ab.

Doch Margreta gab nicht auf. »Ist was mit Frau Steenkamp?«, fragte sie und erntete dafür einen erstaunten Blick. »Du hast gesagt, dass sie zum Arzt musste. Gestern. Ist etwas mit ihr?«

Er atmete einmal tief ein und aus. »Tatsächlich, es ist etwas mit ihr. Ihr Herz. Ihr bekommt die Aufregung nicht.« Meerbuschs Mundwinkel schienen weiter nach unten zu sinken. »Der Arzt hat ihr geraten, ein paar Tage wegzufahren. Jetzt besucht sie ihre Tochter in Flensburg.«

Margreta gratulierte sich, den richtigen Riecher gehabt zu haben. »Du hast sie gern, nicht wahr?«

Ein zaghaftes Lächeln brach seine ernste Miene. »Das hast du doch nicht gemerkt?«

Margreta lachte. Typisch Meerbusch. »Du denkst wohl, ich habe Tomaten auf den Augen.«

Eines der herausragenden Eigenschaften von Marjolein war, dass sie zumeist gute Laune hatte. Und die brachte sie an diesem Mittag mit ins ›Radieschenheim‹. »Das Problem ist wahrscheinlich gelöst, Mama!«, sagte sie, als sie sich an den gedeckten Tisch setzte, auf dem Margreta die Köstlichkeiten vom Markt angerichtet hatte. »Simone hat ein Haus gefunden, das speziell für Hochzeitsfeiern gemietet werden kann. Ein Herrenhaus! Tadaa!«

»Oha!«, sagte Margreta mit einem Lächeln, das ihr nicht leichtfiel. Hinter dieser Fassade kochte es. Wie war es Simone so schnell gelungen, eine Lösung für das Hochzeitsproblem zu finden? Margreta griff zu einem Brötchen, und während sie es mit dem Messer bearbeitete, flogen die Krümel weit über den Tellerrand hinaus. Hatte sie sich nicht auch bemüht, einen passenden Ort zu finden? Und nur Absagen einkassiert? Und dann ein Herrenhaus! Das war mal wieder typisch Simone. Margreta drückte die Butter tief in die eine Hälfte hinein und klatschte eine Scheibe Käse darauf. Das ›Radieschenheim‹ war ihr nicht fein genug, nein, da musste gleich ein Herrenhaus her. Wütend biss sie ins Brötchen hinein. Wenn Margreta selbst es gefunden hätte. Als Brautmutter war das was anderes. Sie überlegte fieberhaft, während sie kaute. Dann schluckte sie herunter. »Ich dachte, wir stöbern heute Nachmittag gemütlich durchs Internet. Es soll so viele schöne Lokale geben.«

»Wir müssen bis morgen zusagen. Deshalb fahren wir nachher hin, um es uns anzusehen.« Marjolein verteilte den Schlutuper Räucherfisch auf einer Brötchenhälfte.

»Nachher schon … In Bliestorf soll es auch ein wunderschönes Herrenhaus geben, das für Feierlichkeiten angemietet werden kann.« Sie beglückwünschte sich für ihren spontanen Einfall. Sie hatte viel Gutes über Bliestorf gehört. Hatte Frau Steenkamp nicht erzählt, dass sie dort zu einem Fest eingeladen war?

»Simone sagt, das Herrenhaus, das sie gefunden hat, liegt bei Ratekau.«

Margreta, die gerade abgebissen hatte, verschluckte sich fast. »Ratekau? So weit weg?«

»Mama, Bliestorf liegt auch nicht um die Ecke.«

»Na, das finde ich aber schon!«, nörgelte Margreta. »Und wenn ihr bis nach Ratekau fahren könnt, dann könnt ihr euch genauso gut Bliestorf angucken.« Margreta brauchte eine Weile, bis sie merkte, dass Marjolein ganz ruhig geworden war. Ihr Räucherfischbrötchen lag unberührt auf ihrem Teller. Und die Zuversicht, die ihr vorhin ins Gesicht geschrieben stand, war einem traurigen Ausdruck gewichen. Margreta musste sich eingestehen, dass sie zu weit gegangen war. »Du hast recht, mein Kind«, versuchte sie, die Sache ins Lot zu bringen. »Erst Ratekau, dann Bliestorf. Einen Schritt nach dem anderen, so läuft es sich seit jeher am besten.«

Nachdem Marjolein lange gegangen war, klopfte Klaus Himmel, der Vorsitzende des Kleingartenvereins, an ihre Küchentür. »Margreta. Entschuldige, dass ich hier in deinen privaten Bereich eingedrungen bin. Ich hatte dich gerufen, aber du hast mich nicht gehört.«

»Kein Problem, Klaus. Ich komme sofort.«

Himmel nahm an ihrem Tresen Platz. Er sah aus wie ein Häufchen Elend, weshalb Margreta kurzerhand zwei Schnapsgläser und einen Krummesser Kümmel herausholte. Der beseitigte in der Regel alles, was einem auf den Magen schlug.

»Wie sieht es aus, Klaus?«

»Die Parzelle von Walli und Walter Vossen«, sagte er und schüttete den Kurzen herunter, sobald Margreta ihn eingefüllt hatte. Nanu, staunte sie, das war mehr als nötig.

»Es war alles geklärt, an wen sie geht. Familie Lasdorf steht ganz oben auf der Liste. Doch Tondersen und Fermann und sogar mein Vater machen mir die

Hölle heiß, dass ich das nicht machen könnte. Wegen Kunkelbein. Du hast sicher davon gehört? Was in Genin passiert sein soll?«

Margreta nickte. »Du meinst das mit dem gestohlenen Geld.«

»Kunkelbein hatte nie etwas gegen die Familie gehabt, bis er diesen Vorwurf auf der letzten Vereinssitzung auf einmal vorbrachte. Das war merkwürdig. Kunkelbein hatte sich nie so dafür interessiert, an wen wir Parzellen vergeben. Er schloss sich meist der Mehrheit an. Und nun auf einmal das. Insbesondere Meerbusch war empört. Du kennst ihn ja. Bevor der schlecht über jemanden denkt, findet er fünfmal etwas Gutes. Und so rief er allen ins Gedächtnis, dass die Familie insgesamt gut bei allen angekommen ist. Außerdem erinnerte er an den Ruf von Genin. Du weißt sicher, dass es dort andauernd Streit gibt.«

Margreta nickte. Das hatte sie schließlich auch herausgefunden.

»Herr Lasdorf ist vielleicht etwas nervös, doch deshalb kann ich ihn nicht gleich des Diebstahls bezichtigen. Frau Lasdorf war dafür umso freundlicher und hatte alle überzeugt. Doch nun scheint alles keinen Pfifferling wert zu sein.«

»Hast du mal in Genin nachgefragt?«

Er stöhnte. »Ja, habe ich. Das war nicht sehr angenehm, das kann ich dir sagen. Ruf du mal wegen so etwas an. Aber nein, sie haben den Vorwurf nicht bestätigt. Die Lasdorfs haben in Genin gekündigt, da sie wohl Probleme mit den Nachbarn hatten.«

Margreta schob ihm das wieder aufgefüllte Schnapsglas hin und offenbarte ihm ihren eigenen Ausflug nach Genin. Sie konzentrierte sich darauf, ihm mitzuteilen, dass sie zum gleichen Ergebnis gekommen sei. Ihre Flunkerei dem zweiten Vorsitzenden Herrn Trelling gegenüber ließ sie weitestgehend aus, es tat schließlich nichts zur Sache.

»Das ist ja wunderbar!«, rief Himmel aus, als er begriff, was es für ihn bedeutete. In Margreta hatte er eine Verbündete gefunden. Er hob sein Schnapsglas hoch, um mit Margreta anzustoßen. »Vielen Dank, Margreta. Ich wusste, dass ich bei dir guten Rat finde.«

# KAPITEL 8

»Hast du Zeit? Kannst du mit in die Stadt kommen?«

Knutsen war mal wieder direkt zu seinem Anliegen gekommen, ohne sich lange mit Begrüßungsformeln aufzuhalten.

»Hallo, Jan«, vollendete Margreta wenigstens ihren Teil der Begrüßung. Sie hätte schwören können, dass ihr Telefon nervöser geläutet hatte als sonst. »Was gibt es denn in der Stadt?«

Knutsen knurrte in den Hörer. Dann wurde er konkreter. »Ich habe dich doch gefragt, ob du mit mir einen Anzug kaufen gehst.«

»Ach so. Stimmt.«

»Es hat sich so ergeben, dass ich etwas Luft habe.«

»Okay. Zufällig habe ich auch etwas Luft. Wann und wo treffen wir uns?«

»Wie wäre es um fünf beim Rieckmann?«

»Rieckmann! Mein Gott, Knutsen, den gibt es doch schon lange nicht mehr!«

»Was? Wieso nicht?«

»Na, du bist ja ganz auf dem Laufenden …«

»Ich gehe eben nicht gern einkaufen. Also gut, was schlägst du vor?«

Sie verabredeten sich zum Einkaufen in Herrenholz. Und da Margreta ohne Fahrrad war, versprach Knutsen, sie eine Viertelstunde früher am Parkplatz der Kleingartenanlage einzusammeln.

Bis dahin wollte sie in ihren Garten schauen. Es hatte heute Nachmittag angefangen zu regnen, was zwar gut für den Garten war. Doch im Gewächshaus musste noch gegossen werden.

Pünktlich um Viertel vor fünf stand Margreta unter ihrem Schirm am Parkplatz und wartete auf Knutsen. Um fünf vor fünf rief sie zum Zeitvertreib Marjolein an, um zu fragen, ob sie schon unterwegs nach Ratekau wären. »Doch erst um sieben, Mama!«, sagte die. Um fünf nach fünf war ihr die Kälte schon die Beine hochgekrochen, dass sie anfing zu zittern. Als Meerbusch zehn nach fünf zum Parkplatz kam und ihr anbot, sie mit seinem Wagen irgendwohin mitzunehmen, winkte sie ab. »Ich werde abgeholt. Trotzdem danke, Freddy!« Um 20 nach fünf sah Margreta mit einer Sorgenfalte auf ihr Handy, das ihr allerdings auch keine Auskunft gab, wo Knutsen blieb. Um 21 nach fünf rief sie ihn an. Doch statt des Kommissars ging sein Kollege Fink an den Hörer. »Herr Fink, könnte ich bitte mit Kommissar Knutsen sprechen? … Nicht? … Wir waren verabredet und ich … Unmöglich, sagen Sie? … Ich glaub's ja nicht! … Ja, das können Sie in der Tat. Richten Sie ihm bitte aus, dass ich eine gute halbe Stunde auf ihn gewartet habe. Und dass es seine Idee war! Schönen Tag noch!«

Um kurz vor sechs saß Margreta in Selbstmitleid badend im Bus nach Wulfsdorf. Heute konnte ihr der Rest der Welt ausnahmsweise mal gestohlen bleiben, schließlich wurde ihr das Fahrrad geklaut und sie wurde von Knutsen im Regen stehen gelassen. Und selbst Marjolein wurde ausnahmsweise nicht gut bedacht, schließlich wollte die lieber mit ihrer zukünftigen Schwiegermutter als mit ihr ein Lokal für ihre Hochzeitsfeier suchen. Zu Hause wärmte Margreta sich unter einer heißen Dusche auf, bestellte sich eine Pizza beim Lieferservice und stellte sämtliche Telefone lautlos. Als die Pizza kam, kuschelte sie sich mit einer Decke auf das Sofa. Zum Glück gab es an dem Abend eine richtig schöne Schnulze im Fernsehen.

Der nächste Morgen fing bedeutend besser an, denn als sie gerade von zu Hause aufbrechen wollte, meldete sich die Polizei auf ihrem Handy. Das Vibrieren erinnerte sie daran, dass sie die Lautstärke hochregeln musste. »Wir haben Ihr Fahrrad gefunden. Es lag in einem Gebüsch in der Nähe der Moltkebrücke. Glück gehabt, Frau Mai. Gut, dass Sie Ihre Rahmennummer notiert hatten. Wann können Sie es abholen?«

Zwei Stunden später hatte sie ihr Fahrrad zurück und fuhr damit glückselig durch die Kleingartensiedlung zum ›Radieschenheim‹. Dass über ihr dunkle Wolken aufzogen und es weit entfernt donnerte, ignorierte sie. Sie klingelte gleich mehrfach auf ihrer Fahrradklingel, als sie Meerbusch mit der Schubkarre auf dem Weg zum Lagerplatz begegnete. »Ich habe doch gewusst, dass du es bald zurück hast«, rief er ihr freudig hinterher, als sie schon vorbeigefahren war.

Weniger glücklich sah Knutsen aus, der sie am Gartenlokal empfing. Er sah missmutig in den Himmel, das schlechte Gewissen stand ihm ins Gesicht geschrieben.

»Ist schon gut, hab's schon fast vergessen«, versuchte sie eine peinliche Erklärung zu umgehen, als er gerade zu einer Entschuldigung ansetzen wollte.

Dennoch ließ er sich nicht ganz davon abbringen. »Alwin Kunkelbein, der Sohn des Mordopfers Kunkelbein, ist gestern unerwartet im Präsidium aufgetaucht. Da wir Schwierigkeiten hatten, ihn überhaupt zu finden, musste ich mit ihm sprechen.«

»Warum hattet ihr Schwierigkeiten? War er im Urlaub?« Margreta schloss ihr Fahrrad ab. Das hatte sie in ihrem Gartenlokal zwar noch nie getan, doch nachdem sie ihr Fahrrad einen Tag lang so schmerzlich vermisst hatte, wollte sie künftig besser darauf aufpassen.

»Nein, das nicht«, antwortete Knutsen. Es war uns nur nicht bekannt, dass er erstens in Frankfurt und zweitens unter dem Namen Wagner lebt, dem Geburtsnamen seiner Mutter.«

»Ist das denn verboten?«

»Wenn er den Namenswechsel offiziell gemacht oder sich zumindest in Frankfurt unter Kunkelbein angemeldet hätte, dann nicht. Das Problem war, dass er immer noch in Husum gemeldet war und ihn in Frankfurt keiner unter seinem richtigen Namen kannte.«

»Kann man denn unter falschem Namen eine Wohnung mieten?«

»Das nicht. Aber wenn er bei jemandem zur Untermiete wohnt, muss das nicht unbedingt auffallen.«

»Und jetzt steht er unter Verdacht?«

Knutsen zog seine Lippen kraus. »Fest steht, dass er seiner Meldepflicht nicht nachgekommen ist. Das bedeutet schon mal Ärger.«

»Und der Mord? Denkst du, er hat etwas mit dem Mord zu tun?«, hakte sie nach.

»Margreta, du weißt doch, ich …«

»Jaja, du darfst nichts über die Ermittlungen sagen. Aber fragen kostet ja nichts.«

Knutsen seufzte. »Es ist sicherlich kein Geheimnis, wenn ich dir verrate, dass Erben nicht selten ein gutes Motiv haben. Dennoch ist dadurch nicht jeder Erbe gleich der Mörder.«

»Okay, ich verstehe.« Margreta rieb ihren Daumen über einen blinden Fleck auf der Fahrradklingel und löste dadurch einen zaghaften Ton aus.

Knutsen nutzte die Ablenkung, um das Thema zu wechseln. »Wie ich sehe, ist dein Fahrrad wieder aufgetaucht. Wenigstens das.«

»Ja, zum Glück!«, sagte Margreta.

Mit skeptischem Blick Richtung grauem Himmel fragte er: »Hast du vielleicht jetzt Zeit? Könnten wir den Anzug kaufen fahren?«

Margreta wollte eigentlich ein paar Kräutermuffins backen und diese zum Ältestenrat bringen. Ein kleines Dankeschön für das Essen neulich. Doch sie konnte es genauso gut auf später verschieben. So hatte sie wenigstens das hinter sich gebracht. Als Knutsen wenig später den Motor seines Autos startete, erscholl lautstark Musik aus seinen Boxen. Und wie konnte es anders sein, es war die Aufnahme eines Shantychores. ›Kumm bi de Nacht, kumm bi de Nacht‹ schmetterte ein Chor sangesfreudiger Männer, denen Knutsen allerdings in null Komma nichts die Luft abdrehte, indem er auf den Ausgabeknopf seines CD-Wechslers drückte. Ganz unschuldig kam eine CD aus dem Schlitz gefahren. Das Radioprogramm, das stattdessen anging, spielte irgendeinen Schlager, den Margreta nicht kannte. Das ist ja fast vom Regen in die Traufe, dachte sie und seufzte ergeben.

Als sie durch Genin fuhren, fielen ein paar Regentropfen auf die Windschutzscheibe. Gleichzeitig kündigten sich die Nachrichten an. Der Sprecher gab einen kurzen Nachrichtenüberblick. Auch der Mordfall in der Kleingartensiedlung kam zur Sprache. »Im Mordfall in der Lübecker Kleingartensiedlung wurde ein Verdächtiger festgenommen. Laut Polizeiauskunft handelt es sich dabei um den Sohn des Opfers. Die Polizei hat …«

»So ein verdammter Mist!« Knutsen drückte wütend das Radio aus. Sein Gesicht wurde im Nu rot vor Ärger, fast so rot wie die Ampel, auf die sie zurollten. Im Wagen war nur das Blinkergeräusch zu hören. Klack-klack, klack-klack. Margreta hätte gern gefragt, ob es stimmte, doch sie wagte nicht, die Stille zu durchbrechen, stattdessen sah sie auf die winzigen Tropfen, die immer mehr auf die Windschutzscheibe fielen.

Zum Glück wurde es bald grün, und der Wagen glitt um die Kurve, der Blinker rastete ein, das Klack-klack verstummte. Knutsen hielt bei der nächsten Möglichkeit rechts an. Er kramte sein Handy aus der Jackentasche. Nach einem kurzen Blick auf das Display entfuhr es ihm: »Mist!« Er hatte offenbar eine Nachricht übersehen.

Und wie Margreta seinen Gesichtsausdruck deutete, machte ihn das alles andere als glücklich. Im Gegenteil, so ärgerlich hatte sie ihn bislang nur in Simones Gegenwart gesehen. Wenn sie mal wieder etwas gesagt hatte, was ihn auf die Palme brachte.

»Ich muss zurück ins Präsidium«, sagte er schroff, ohne sie anzusehen. Er schaltete den Scheibenwischer ein, der beim ersten Mal laut über die Windschutzscheibe rieb. »Ich fahre dich sofort zurück zum ›Radieschenheim‹.«

»Was ist denn passiert? Stimmt etwas nicht mit der Radiomeldung?«

»Das kann man wohl laut sagen!«, schimpfte er.

Auf ihre Gegenfrage, was denn falsch gemeldet worden sei, knurrte er nur.

Gute zehn Minuten später schaute Margreta dem Wagen von Knutsen hinterher, wie er vom Parkplatz der Kleingartensiedlung fuhr.

Was würde jetzt wohl im Polizeipräsidium passieren?

Was war an der Meldung falsch gewesen? War Alwin Kunkelbein doch kein Tatverdächtiger? Oder sollte das nur nicht öffentlich gemacht werden?

Für Margreta war allerdings etwas ganz anderes wichtig. Was könnte Alwin Kunkelbein mit ihr zu tun haben? War er es, der ihr die Leiche auf das Kräuterbeet gelegt hatte?

Wind zog auf, und der Regen setzte stärker ein. Margreta beeilte sich, zum ›Radieschenheim‹ zu kommen. Knutsen hatte gesagt, Alwin Kunkelbein habe zuletzt in Frankfurt gelebt. Unter dem Namen Wagner. Auch wenn der Name ihr auf Anhieb nichts sagte, war es doch kein seltener Name. Kannte sie ihn womöglich von dort?

Nachdem sie die Nebeneingangstür hinter sich abgeschlossen hatte – zur Sicherheit, das brauchte sie jetzt einfach –, verkroch sie sich in die Küche des Gartenlokals. Am Küchentisch sitzend schaute sie aus dem Fenster. Der Wind trieb immer dunklere Wolken über den Himmel, in der Küche wurde es abwechselnd hell und dunkel, und ab und zu klatschte ein Schauer gegen die Scheibe. Der Frühling zeigte sich wirklich von seiner besten Seite. Margreta hatte sich einen heißen Kräutertee aus frischen Minz- und Zitronenmelisseblättern gekocht und fühlte sich mit dem heißen Getränk in der Hand gleich besser. Sie sah Meerbusch durch den Garten kommen. Sie wusste, er konnte sie nicht sehen. Das Sonnenlicht, das sich durch die Wolken brach, stand direkt auf der Glasscheibe. Wenig später hörte sie ihn klopfen. Doch Margreta wollte jetzt niemanden sehen, sie wollte nachdenken. Meerbusch würde später wiederkommen, das wusste sie. So machte er es immer, wenn sie noch nicht da war.

Sie hob die Tasse zu den Lippen. Kannte sie einen Alwin Wagner? Sie wusste zu wenig über ihn. Sie nahm ihr Handy in die Hand und schaute durch ihre Kontaktliste. Bei Klaus Himmel blieb sie stehen. Himmel senior hatte Annika Runde immerhin schon gekannt, als sie noch ein Kind war, hat er erzählt. Vielleicht wusste er auch etwas über den Bruder. Leider hatte Margreta keine Nummer von Himmel senior. Deshalb wählte sie kurzentschlossen die Handynummer von Himmel junior.

Wie sie erfuhr, war er gerade in seinem Garten. »Du glaubst nicht, was es alles zu tun gibt, wenn man denkt, man hat einen freien Tag.« Er erzählte ihr, dass er mit dem Ältestenrat gerade an einer Traueranzeige im Namen des Kleingartenvereins feilte. »Du kannst dir nicht vorstellen, wie schwierig das ist, die richtigen Worte für so einen … so einen anständigen Menschen zu finden.« Eine Pause entstand und Margreta nahm an, dass Himmel einen Moment brauchte, um sich zu fassen. Dies gelang ihm, indem er sich über etwas empörte. »Und dann ruft auch noch ständig die Presse an und will ein Interview. Sogar das Fernsehen hat sich gemeldet. Aber ich sag dir was, Margreta, ich kann standhaft sein. Kommissar Knutsen hat mich persönlich darum gebeten, nichts zu sagen, bis die Polizei den Täter dingfest gemacht hat. Und ich sage dir, auf mich kann er sich so verlassen wie die Tomaten auf ihre Haltestangen!«

Bis Margreta Himmel endlich fragen konnte, ob sein Vater zufällig bei ihm sei, hatte er ihr schon lang und breit erklärt, was er von den Reportagen im Fernsehen hielt, in denen sich ein Nachbar, Freund oder ein zufällig dabei Gewesener vor der Kamera wichtigmachte. »Das machen die doch nur für Geld. Und wenn sie mich fragen, dann ist dieses Geld schmutzig. Da sind meine Finger nach der Gartenarbeit ja sauberer. Nein, Margreta, für so etwas bin ich nicht zu haben, so wahr ich Klaus Himmel heiße!«

Sein Vater, so erfuhr Margreta wenig später, war nicht bei der Versammlung des Ältestenrats dabei. »Er ist beim Arzt. Zur Kontrolle. Soll ich ihm was ausrichten?«

»Nein, das ist nicht nötig. Aber vielleicht kannst du mir weiterhelfen. Weißt du etwas über Kunkelbeins Sohn Alwin?«

Himmel bedauerte, ihr nicht weiterhelfen zu können. »Kunkelbein hatte nicht viel Kontakt zu seinen Kindern, das weißt du vielleicht. Er hat auch nie über sie gesprochen. Ich glaube auch nicht, dass mein Vater da weiterhelfen kann, aber du kannst ihn natürlich selbst fragen. Tut mir leid, Margreta. Am besten fragst du bei deinem Kommissar nach.«

Margreta legte auf. Und jetzt? Knutsen konnte sie auf keinen Fall anrufen. Er würde nur Gegenfragen stellen. Sie holte Eier, Mehl und Saure Sahne für die Kräutermuffins heraus und zerkleinerte ein paar eingelegte Tomaten und frische Kräuter von ihrer Fensterbank mit dem Wiegemesser. Als sie den fluffigen Teig in die Muffinsförmchen verteilte, hatte sie sich überlegt, wen sie fragen wollte. Kunkelbeins Tochter! Wer, wenn nicht sie, konnte ihr etwas über Alwin Kunkelbein erzählen. Ob sie noch in der Uniklinik lag?

Die Küche war aufgeräumt und die fertig gebackenen Muffins zum Abkühlen auf das Gitter verteilt, als Margreta ihr Gartenlokal verließ, um Frau Runde einen Besuch abzustatten. Ihr Elan wurde jedoch von etwas Unerwartetem unterbrochen. Als sie um die Ecke kam, konnte sie kaum glauben, was sie sah. Das mit rotem Plastik ummantelte Fahrradschloss leuchtete ihr fröhlich vom Fahrradständer entgegen, von ihrem Fahrrad selbst jedoch keine Spur.

»Das gibt es doch nicht!«

Ungläubig hob sie das Fahrradschloss auf, drehte und wendete es gleich mehrmals in ihren Händen, doch es half nichts. Das Schloss war durchtrennt. Ihr Fahrrad war weg. Und ihr war zum Heulen zumute.

»Was? Schon wieder? Frau Mai, Sie erlauben sich doch nicht etwa einen Scherz mit mir?«

Der Polizist, der ihr durch den Hörer drohte, war der gleiche wie der, der gestern den Diebstahl aufgenommen hatte.

»Zum Scherzen bin ich wirklich nicht aufgelegt!«, wehrte sich Margreta trotzig.

Auch wenn er sich anfangs etwas sträubte, so nahm der Polizist dennoch die Anzeige des zweiten Diebstahls entgegen. Bei Margreta blieb das Gefühl, dass er ihr nicht glaubte, weshalb sie gleich im Anschluss Marjolein anrief und sich bei ihr darüber beklagte.

Dies hatte zur Folge, dass Knutsen sich wenig später bei ihr meldete. Er war zufällig bei Marjolein und Ole gewesen und hatte deshalb mitbekommen, was vorgefallen war. Sein Interesse an der Sache machte sie zwar einerseits glücklich – diese Zuvorkommenheit hätte sie sich bereits von dem Polizeibeamten gewünscht -, andererseits begriff sie bestürzt, dass Knutsen einen Zusammenhang zum Mordfall sah. »Ich schicke dir gleich Kollege Fink vorbei. Das kann doch kein Zufall sein.«

Fink sah so aus, als sei er gerade von seiner Couch aufgestanden, als er im ›Radieschenheim‹ eintraf. Seine Haare standen ihm zu Berge, er war unrasiert und wirkte ausgesprochen müde. Kein Vergleich zu dem schmucken jungen Mann, den sie am ersten Tag kennengelernt hatte. Deshalb kochte Margreta ihm erst mal einen doppelten Espresso, den er dankbar annahm. Als er ihn ausgetrunken hatte, lehnte er einen Ellenbogen auf den Tresen und stützte sein Kinn in die Hand. »Der Chef sagt, Ihnen wurde ein Fahrrad gestohlen?«

»Richtig!«, sagte Margreta.

»Was ist das denn für ein Fahrrad?« Fink holte einen Notizblock heraus und blätterte bis zur nächsten freien Seite. »Entschuldigen Sie, ich habe mein Handy im Auto liegen lassen« sagte er und zeigte erklärend auf das Papier. Mit einem Stift in der Hand wartete er geduldig auf ihre Antwort. Dass ihm dabei fast die Augen zufielen, gefiel Margreta überhaupt nicht.

»Es war ein Damenfahrrad. Für meine Größe passend. Die Marke weiß ich nicht, der Schriftzug war schon verkratzt, als ich es auf dem Flohmarkt erstanden habe.«

Fink machte sich eine Notiz.

»Was noch vom Schriftzug zu erkennen ist, ist goldfarben. Und das Fahrrad ist schwarz. Und ich habe einen roten Fahrradkorb. So rot wie mein Fahrradschloss.«

»Rot«, wiederholte Fink. Mehr nicht.

Jetzt reichte es Margreta. »Herr Fink. Was ist denn los mit Ihnen? Wollen Sie sich denn nichts aufschreiben?«

Fink zuckte zusammen. »Entschuldigung, Frau Mai. Meine Nacht war … äh … sehr kurz.« Dann wurde er rot.

Margreta seufzte und drückte noch einmal den Espressoknopf des Kaffeevollautomaten. »Gestern wurde es auf dem Wochenmarkt am Brink geklaut, und heute hier vor meiner Tür.«

»Was sagen Sie? Ihr Fahrrad wurde zweimal gestohlen?« Jetzt endlich schien Fink aufzuwachen. »Und ich dachte schon, dass ich etwas ausgefressen habe, weil ich einen Fahrraddiebstahl aufnehmen soll.«

Wenige Fragen später kam Fink zu dem gleichen Schluss wie sein Chef. »Es ist möglich, dass die ganze Sache etwas mit dem Mordfall zu tun hat.« Er erklärte ihr, dass er das Fahrradschloss als ein möglicherweise wichtiges Indiz im Mordfall Kunkelbein auf alle Fälle mitnehmen würde.

Als er es in eine Plastiktüte einpackte, wurde Margreta ganz mulmig zumute. War der Fahrraddieb tatsächlich der Mörder? »Ich verstehe den Zusammenhang nicht, Herr Fink.«

Der Kommissar zuckte mit den Schultern. »Ehrlich gesagt, Frau Mai, ich auch nicht.« Dann gähnte er.

Margreta hatte bereits nach der Tasse gegriffen, als sie sagte: »Ich mache Ihnen noch einen Espresso, Herr Fink.«

Doch er winkte ab. »Oh, lieber nicht.«

»Sagen Sie, warum haben Sie so wenig geschlafen, Haben Sie jemanden observiert?«

Fink schüttelte den Kopf. »Nein, das wäre nicht meine Aufgabe. Ich habe … Eine Freundin hat Geburtstag gefeiert.«

»Ist sicherlich eine gute Freundin, wenn Sie sich für sie die Nacht um die Ohren hauen«, lächelte Margreta.

»Kann man so sagen, ja«, grinste Fink.

Margreta wollte nicht weiter in das Privatleben des übermüdeten Kommissars eindringen. Stattdessen goss sie ihm ein Glas Wasser ein. »Das hilft übrigens immer. Egal, gegen was.«

»Ah, ja?«, sagte er und setzte gehorsam das Glas an die Lippen.

»Sagen Sie, Herr Fink. Neulich kam die Nachricht im Radio, dass Kunkelbeins Sohn als Tatverdächtiger festgenommen wurde. Das hat Knutsen ziemlich aufgeregt. Ich war gerade mit ihm im Auto unterwegs.«

»Ach das«, sagte er. »Das sollte nicht an die Öffentlichkeit. Da war was schiefgelaufen in der Presseabteilung.«

Margreta überlegte. »Dann ist er kein Tatverdächtiger?«

Fink kniff die Lippen zusammen. Dann seufzte er. »Ach Frau Mai. Sie wissen doch, dass ich Ihnen nichts über die Ermittlungen sagen darf. Fragen Sie lieber bei Knutsen nach. Ich habe heute schon Ärger genug, weil ich so unausgeschlafen zur Arbeit gekommen bin.«

Margreta nickte verständnisvoll. »Wissen Sie, Herr Fink. Ich wollte ja auch nur wissen, wie der Stand der Dinge ist. Ich mache mir ja auch meine Gedanken, wer Kunkelbein in meinen Garten gelegt haben könnte. Und nun noch die Sache mit dem Fahrrad!«

»Hmm«, murmelte Fink. »Haben Sie denn eine Idee, wer dahinterstecken könnte?«

Margreta schüttelte den Kopf. »Ich habe nicht die geringste Ahnung.«

»Es gibt niemanden, mit dem Sie Streit haben oder hatten? Der ihnen eine auswischen möchte?«

Ganz kurz flackerte in Margretas Gedanken das Gesicht ihres Exmannes auf. Der einzige Mensch, mit dem sie noch eine Rechnung offen hatte. Doch dann schüttelte sie den Kopf. Nein, das war zu lange her. Außerdem hatte er ihr schließlich auch nichts vorzuwerfen.

Margreta beugte sich zu Fink über die Theke. Im vertraulichen Tonfall fragte sie: »Können Sie mir nicht ein bisschen verraten? Vielleicht, was Sie über den

Täter bisher herausgefunden haben? Vielleicht fällt mir dann ja ein, wer mir eins auswischen möchte.«

Fink seufzte ergeben. »Also gut. Wir suchen einen Mann mit der Schuhgröße 44. Er war wahrscheinlich mit dem Opfer, also Herrn Kunkelbein, bekannt. Da es am Gartenhaus von Kunkelbein, wo er umgekommen ist, keine Einbruchspuren gibt, gehen wir davon aus, dass das Opfer ihn kannte und in sein Haus gelassen hat. Dass die Leiche in Ihren Garten gelegt wurde, lässt darauf schließen, dass auch Sie den Täter kennen. Tja, wenn Ihnen also dazu etwas einfällt …«

Margreta schüttelte nachdenklich den Kopf. »Sie denken, es könnte jemand aus der Kleingartensiedlung sein?«

»Würde Ihnen dann ein Name einfallen?«

Sie schüttelte den Kopf.

»Wissen Sie etwas über den Sohn? Ich frage mich, ob ich ihn vielleicht kenne.«

Fink trank sein Glas leer und stellte es ab. »Noch nicht viel, Frau Mai. Ich werde jetzt gehen. Fragen Sie Knutsen, ich habe schon genug gesagt.«

Bevor er aus der Lokaltür trat, rief sie ihm hinterher: »Ist Frau Runde eigentlich noch in der Uniklinik?«

Fink nickte. »Haus 5!«

Nachdem Fink gegangen war, grübelte Margreta über das nach, was sie von Fink erfahren hatte. Dabei schichtete sie die Kräutermuffins in eine große Vorratsdose. Sollte der Täter tatsächlich aus der Kleingartensiedlung kommen? Sie ging alle durch, die sie kannte. Nein, sie hatte mit niemandem Streit. Konnte sie jemanden vergessen haben? Irgendjemanden übersehen? Sie seufzte. Sie musste Frau Runde endlich einen Besuch abstatten, um mehr über ihren Bruder zu erfahren! Doch zuvor wollte sie die Kräutermuffins in der Siedlung verteilen.

Mit der Vorratsdose in einem großen Korb durchquerte sie ihren Garten und betrat den Arfenpadd. Meerbusch, bei dem sie es zuerst probierte, war nicht da, die Tür zu seinem Gartenhaus verschlossen. Fermann und Tondersen freuten sich über ihren Besuch und die Muffins, die Margreta ihnen schenkte. Das Summen unzähliger Bienen, die sich in den Frühlingsblüten tummelten, begleitete sie, während sie weiter durch die Siedlung ging und ihr Dankeschön verteilte. Als sie bei Frau Steenkamp vorbeikam, sah sie, dass der Pole gerade ihren Rasen mähte. Margreta winkte ihm zu.

»Frau Steenkamp nicht da«, rief er und winkte zurück.

Ein wirklich gewissenhafter Bursche, dachte sie. Hoffentlich darf er sich auch noch um den Garten kümmern, wenn sich Freddy und seine Chefin weiter so anfreunden. Von Grete Siebenhus ließ sich Margreta in ein Gespräch verwickeln, in dem sie so oft das Thema wechselte, dass Margreta hinterher der Kopf rauschte. Wenn sie jemand gefragt hätte, worum es eigentlich ging, hätte sie es nicht sagen können. Nur das Gefühl blieb, dass sie sie so ganz nebenbei über Kommissar Knutsen ausgequetscht hatte.

Ihre letzten Kräutermuffins gingen an den Vorsitzenden Klaus Himmel, den sie in seiner Gartenlaube antraf. Vor ihm auf dem Tisch ein Laptop, daneben ein ganzer Berg Papiere. »Margreta! Meine Lieblingsmuffins. Das ist aber nett! Welch willkommene Abwechslung zu diesem ollen Bürokram!« Er deutete mit verzweifeltem Blick auf die vor ihm liegende Arbeit. »Ich geb's ja zu, ich mache das nicht gerne. War immer froh, dass sich Kunkelbein um so'n Krams gekümmert hat. Da schichte ich lieber dreimal meinen Kompost um.« Dann seufzte er tief. »Aber nun ist es, wie es ist. Manfred wird sich nicht mehr darum kümmern können.«

Margreta sah, dass seine Augen feucht wurden.

»Er muss ein guter Freund gewesen sein«, sagte Margreta mitfühlend.

»Das war er wirklich.« Himmel holte ein großes lindgrünes Taschentuch aus seiner Hosentasche und schnäuzte hinein. »Weißt du, Margreta. Wenn jemand für einen da ist, wenn man am wenigsten damit rechnet. Wenn man denkt, dass man ganz allein ist. So etwas vergisst man nicht.« Er stopfte das Taschentuch zurück in die Hose. »Er hat mir damals sehr zur Seite gestanden, als meine Frau von mir gegangen ist. Hat mich jeden Abend besucht und mit mir geredet. Nein, so etwas vergisst man nicht.« Himmel sah sie ernst an. »Ich weiß, wie er gewirkt hat. Wie er bei anderen angekommen ist. Doch jeder hat doch seine Gründe dafür, so zu sein, wie er ist. Ist es nicht so, Margreta?«

# KAPITEL 9

Jeder hat seine Gründe, so zu sein, wie er ist. Da hatte Himmel recht. Doch wie war Kunkelbein eigentlich? War er der kompetente Anwalt, den Margreta kennengelernt hatte? Der Freund, der in der Not zu einem stand? Oder der Vater, der die Berührung seiner Tochter nicht ertragen konnte?

Margreta wartete, bis ein junger Mann auf dem überfüllten Parkplatz an der Uniklinik mit seinem Kombi aus einer Parklücke heraussetzte, dann fuhr sie mit ihrem alten Golf hinein.

Haus Nummer 5 hatte sie schon bald gefunden. Als sie feststellte, dass es sich dabei um die Psychiatrie handelte, war sie ein wenig verwundert. Nach einem kurzen Gespräch mit einer Schwester durfte sie ins Zimmer von Frau Runde.

Ob es wirklich ein Lächeln war, was Frau Runde über das Gesicht huschte, als Margreta ihr Zimmer betrat? Margreta entschied, dass sie es so sehen wollte und beglückwünschte sich zu ihrer Entscheidung, Frau Runde einen Besuch abzustatten.

Diese hatte ihre Decke bis zum Kinn hochgezogen. Sie hielt sie mit beiden Händen fest umklammert, als wolle sie ihr jemand wegreißen. Dass ihre Füße dabei unten herausschauten, schien sie nicht zu stören. Margreta sah, dass sie ihr für ihre lange Gestalt eine Verlängerung an das Fußende des Krankenhausbettes angebracht hatten. An eine längere Decke hatten sie nicht gedacht.

»Wie geht es Ihnen, Frau Runde?« Margreta trat ans Bett.

»Es geht. Dankeschön.« Frau Runde klammerte sich weiterhin an ihrer Bettdecke fest.

»Sie haben mir ja einen schönen Schrecken eingejagt. Normalerweise ist es nicht gestattet, bei mir einfach umzufallen.«

Jetzt huschte wirklich ein Lächeln über das schmale Gesicht.

»Ihr Bruder ist gestern angekommen. Hat er Sie schon besucht?«

Frau Runde blinzelte, sagte jedoch nichts.

Nun gut, dachte Margreta. Sie musste die Sache langsamer angehen. »Was halten Sie denn von einem Spaziergang, Frau Runde? Das Wetter ist heute ausgezeichnet. Ich wäre so gern mit dem Fahrrad zu Ihnen gekommen, doch leider hat man es mir geklaut.«

»Geklaut? Aber wieso das denn?« Mit ihrer Neugier kehrte endlich etwas Farbe in das Gesicht von Frau Runde zurück.

Mit der Anweisung, das Klinikgelände nicht zu verlassen, durfte Margreta Frau Runde zu einem Spaziergang, oder besser einer Spazierfahrt, mitnehmen. Es war nicht leicht gewesen, die langen Beine von Frau Runde auf dem klapprigen Rollstuhl der Station unterzubringen, doch letztlich hatten sie es gemeinsam geschafft, und Margreta fuhr die junge Frau eine Weile auf dem Krankenhausgelände hin und her, bis sie sie schließlich an einen der Tische des Krankenhauscafés auf dem Außengelände schob. Frau Runde wollte nur ein Glas Wasser, doch Margreta besorgte ihr außerdem einen Espresso. So konnte das ja nicht weitergehen mit ihr. Wer ließ sich denn so hängen?

»Frau Runde, seit wann leben Sie eigentlich in Hannover?«

»Seit dem Tod meiner Mutter. Also, seitdem ich sechs bin. Ich bin bei der Schwester meiner Mutter aufgewachsen.«

Frau Runde nippte tatsächlich nur an ihrem Glas Wasser. Margreta nahm den kleinen Löffel von Frau Rundes Untertasse und rührte ihr ein Zuckertütchen in den Espresso. Dann schob sie ihn ihr ein Stückchen weiter hin.

»Ihr Bruder nicht?«

»Doch, mein Bruder auch.« Frau Runde hatte wieder mehrfach geblinzelt, bevor sie geantwortet hatte.

»Hmm.« Margreta sah zu einem Nachbartisch, an dem ein älterer Herr, ebenfalls in einem Rollstuhl, und drei Erwachsene, vielleicht seine Kinder, saßen. Sie unterhielten sich leise miteinander. Der Herr, ebenfalls von großer Gestalt, saß ebenso unkomfortabel in seinem Stuhl wie Frau Runde. »Denken Sie, Ihr Bruder wird Sie hier besuchen?«

Frau Rundes Antwort kam prompt. »Nein!«

»Wieso nicht? Sehen sie sich nicht oft?«

»Nein. Nie.«

»Ihr Bruder besucht Sie nie in Hannover?«

Sie schüttelte den Kopf.

Margreta schob Frau Runde den Espresso noch ein Stück weiter hin. Es war schwieriger, als sie gedacht hatte, das Gespräch verlief zäh. Wie sollte sie weiter vorgehen? Sie wollte kein Verhör mit Frau Runde führen, und dennoch kam es ihr so vor, als würde sie nichts anderes tun. Es war aber auch verflixt! Im ›Radieschenheim‹ liefen solche Gespräche immer wie von selbst. Vielleicht musste sie etwas von sich preisgeben. Das wäre immerhin fair.

»Wissen Sie, Frau Runde, ich bin in meinem kleinen Hessischen Dorf aufgewachsen. Ohne Geschwister. Und ich habe jeden beneidet, der welche hatte. Allein meine Freundin Valerie hatte drei Brüder! Sie haben sie überall mit hingenommen, sich für sie geprügelt. Sie durfte sogar mit ihnen Fußball spielen.«

Frau Runde rieb mit dem Daumen am Wasserglas. Das war ihre einzige Reaktion. Doch Margreta gab nicht auf.

»Einmal, da haben Valeries Brüder ein Baumhaus gebaut. Und weil wir nicht helfen durften, haben wir sie beobachtet. Heimlich. Von einem Versteck aus. Eines Tages hatten Valeries Brüder Streit. Sie hatten Schwierigkeiten, eine Trittleiter aus Sackschnüren zu binden, doch sie brauchten sie dringend, da ihr Vater die ausgeliehene Leiter wiederhaben wollte. Was soll ich sagen, in der Sache hatten sie kein Geschick! Und als sich alle schlechtgelaunt zum Mittagessen trollten, da haben meine Freundin und ich schnell die Knoten geknüpft, sind ins Baumhaus geklettert und haben die

Luke verschlossen. Sie hätten mal ihr Gesicht sehen sollen, als sie zurückkamen!«

Ein sanftes Lächeln huschte über das Gesicht von Frau Runde. Margreta gratulierte sich zu ihrem kleinen Erfolg. Sie war auf dem richtigen Weg.

»Unsere Bedingungen waren klar, sie mussten uns in ihren Club aufnehmen. Allerdings durften wir das niemandem verraten, und zur Sicherheit verpassten sie uns auch noch Bubennamen. Sie wissen schon, damit sie sich selbst nicht verrieten, wenn sie mal über uns sprachen. Valerie wurde ›de Kall‹ und ich war ›de Leo‹. Sie können sich gar nicht vorstellen, was sich daraus entwickelte.«

»Ja, was denn?« Frau Runde sah sie neugierig an.

»Im Laufe der Zeit sprach es sich natürlich herum, dass der Jungsclub im Baumhaus Verstärkung bekommen hatte. Wer allerdings ›de Kall un de Leo‹ waren, das wusste keiner. Und wir verrieten natürlich nichts. Die Jungs nicht, um sich keine Blöße zu geben, dass sie etwas mit Mädchen machten, und wir nicht, damit wir unsere Clubmitgliedschaft nicht verspielten. Es rankten sich im Dorf bald immer mehr Geschichten um ›de Kall un de Leo‹. Selbst die Erwachsenen spekulierten mit und wussten es bald besser als die Kinder. Die einen meinten, dass sie ›de Kall un de Leo‹ im Nachbardorf gesehen hätten, und andere meinten sogar, sie wären mit ihnen verwandt.«

»Das ist ja unglaublich!« Frau Runde sah sie fasziniert an. »Hat es Ihnen denn nichts ausgemacht, als Junge behandelt zu werden?«

»Ach, überhaupt nicht! Es war uns eine Ehre. Und es hat richtig viel Spaß gemacht!«

Margreta schaute lächelnd in Frau Rundes Gesicht, in das der melancholische Ausdruck zurückgekehrt war.

»Bei mir war es leider nicht so harmonisch.« Sie umfasste ihr Wasserglas mit beiden Händen. »Mein Bruder ist vier Jahre jünger als ich. Unser Verhältnis war nie gut gewesen. Vielleicht lag es am Altersunterschied, vielleicht daran, dass er von Anfang an Vaters Liebling war. Wenn wir gestritten haben, war immer ich schuld. Zumindest aus Sicht meines Vaters. Nein. Ich hätte keinen Bruder gebraucht.« Sie drehte ihr Wasserglas in den Händen, während sich Margreta wunderte, wie analytisch sie Rückschau hielt. Dann sprach Frau Runde weiter. »Meine Mutter starb 1987. Mit ihr ist unsere ganze Familie gestorben.« Frau Runde blickte auf. »Ja, das war es eigentlich schon.«

»Was ist passiert? Wie ist Ihre Mutter ums Leben gekommen?«

»Ein Unfall. Wir waren zusammen unterwegs, kamen von einer Schulveranstaltung. Meine Eltern saßen vorn, wir hinten. Mein Bruder war übermüdet und jammerte ständig herum. Außerdem schlug er mir ständig meinen Comic aus der Hand, den ich gerade las, weshalb ich sauer wurde. Meine Mutter bat meinen Vater anzuhalten. Sie wollte mit mir den Platz tauschen, um, wie sie sagte, die beiden Streithähne auseinanderzusetzen. Und so wurde es gemacht. Wir waren gerade wieder losgefahren, als es passierte. Jemand kam aus einer Seitenstraße geschossen, fuhr direkt in unser Auto. Hinten. Dort, wo meine Mutter saß. Sie starb noch am Abend im Krankenhaus. Wir anderen hatten, wie sagt man so schön, Glück im Unglück, kamen mit einem Schock davon.«

»Wie schrecklich!«, entfuhr es Margreta. Und sie dachte daran, dass die Kinder zur Tante kamen. »Dann hat Ihr Vater seine Trauer nie überwunden?«

Erst sagte Frau Runde nichts. Während sie wieder das Wasserglas in ihren Händen drehte, gab es in ihrem Gesicht ein Minenspiel zu beobachten, das Gefühle von Wut bis Enttäuschung widerspiegelte. Dann sah sie Margreta direkt an. »Er hat uns nie verziehen. Nein.«

Margreta war schockiert. »Er hat Ihnen doch nicht die Schuld gegeben?«

Statt einer Antwort presste Frau Runde ihre Lippen schmal zusammen.

»Wie konnte er nur?« Margreta schüttelte den Kopf. So eine Ungerechtigkeit!

»Für ihn war die Sache immer klar gewesen«, sagte Frau Runde leise. »Wenn wir uns nicht gestritten hätten, hätte Mutter nicht hinten gesessen.«

Der letzte Satz irritierte Margreta. »Aber wenn Ihre Mutter dort nicht gesessen hätte, hätten Sie doch …« Margreta stockte der Atem.

Frau Rundes Blick hielt sich am Glas fest. »Ja, dann hätte ich dort gesessen. Doch ich zählte nicht. Noch nie.«

»So können Sie doch nicht denken!«, rief Margreta. »Was auch immer Ihr Vater gesagt hat. Er hat Sie doch geliebt!«

»Dann muss es eine komische Liebe gewesen sein«, antwortete sie. »Für ihn war ich kein richtiges Mädchen. Das hat er mir oft genug gesagt. Auch schon vor dem Unfall. Mädchen sind nicht größer als Jungen. Das war der Vorwurf, den er mir gemacht hat, seitdem ich in der zweiten Klasse die Größte gewesen bin.«

Margreta ballte die Fäuste. So etwas konnte ein Vater doch nicht denken! Und schon gar nicht sagen! Nicht zu seiner eigenen Tochter! Sie war sprachlos. Fassungslos. Um etwas tun zu können, riss sie ihre Espressotasse hoch und setzte sie an die Lippen. Doch die war bereits leer. Sogar der kleine Rest, der sich immer auf dem Tassenboden sammelt, war schon angetrocknet. Sie sah zu Frau Rundes Espresso, der unberührt dastand. Kalt inzwischen. Dann sprach Frau Runde weiter.

»Meine Tante, die Schwester meiner Mutter, und mein Onkel kamen sofort, als sie vom Tod meiner Mutter hörten. Als sie sahen, dass mein Vater unfähig war, sich um uns zu kümmern, nahmen sie uns mit nach Hannover. Es sollte nur vorübergehend sein, doch mein Vater gab immer vor, dass er noch nicht so weit sei, uns holen zu können. Und so vergingen die ersten Wochen. Ich hatte nichts dagegen, denn meine Tante und mein Onkel sorgten sich rührend um uns, doch mein Bruder vermisste Vater. Und so machte er Terz. Schließlich war meine Tante sogar froh, als Vater sich endlich bereiterklärte, ihn abzuholen. Ich wollte bleiben und durfte auch. Ob mein Vater mich je mitnehmen wollte, hat mir nie jemand erzählt. Alwin ging es in Lübeck allerdings nicht besser als in Hannover. Vater war ständig unterwegs und hatte nie Zeit für ihn. Seine Probleme interessierten ihn nicht. Dafür hatte er Frauen eingestellt. Sie sollten sich um Alwins Erziehung kümmern. Alwin tat jedoch alles, um sie zu vergraulen. Er wollte das alte Vater-Sohn-Verhältnis zurück, doch das gab es nicht mehr. Vater reichte es irgendwann, und er steckte Alwin ins Internat. Da war er neun Jahre alt. Erst da kapierte Alwin, dass er nicht erwünscht war. Meine Tante und mein Onkel boten an, ihn aufzunehmen, doch Alwin wollte nicht. Mit 15 Jahren ist er aus dem Heim abgehauen. Seitdem ist er überall und nirgendwo, keine Ahnung, mich hat es nicht interessiert. Meine Tante allerdings hat immer versucht, Kontakt zu halten, doch selbst sie wusste nicht immer, wo er steckte. Ich weiß nicht, was er arbeitet. Mal geht es ihm gut, mal schlecht, mal wohnt er bei diesem, mal bei jenem Freund. Doch wissen Sie, das ist mir egal. Ich will nichts mit ihm zu tun haben.«

»Sie wissen, dass sich Ihr Bruder mit Nachnamen Wagner nennt?«

Sie nickte. »Ja, das weiß ich. Das ist der Mädchenname unserer Mutter. Offenbar konnte Alwin nicht einmal mehr seinen Namen ertragen. Ich glaube, er hat Vater mehr gehasst als ich.«

Margreta sah betroffen zu der Familie am Nebentisch. Sie erzählten sich im ruhigen Tonfall. All ihre

Gesichter wirkten interessiert, gleichzeitig entspannt. Hier schien es keinen Groll zu geben. Margreta sah wieder zu Frau Runde. Auch sie wirkte entspannt. Vielleicht nicht glücklich, aber gefestigt. So tragisch ihre Kindheit gewesen war, sie hatte Glück gehabt, von ihrer Tante und ihrem Onkel aufgefangen worden zu sein. »Und Sie? Sie sind verheiratet? Weil Sie Runde heißen?«

»Nein«, sagte sie. Eine lange Pause folgte, in der sie in ihr Wasserglas starrte. »Ich … Ich wurde von meiner Tante und meinem Onkel adoptiert. Sie sind … Sie sind meine Familie.«

»Ich meinte gehört zu haben, dass es Enkel gäbe. Sie und Ihr Bruder haben also keine Kinder?«

Frau Runde lachte bitter auf. »Das hat er wirklich erzählt?«

Als Margreta Frau Runde verließ, tat sie dies mit gemischten Gefühlen und einem ganz neuen Bild von Manfred Kunkelbein. Einem Bild, was ihr gar nicht gefiel. Aus dem aufrechten Geschäftsmann war ein erbärmlicher Vater geworden, der seine Kinder aus seinem Leben verbannt hatte, weil er den Tod seiner Frau nicht überwinden konnte. Dass er der Gärtnergemeinschaft etwas von Enkeln erzählt hatte, dem maß Margreta allerdings keinerlei Bedeutung bei. Sie wertete es als Teil seiner Verdrängungstaktik. Es war offenbar seine Art, sich dem Lauf der Zeit zu stellen und unbequemen Fragen aus dem Weg zu gehen. So zu sein wie alle war oftmals der einfachste Weg.

Was Frau Runde selbst anging, so hoffte sie, dass ihre Tante und ihr Onkel sie nicht nur adoptiert, sondern auch bedingungslos lieben konnten, wie es normalerweise Eltern tun. »Normalerweise!«, schnaubte Margreta, als sie ein paar Stunden später die Stufen zu Marjoleins und Oles Wohnung hochstieg. Sie konnte sich nicht vorstellen, Marjolein jemals so etwas anzutun.

Als sie die dritte Etage erreichte, wurde sie aus ihren Gedanken über Kunkelbeins Familienverhältnisse gerissen und just mit ihren eigenen konfrontiert. Aus der angelehnten Wohnungstür war lautes Gezeter zu hören. Margreta seufzte, als sie Simones und Knutsens Stimmen ausmachte. Die Zusammenkunft der Familie Knutsen begann also wieder einmal mit einem Streit.

Als Margreta die Küche betrat, geriet sie genau in die Schusslinie der beiden Streithähne. Simone stand mit grimmigem Gesichtsausdruck und geballten Fäusten zu ihrer Linken, den Oberkörper leicht nach vorn gebeugt und die Wangen errötet vom lautstarken Argumentieren. »Was hast du denn schon dafür getan? Na los, sag schon! Ach, ich weiß die Antwort: Nichts mal wieder! Keinen Finger hast du in der Sache gerührt. Aber besser wissen tust du es trotzdem!«

Zur Rechten stand Knutsen, der Simone wie üblich den Rücken zugekehrt hatte. Seine Erregung war ihm auch von hinten anzusehen. Seine Hand hatte sich während Simones Ansprache mehrfach drohend erhoben. Als sie Luft holte, war er dran. »Ole!« Seine

Stimme bebte, während er versuchte, sie im Zaum zu halten, schließlich musste er seine Empörung über seinen Sohn an Simone weiterleiten. Und den würde er nie anschreien. Offenbar half es ihm, seine Beherrschung zu wahren, indem er nach nur zwei Wörtern eine kleine Pause einlegte. »Könntest du. Deiner Mutter. Bitteschön sagen. Dass sie. *Mal wieder!* Den Bogen. Sehr weit. Überspannt hat. Wir feiern. Eine Hochzeit! Keinen Staatsempfang!«

Ole versuchte, zu beschwichtigen. »Mama! Papa! Jetzt lasst es gut sein. Marjolein und ich haben entschieden, dass wir es nicht mieten wollen.« Doch niemand wollte seine Worte hören.

»Einen Staatsempfang!«, übertönte ihn Simone. »Dass ich nicht lache! Du hast ja keine Ahnung, wie heute Hochzeiten gefeiert werden. Die jungen Leute von heute haben Stil. Doch von Stil hast du sowieso keine Ahnung. Und wenn du nicht so knauserig wärst, dann könnten wir uns nicht nur das Herrenhaus, sondern auch eine Hochzeitsberaterin leisten. Dann würde sie sich nämlich um alles kümmern, und wir hätten nicht nur eine Lösung für einen Raum, sondern gleich das ganze Fest aus einem Guss.«

»Eine Hochzeitsberaterin! So ein Tünkram!« Knutsen wetterte nun richtig los. Jede Beherrschung war dahin. Immerhin gelang ihm, nahezu in ganzen Sätzen zu sprechen. »Ole! Kannst du deiner Mutter bitte sagen! Dass es zur Hochzeit nicht mehr braucht. Als einen Standesbeamten und zwei Paten. Und meinetwegen auch einen Pfaffen. Und damit basta!«

»Ach, du bist ja so was von verbohrt«, schoss Simone zurück.

»Noch dazu diese kleinen Räume! Ole, sag deiner Mutter. Dass es der größte Unsinn ist. Dort eine Hochzeit zu feiern!«

»Die Raumaufteilung ist wunderschön!«, ereiferte sich Simone. »Wir richten schließlich keine Bauernhochzeit aus, sondern ein modernes Event. Die Aufteilung der Hochzeitsgesellschaft auf verschiedene Räume hebt die Intimität zwischen Paar und Gästen, und …«

»Ole! Frag deine Mutter bitte. Wann sie. Um Himmels willen. Die Zeit hat. Sich so einen Unsinn auszudenken!«

Die Spannung zwischen den beiden war so aufgeladen, dass es Margreta nicht gewundert hätte, wenn die Luft geknistert und es Funken gesprüht hätte. Schnell eilte sie zwischen den beiden durch und zum Tisch, an dem Marjolein saß und ganz betrübt dreinschaute. »Was ist denn los?«, flüsterte sie ihr ins Ohr, doch Marjolein winkte nur ab.

Jetzt platzte Ole die Hutschnur. »Mama und Papa! Es reicht!« Sein Ton war so vehement, dass es ihm gelang, dass Simone ihre Antwort, die sie schon auf der Zunge hatte, herunterschluckte. Und sogar Knutsen drehte sich soweit um, dass er Ole anschauen konnte. »Seht ihr denn nicht, dass das zu nichts führt?«

Jetzt stand Marjolein auf. Sie umrundete den Tisch und stellte sich neben Ole. »Das Beste ist, wir sagen die Hochzeit ab! Wenn es nur Streit gibt, dann habe ich nämlich keine Lust mehr. Dann hat das doch eh alles keinen Sinn!«

»Aber nein, Marjolein!«, rief Simone bestürzt aus.

»Aber nein, Marjolein!«, rief auch Knutsen. Margreta staunte, dass sich die beiden ausnahmsweise mal einig waren.

Ole legte Marjolein den Arm um die Schulter. »Sie hat recht. Ihr führt euch auf, als wäre es eure Hochzeit. Wir haben gedacht, dass ihr uns helfen wollt, doch das, was ihr veranstaltet, ist von Hilfe weit entfernt. Ich stimme Marjolein zu, so hat das ganze keinen Sinn.«

»Aber wir wollten doch nur …«, begann Simone, brach jedoch mitten im Satz ab.

»Wir wollten doch nur«, äffte Knutsen seine Exfrau nach. »Als wenn es ein Wir überhaupt gäbe.« Dann konzentrierte er sich auf die Wanduhr.

»Papa!«, mahnte Ole.

»Ist ja schon gut«, maulte Knutsen. Er zog sich einen Stuhl heran und drehte ihn so, dass die Stuhllehne in Simones Richtung wies. Dann setzte er sich drauf und tat ganz unbeteiligt, als sei er nur zufällig in diese Zusammenkunft geraten.

»Was ist denn eigentlich passiert?«, wagte Margreta zu fragen.

Simone seufzte theatralisch, während sie ihre Fingerspitzen betrachtete, als seien sie auf einmal das Wichtigste für sie. Knutsen knurrte, wie er es immer tat, wenn er sich lieber eines Kommentars enthielt, aber dennoch nicht schweigen konnte. Und Marjolein und Ole sahen sich ratlos an, nicht sicher, ob sie überhaupt Lust hatten, das Ganze zu erklären. Dann gab Ole sich einen Ruck. »Es geht um das Herrenhaus bei Ratekau.«

»Wir haben es uns angesehen, und es ist wunderschön, doch sehr teuer«, erklärte nun auch Marjolein. »Ole und ich haben uns schon dagegen entschieden, da wir es uns nicht leisten können. Dann hat Simone vorgeschlagen, dass sie und Jan es für uns anmieten könnten.«

»Es könnte unser Hochzeitsgeschenk sein«, mischte sich Simone wieder ein. »Aber du siehst ja, was er davon hält.« Mit angewiderter Miene, als hätte sie einen Wurm im Apfel entdeckt, sah sie zu ihrem Exmann, der zur Antwort nur knurrte.

»Wenn es euch so gut gefällt, könnte ich ja auch einen Teil dazu beisteuern«, versuchte Margreta um des lieben Friedens willen zur Lösung der Angelegenheit beizutragen. Gleichzeitig hoffte sie, dass Marjolein und Ole natürlich ablehnten, denn sie hielt in Wirklichkeit ganz und gar nichts davon, Simones Vorschlag, wie auch immer dieser aussah, zu unterstützen. Schon aus Prinzip.

»Unsere Entscheidung steht fest. Danke, Margreta«, sagte Ole. Er zog Marjolein fester in seinen Arm. »Wir werden uns jetzt zu zweit überlegen, wie es weitergeht. Denn so nicht, das steht fest.«

»Und was werdet ihr stattdessen tun?«, fragte Simone, immer noch beleidigt.

»Wir werden es euch erzählen«, sagte Ole.

Knutsen schickte einen Seufzer Richtung Küchenuhr, dann stand er auf. »Dann gehe ich jetzt. Ihr entschuldigt mich.« Dann war er aus der Tür.

Margreta dachte auf dem Rückweg nach Wulfsdorf über den Streit nach. Ob sie und ihr Exmann sich auch so verhalten würden, wenn sie sich immer noch sähen? Margreta seufzte, denn sie wusste, dass es müßig war, darüber nachzudenken. Als sie die Garage abschloss und zum Haus ging, hatte sie den Gedanken schon abgehakt. Der sternklare Nachthimmel versprach einen herrlichen Frühlingstag. Und den, so nahm sie sich vor, wollte sie mit etwas Gartenarbeit beginnen. »Es wird Zeit, dass alles wieder seinen normalen Gang geht«, dachte sie wenig später laut, als sie die Nachttischlampe ausschaltete. Ihr letzter Gedanke galt ihrem Fahrrad, das die Polizei hoffentlich wieder so schnell finden würde, dann fiel sie in einen tiefen, traumlosen Schlaf.

Doch der nächste Morgen sollte ganz und gar nicht so ruhig beginnen, wie sie es sich ausgemalt hatte. Sie hatte gerade ihren Wagen auf dem Parkplatz der Kleingartenanlage zurückgelassen und die Terrasse des ›Radieschenheims‹ betreten, als ihr ein Brief auffiel, der an der Eingangstür zum Lokal mit einem Klebestreifen befestigt war. Verwundert riss sie ihn ab und schaute ihn an. Weder auf der Vor- noch auf der Rückseite stand etwas geschrieben. Ratlos nahm sie ihn mit hinein. Als sie am Tresen Platz genommen hatte, riss sie ihn neugierig auf. Ob es eine Nachricht von der Polizei war? Wegen ihres Fahrrads? Sie zog ein gefaltetes Blatt heraus und klappte es auf. Dann entfuhr ihr ein Schrei. Aus ausgeschnittenen Zeitungsbuchstaben hatte ihr jemand eine Botschaft überbracht.

›Hören Sie endlich auf zu schnüffeln!
Sonst passiert Ihnen was!‹

# KAPITEL 10

Knutsen knurrte, während er lange auf den Brief starrte. Margreta, am Tresen sitzend, war sprachlos, dass ihr ein Drohbrief geschickt wurde. Sie konnte durch die Fenster Kommissar Fink sehen, der auf der Lokalterrasse der Spurensicherung über die Schulter schaute. Die war damit beschäftigt, Fingerabdrücke oder sonstige Hinweise auf den Absender des Briefes aufzuspüren, doch Margreta meinte, sie sähen genauso ratlos aus, wie sie selbst sich fühlte. Dann trat Knutsen vor sie und versperrte ihr die Sicht nach draußen. Er hielt ihr den Brief so dicht vor die Nase, dass sie seine Hand wegdrückte.

»Hast du eine Idee, wer das gewesen sein könnte?«

Er stieß mit seinem Zeigefinger auf die aufgeklebten Buchstaben, als könnte Margreta entgangen sein, worauf sich seine Frage bezog.

Sie sah sich einen Moment das an, was sie schon auswendig kannte. Dann zuckte sie zur Antwort mit den Schultern.

»Hast du eine Ahnung, was damit gemeint ist?«

Die Zeilen verschwommen vor ihren Augen. Hatte sie sich nicht selbst schon den Kopf darüber zermartert? Dann zuckte sie wieder mit den Schultern.

»Warum steht da, dass du herumschnüffelst? Was meint derjenige damit, dass du herumschnüffelst? Wo schnüffelst du herum, Margreta?«

Sie hob ihren Blick, sah ihm mitten in die Augen. Wasserblaue Augen. Hatte sie die überhaupt schon einmal bemerkt? Ein schönes Blau. Ein Ostseeblau. Sie war nicht gut darin, Augenfarben zu bemerken. Sie hatte sich immer gefragt, warum Leute wussten, welche Augenfarben andere Leute haben. Sie musste dafür immer erst bewusst hingucken. Wenn es ihr überhaupt einfiel. »Margreta!« Die blauen Augen sahen sie sehr ärgerlich an. Sie zuckte wieder mit den Schultern.

Daraufhin hieb Knutsen seine Faust so fest auf den Tresen, dass das Stammtisch-Radieschen einen Satz an die Tresenkante machte.

»Was ist eigentlich los, Margreta? Was verschweigst du mir?«

Sie stieß die Luft aus. »Nichts!«, sagte sie, fest davon überzeugt, gerade sehr ungerecht behandelt zu werden.

»Das ist alles sehr merkwürdig, findest du nicht?«, fragte Knutsen aufgebracht. Mit wild gestikulierenden Händen zählte er auf, was er alles merkwürdig fand. »Eine Leiche in deinem Garten. Zweimal wird dir das Fahrrad quasi unter dem Hintern weggeklaut. Und jetzt segelt dir ein Drohbrief ins Haus, dass du aufhören sollst herumzuschnüffeln. Doch du hast von allem keine Ahnung, sagst du. Weißt von nichts!« Er nahm seine Hände herunter, verschränkte sie hinter dem Rücken und drehte eine Runde durch das Lokal. »Es muss einen Zusammenhang geben, Margreta! Verdammt noch mal. Das kann doch alles kein Zufall sein.«

Margreta fühlte sich müde. Sie wünschte, sie hätte eine Erklärung für alles. »Meinst du denn, dass es mir gut dabei geht?«

Er knurrte zur Antwort.

Dann kam Fink herein. »Äh, Chef? Wenn Sie mal kurz kommen könnten?«

Als die Tür ins Schloss fiel und sie allein war, legte Margreta ihren Kopf auf ihre auf dem Tresen verschränkten Arme.

»Kannst du mir das bitte erklären?« Wenn Margreta gedacht hatte, dass Knutsen vorhin ärgerlich gewesen war, dann war das kein Vergleich zu seiner Stimmung, die er jetzt an den Tag legte. Er knallte eine Zeitung neben ihr auf den Tresen, dass sie den Windzug im Gesicht spürte. Irritiert sah sie auf eine Ausgabe der ›Lübecker Nachrichten‹.

»Was ist damit?« Sie wollte danach greifen, doch er hatte sie weggezogen und raschelte damit, während er die erste Seite aufblätterte und in die Luft hielt.

Margreta konnte seinen wütenden Blick durch den Spalt sehen, der mitten in die Seite hineingeschnitten war. Dann hob er noch andere Seiten in die Luft. Es gab mehrere Löcher auf mehreren Seiten. Sie umklammerte den Tresen, um nicht vom Hocker zu fallen. »Du meinst, ihr habt die Zeitung gefunden? Aus der der Drohbrief gemacht wurde?«

Wütend faltete er die Zeitung zusammen.

»Wo?«, fragte sie vorsichtig, sie wollte Knutsen nicht noch ärgerlicher sehen. Doch dann keimte die

Hoffnung in ihr auf. »Wo habt ihr sie gefunden?«, fragte sie nun wesentlich selbstsicherer. War es nicht ein gutes Zeichen, dass die Zeitung, aus der ihr Drohbrief gebastelt wurde, gefunden war? Hatten sie damit nicht eine direkte Spur zum Täter? Der endlich all die Fragen beantworten konnte, die Margreta so quälten?

Ein Blick in Knutsens Gesicht nahm ihr jedoch alle Hoffnung. Er sah sie an, als sei sie verrückt geworden. Dann drehte er sich um und ging zur Tür.

»Wo habt ihr sie gefunden?«, schrie Margreta ihm hinterher. Die Lokaltür fiel jedoch ins Schloss, ohne dass sie eine Antwort erhielt.

Margreta rauschte über die Autobahn Richtung Travemünde, den Wolkenbergen entgegen, die der Wind von der Küste ins Land hinein trieb. Kurze Zeit später erreichte sie das Brodtener Ufer. Der Wind, der sie empfing, tat, was sie von ihm erhofft hatte. Er stellte sich ihr mit aller Kraft entgegen, riss an ihren Haaren, plusterte ihre Jacke auf. Margreta zog den Reißverschluss so hoch es ging und verbarg ihr Kinn im Kragen. Ihre Hände vergrub sie tief in ihren Hosentaschen.

Der Weg führte sie über den steinigen Strand unterhalb des hohen Kliffs entlang. Sie hatte kein Ziel, sie wollte nur laufen. Um sie herum tollten Hunde mit ihren Herrchen und Frauchen, die ihnen Stöcke ins Wasser warfen, damit diese sie mit nicht schwinden wollendem Eifer herausholten. Margreta umrundete Uferabbrüche und überkletterte heruntergestürzte

Baumstämme. Manchmal suchte sie sich ihren Weg nah am Wasser entlang und spielte mit dem feuchten Sand. Der zeichnete ihre Schritte auf und tat so, als wolle er sie für die Ewigkeit dokumentieren. Doch mit der nächsten Welle war alles weg, aufgefressen. Ihre Schritte ausgewaschen, der Sand unschuldig und rein.

Nach einer Weile kletterte sie über eine Felsgruppe auf einen großen Stein, der mit seiner ausladenden Unterseite wie ein Bug ins Wasser ragte. Die Sonne hatte ihr den warmen Platz gewiesen, den Margreta dankbar angenommen hatte. Vielleicht saß sie nicht so anmutig da wie die kleine Meerjungfrau, die viel weiter nördlich von Kopenhagen aus auf die gleiche See starrte, doch sie wirkte ebenso verloren. Der Wind kümmerte sich um die Feuchtigkeit, die sich in ihren Augenwinkeln sammelte. »Was ist nur passiert?«, fragte Margreta die endlose Weite, die ihr mit lautem Rauschen antwortete.

Als sie sich in ihr Auto setzte, klingelte ihr Handy. Sie holte es aus dem Handschuhfach, wo sie es vor ihrem Spaziergang verstaut hatte. Das Display zeigte ›Unbekannte Nummer‹ an.

»Mai!«, sagte sie barsch, als sie den Anruf entgegennahm. Sie war nicht glücklich darüber, dass sie gestört wurde. Sie hätte die melancholische Stimmung, in die sie das Meer während des Spaziergangs versetzt hatte, gern ein Stück Richtung Stadt mitgenommen.

Der Anruf warf ihren Plan um, sich in Wulfsdorf um Haushalt und Wäsche zu kümmern, stattdessen hielt sie zum zweiten Mal an dem Tag auf dem Parkplatz der Kleingartensiedlung. Knutsen saß mit übereinandergeschlagenen Beinen auf der Bank vor dem ›Radieschenheim‹, ein Fuß wippte unentwegt auf und ab. Er hatte ausnahmsweise mal keinen Shanty auf den Lippen, im Gegenteil, er wirkte von Weitem sehr ärgerlich.

Als er sie kommen sah, sprang er auf. »Wie kannst du einfach wegfahren! Ich glaube es nicht.«

»Ich brauchte Zeit für mich«, erklärte Margreta trotzig. Sie war eine erwachsene Frau. Sie brauchte sich nicht derart respektlos behandeln zu lassen. Und schon gar nicht von Knutsen!

Knutsen sog scharf die Luft ein. »Hast du eigentlich eine Ahnung, was hier los ist? Kannst du mir mal erklären, wie ich weiter an deine Unschuld glauben soll, wenn du dich so verhältst, wie du dich verhältst?«

Sie sah ihn mit funkelndem Blick an. »Das heißt, du glaubst, dass ich es war?«

»Was?« Für einen Moment war Knutsen sprachlos. Dann zogen sich seine Augenbrauen dicht zusammen. Margreta erschrak richtig. So böse hatte er sie noch nie angesehen. Auf einmal entspannten sich seine Gesichtszüge. »Komm mit!«, sagte er und marschierte Richtung Garten. »Komm!«, rief er noch einmal, als sie zu verdattert war, um ihm zu folgen. Schließlich ging sie ihm hinterher.

»Wo ist deine Schubkarre?«, fragte er, während er den Haken des Gartentors hochhob.

»Meine was?«

»Schubkarre!«, sagte er, während er ihr das Tor aufhielt.

Margreta schüttelte irritiert den Kopf. »Im Schuppen. Wo denn sonst.«

Knutsen sah sich um. Als er den Schuppen hinter dem Gewächshaus entdeckte, ging er weiter.

»Für die Tür brauche ich aber den Schlüssel aus dem Haus«, sagte Margreta.

»Dann hol ihn!«

Knutsen schob die Schubkarre wenig später persönlich heraus. Sie quietschte, als er sie über den Gartenweg bis zum Gartentor manövrierte. »Die braucht dringend ein bisschen Öl!«

»Darum kümmert sich Meerbusch.«

Knutsen knurrte. Als er die Schubkarre auf dem Arfenpadd abgestellt hatte, setzte er sich hinein. »Bitte!«, sagte er.

»Was?« Sie verstand immer noch nicht, was er mit der Schubkarre wollte.

»Schieb!«

»Ich soll was?« Margreta starrte ihn an, als hätte er auf einmal seinen Verstand verloren.

»Schieben!«

»Bei dir piept's wohl!« Margreta zeigte ihm entrüstet einen Vogel.

»Aber kein bisschen!«

»Das schaff ich doch überhaupt nicht!«

»Versuch es!«

Margreta verschränkte die Arme vor der Brust und schüttelte den Kopf.

»Du versuchst es jetzt!«, befahl ihr Knutsen.

Sein Ton ließ ihr keine Wahl, also versuchte sie halbherzig, die Schubkarre in Bewegung zu setzen, doch sie konnte noch nicht einmal die Stützen vom Boden abheben. »Das geht nicht!«, maulte sie und ließ die Karre los.

»Noch mal!«, sagte Knutsen ungeduldig. »Und ein bisschen mehr mit Schmackes, bitte! Du bist doch sonst nicht so ein zartes Pflänzchen!«

Damit hatte er Margreta erwischt. So etwas ließ sie sich auf keinen Fall zweimal sagen. Sie schnaufte wütend aus und umfasste die Griffe und schaffte es tatsächlich, die Karre anzuheben. Mit Mühe schaffte sie den ersten Meter, von da an ging es leichter und sie schob Knutsen sogar ein kleines Stück des Weges lang. Doch auf einmal begann die Karre zu schlingern. Margreta versuchte dagegenzuhalten, doch sie konnte nicht mehr ausbalancieren und kippte die Schubkarre mitsamt dem Kommissar um.

Der ausgekippte Knutsen ließ sich auf dem staubigen Weg auf den Rücken rollen. Für einen Moment lag er bewegungslos da, dann hob er den Kopf an. »Hebst du mich bitte wieder in die Karre?«

»Ich soll was?« Margreta sah ihn entgeistert an.

»Kannst du mich bitte wieder in die Schubkarre heben?«

»Du hast ja echt nicht mehr alle Läuse am Stängel!«

Knutsen lachte los.

»Was ist so witzig?«

Doch Knutsen winkte nur ab. Und während er sich

abmühte, möglichst elegant auf die Beine zu kommen, kam Margreta gar nicht auf die Idee, ihm zu helfen. Er hatte es ja so gewollt.

Schließlich stand er vor ihr und klopfte sich den Staub vom Hintern. Als er fertig war, sagte er »Siehste!«.

»Siehste was?«, schnodderte Margreta zurück.

»Siehste, du kannst es nicht!«

Verständnislos sah sie ihn an.

»Du kannst einen erwachsenen Mann nicht quer durch die Siedlung schieben.«

Sie sah ihn verständnislos an. »Warum sollte ich das tun?«

»Wenn du Kunkelbein tatsächlich umgebracht hast, dann hättest du ihn auch durch die Siedlung geschoben.«

»So ein Quatsch!«, sagte Margreta.

»Sag ich ja!«, sagte er selbstzufrieden.

»Vielleicht hatte ich ja Hilfe!« Margreta verschränkte trotzig die Arme vor der Brust.

»Das wäre die einzige Möglichkeit«, antwortete Knutsen. Doch die ließ ihn offenbar unbeeindruckt, denn er hob die Schubkarre an und schob sie mit quietschenden Reifen zurück auf Margretas Grundstück. Margreta blieb nichts anderes übrig, als ihm ratlos zu folgen.

»Also, was weißt du?«, fragte er, als sie sich mitten im ›Radieschenheim‹ auf zwei Stühlen gegenübersaßen. Sie hatte sich eigentlich an den Tresen setzen wollen, doch er hatte sie gebeten, hier Platz zu nehmen. »Mein Rücken tut mir weh«, gab er vor. »Ich wäre froh, wenn ich mich anlehnen könnte.« Dann hatte er die zwei Stühle von einem der Tische in die Raummitte gezogen und gegenübergestellt.

»Nichts! Das habe ich schon gesagt«, antwortete Margreta und verschränkte ihre Arme vor der Brust.

»Ist dir eigentlich in den Sinn gekommen, dass ich auf die Idee kommen könnte, dass du dir den Drohbrief selbst gebastelt hast?«

Erst funkelte sie ihn an, wirklich erbost darüber, wie er ihr so etwas unterstellen konnte. Dann drehte sie ihren Kopf weg und konzentrierte ihren Blick auf einen Fleck an einem der Tischbeine. Was war da denn heruntergetropft? Sie musste es nachher unbedingt abwischen. »Und wenn schon! Ich war's ja nicht«, sagte sie schließlich.

»Du hast dir den Drohbrief also nicht selbst gebastelt?«, wiederholte Knutsen.

»Nein!« Er hatte es doch gehört.

»Gut, dann sage ich dem Staatsanwalt, dass in deiner Altpapiertonne zwar der Rest der Zeitung lag, aus der der Drohbrief gebastelt wurde, du die Buchstaben aber nicht ausgeschnitten hast.«

»Genau.«

»Obwohl es ganz offensichtlich deine Zeitung ist?«

Margreta wollte aufspringen.

»Wer sagt das?«

»Es ist die einzige Ausgabe vom 8. April. Am 1. April wurde die Papiertonne geleert, und bis vorgestern sind alle anderen Ausgaben da. Und die von gestern und heute, nehme ich an …«

»… habe ich noch nicht rausgebracht. Ja«, sagte Margreta leise.

Knutsen nickte zufrieden. Dann holte er sein Handy heraus. Und während er darauf herumtippte, begann er wieder dieses Lied zu summen. Dat du min leevsten büst. Margreta kam sich gerade sehr überflüssig vor.

»Möchtest du einen Kaffee?«, fragte sie auf der Suche nach etwas, was sie tun könnte. Sie hatte sich vorgebeugt, um aufzustehen.

Knutsen hob die flache Hand hoch, ohne vom Handy aufzusehen. »Nein, nein. Bleib sitzen. Wir können gleich einen trinken.«

Margreta sank auf den Stuhl zurück und atmete tief ein und aus.

Dat du min leevsten büst. Dat du woll weeßt …

Margreta verdrehte die Augen. Sie konnte das Lied bald nicht mehr hören. Sie schlug ein Bein über das andere. »Jeder hätte die Zeitung aus meiner Mülltonne holen können!«, sagte sie dann.

»Hmm«, bestätigte Knutsen, während er eine Seite umblätterte.

»Ihr könnt die doch auf Fingerabdrücke untersuchen lassen, oder?«

»Hmm«, brummte Knutsen zwischen zwei Noten. Er sah immer noch nicht hoch.

»Jan!« Margreta klatschte mit ihren Händen gegen ihre Schenkel.

Abrupt hörte er auf zu summen. Endlich sah er hoch. »Ja?«

»Ich war es nicht!«

»Ich weiß«, antwortete er. Sein Ton war dabei derart gelangweilt, dass sie nach Luft schnappte.

»Verdammt noch mal, Jan! Kannst du denn nicht etwas sagen? Weißt du eigentlich, wie ich mich fühle, bei den Spielchen, die da jemand mit mir treibt?«

Knutsen zog die Augenbrauen hoch. »Die Spielchen, die jemand mit dir treibt, wie du es ausdrückst, haben wir nicht vergessen, liebe Margreta. Doch ich habe in erster Linie einen Mord aufzuklären. Und ich sehe nicht, wie das zusammenhängen soll.«

»Das heißt?«

»Trittbrettfahrer.« Er zuckte mit den Schultern.

»Trittbrettfahrer?« Sie konnte es nicht glauben. »Was soll das bedeuten?«

»Keine Ahnung. Vielleicht will sich jemand an dir rächen. Überleg' doch mal, wer das sein könnte. Er hat die Leiche in deinem Garten zum Anlass genommen, dir Angst einzujagen. Ich halte das für harmlos.« Dann senkte er seinen Blick auf das Handy. Sein Finger strich mehrmals über das Display. Und als hätte er die Neuigkeit dabei gefunden, sagte er: »Apropos Trittbrettfahrer. Dein Fahrrad. Es wurde wiedergefunden.«

»Und das sagst du mir erst jetzt?«, Margreta sprang so abrupt auf, dass ihr Stuhl nach hinten kippte und laut krachend zu Boden fiel. »Das ist doch wichtig!«

Er kratzte sich am Ohr. »Oh ja, stimmt. *Das* ist wichtig.«

Margreta überhörte die Ironie. »Und? War es wieder bei der Moltkebrücke?«

Er schüttelte den Kopf.

»Sondern?«

Knutsen zog seine Nase kraus. »Ich hab's vergessen.«

Margreta, die sich zum Stuhl herunterbücken wollte, um ihn aufzuheben, fuhr herum. »Du hast es vergessen?«

Er zuckte mit den Schultern, sah sie mit einem zerknirschten Grinsen an und widmete sich seinem Handy.

Margreta rauschte auf ihn zu, wollte ihn an der Schulter packen, doch er war schneller. Seine Hand griff fest um ihr Handgelenk. Die Strenge in seinem Blick nahm ihr die Wut. »Autsch!«, sagte sie. Als sie einen Schritt zurück trat, rieb sie sich das Handgelenk.

Seine Mimik wirkte wieder gelassen. »Sag mal, du warst die Woche nicht zufällig in Genin unterwegs?«

Margreta hob den Stuhl auf und setzte sich drauf. Weil sie nicht wusste, wohin mit ihren Händen, schob sie sie unter ihre Oberschenkel. »Nein«, log sie. »Warum fragst du?«

»Du warst also nicht in Genin?« Er sah von seinem Handy hoch.

Margreta wurde es heiß. Sie wusste nicht, wozu sie ihm von ihrem Besuch im Geniner ›Sonnenglück‹ erzählen sollte. Das war doch nicht wichtig für ihn. Sie hatte dort ja nicht wirklich etwas gemacht. »Nein, war ich nicht. Oder doch. Mit dir. Im Auto.«

»Ja, stimmt«, brummte er und tippte auf das Display.

Margreta fühlte sich unwohl. Sie stand auf und ging zur Tür. Sie schaute hinaus. Von außen hatten einige angetrocknete Regentropfen ihre Spuren auf der Scheibe hinterlassen. Und obwohl sie damit gar nichts erreichen konnte, rieb sie von innen mit dem Zeigefinder gegen die Wasserflecken. Als sie sich umdrehte, sah sie, dass Knutsen sie dabei beobachtet hatte. Ausnahmsweise ohne zu summen oder zu brummen. »Also, was ist nun mit meinem Fahrrad?«, fragte sie.

»Dazu kommen wir noch. Bleiben wir in Genin.«

Margreta sog genervt die Luft ein. »Warum? Ich habe doch gesagt, dass ich nicht da war. Zuletzt irgendwann vor ein paar Monaten. Ich habe nie etwas in Genin zu tun. Wer hat das schon?«

»Ist nur komisch«, entgegnete Knutsen.

»Was ist komisch?«, fragte Margreta. Sie war inzwischen zu ihrem Stuhl zurückgekehrt und umfasste die Lehne.

»Dass du gesehen wurdest.«

Margreta setzte sich, legte ein Bein über das andere und verschränkte die Arme vor der Brust. »Das kann nicht sein!«

»Herr Trelling war sich so sicher, dass du es warst. Eine hübsche junge Dame mit braunen Haaren hätte ihm einen Besuch abgestattet, hat er mir erzählt. Und sich nach einem frei werdenden Grundstück erkundigt.«

»Es gibt viele Frauen mit braunen Haaren. Und jung bin ich sowieso nicht«, konterte Margreta.

»In den Augen von Herrn Trelling, glaube ich, schon.« Knutsen blinzelte, als er aus dem Fenster sah.

»Aha! Na, wenn du meinst, dann nehme ich das gern als Kompliment«, sagte Margreta. Und damit sie Knutsen nicht anschauen musste, nahm sie den Fleck am Tisch ins Visier. »Trotzdem. Er muss mich verwechselt haben. Warum sollte ich ein Grundstück in Genin suchen, wenn ich doch hier eines habe.«

»Das habe ich mich auch gefragt.« Jetzt nahm Knutsen die gleiche Haltung ein wie sie, sah dabei aber wesentlich entspannter aus. Mit schräg gelegtem Kopf beobachtete er sie.

»Aber du gibst zu, dass du Herrn Trelling kennst?«

Margreta schluckte. »Herrn Trelling? Nein, nie gehört.«

»Das ist interessant. Denn stell dir vor. Nachdem er eine Frau beschrieben hatte, die dir so ähnlich war, dass ich mich gefragt habe, ob du es nicht sein könntest, da habe ich ihm ein Foto von dir gezeigt. Du weißt schon, das von Weihnachten. Als wir alle zusammen essen waren. Marjolein hat uns doch allen einen Abzug gemacht.«

»Du hast was?« Margreta sah erschrocken auf. Sie wusste nicht, ob sie eher entrüstet sein sollte oder lieber im Boden versinken wollte.

»Er hat dich eindeutig erkannt, liebe Margreta. ›Ach, Sie kennen das Fräulein Fischer‹, hat er mich gefragt. Er konnte nur schwer begreifen, warum ich ihm als

Kommissar nicht deine Telefonnummer besorgen konnte.« Knutsen legte den Kopf nun auf die andere Seite.

Knutsen hatte sie ertappt, das konnte sie nicht mehr leugnen. Margreta stand auf und begann, im Raum hin und her zu laufen. »Na gut, na gut. Ich war da. Ist das denn so schlimm?«

»Überhaupt nicht«, antwortete Knutsen.

»Wozu dann diese Fragerei? Kannst du nicht normal mit mir reden? Ich komme mir ja vor wie in einem Verhör.« Wenn er so immer mit Simone umgegangen war! Margreta hatte das erste Mal Mitgefühl mit Knutsens Exfrau.

Knutsen sog die Luft laut durch die Nase ein. Sein entspannter Gesichtsausdruck war mit einem Mal verschwunden, genau wie sein freundlicher Ton. Laut schlug er ihr stattdessen um die Ohren. »Warum lügst du mich dann an?«

Margreta stemmte ihre Arme in die Seite. Die Antwort, die ihr auf der Zunge lag, schluckte sie allerdings herunter, da es sowieso nur eine Ausflucht gewesen war. Sie drehte sich zum Fenster.

»Was hast du in Genin gemacht? Warum schnüffelst du da herum?«

Wütend fuhr sie herum. »Was heißt herumschnüffeln? Eine Leiche lag in *meinem* Garten! Meinst du, mich interessiert nicht, wer das gemacht hat?«

Knutsen sprang nun auch auf. Der Stuhl, auf dem er saß, flog zurück und knallte hart auf den Boden. »Das herauszufinden ist aber Sache der Polizei!«

Sie sah ihn kampfeslustig an. »Seid ihr denn überhaupt auf die Idee gekommen, in Genin nachzufragen? Oder weißt du gar nicht, dass die Familie, die sich für den Garten von Walli und Walter Vossen beworben hat, bereits in Genin einen Pachtvertrag hat? Der Ältestenrat ist sich sowieso einig, dass die Neuen etwas mit dem Mord zu tun haben müssen! Dafür solltest du dich interessieren und nicht für mich. Ihr tappt anscheinend komplett im Dunkeln.«

Doch Knutsen war zu routiniert, um sich aus der Reserve locken zu lassen. »Du meinst also, *die Neuen* seien schuld? Was wirfst du ihnen überhaupt vor?«

»Sie sind scharf auf den Garten direkt neben Kunkelbein!«

»Scharf also!« Er lachte. »Ist das alles?«

Margreta setzte zur Antwort ein trotziges Gesicht auf.

»Der Vorsitzende hat mir gesagt, dass sie in der Warteliste ganz oben stünden«, sagte Knutsen. »Meinst du nicht, sie haben damit alles Recht der Welt, *scharf* auf den Garten zu sein?« Knutsen trat einen Schritt auf sie zu. »Und wer sind sie überhaupt? Haben deine *Neuen* auch einen Namen?«

Margreta musste passen. Doch da sie sich ungern als Verlierer ausgab, ging sie zum Gegenangriff über.

»Es heißt, sie haben in Genin etwas aus der Kasse gestohlen. So etwas müsstest du wissen. Das ist doch deine Arbeit!« Doch ihr Vorwurf prallte an ihm ab. Im Gegenteil, sein Gesichtsausdruck signalisierte sogar, dass er vollkommen ihrer Meinung war. Genau das war es ja, was er von ihr wollte: Sie sollte ihn seine Arbeit machen lassen. »Du könntest sie doch wenigstens mal überprüfen!«, sagte sie trotzig.

»Du siehst, ich war da. Das sollte dir genügen.«

Sie sah ihn kampfeslustig an. »Und wenn es das nicht tut?«

Er schnaufte wütend. »Du hörst mit deiner Schnüffelei auf, das sage ich dir!«, drohte er. »Sonst werde ich dich einsperren lassen! Gründe genug lieferst du mir ja. Es wäre kein Problem für mich, die Staatsanwaltschaft zu überzeugen, dich für eine Weile einzusperren!«

Margreta zischte zur Antwort durch die Zähne. Dann ließ sie sich auf einen nahe stehenden Stuhl fallen und sank in sich zusammen. All ihr Mut war auf einmal von ihr gewichen. »Aber kannst du mich denn nicht verstehen? Wer treibt da sein Spiel mit mir, Jan?«, fragte sie leise.

Knutsen sah nachdenklich aus dem Fenster. »Glaube mir, wir sind dabei, es herauszufinden.«

# KAPITEL 11

Der Polizeibeamte hatte nur mit dem Kopf geschüttelt, als sie das Fahrrad abgeholt hatte. Hinterher war sie es, die darüber den Kopf schüttelte: Der Polizist hatte ihr bis zuletzt nicht abgenommen, dass sie mit der Sache nichts zu tun hatte. Er hatte ihr sogar mit einer Anzeige gedroht. Margreta schloss ihr Fahrrad in der Königstraße an einen Fahrradständer an. Für das neue Bügelschloss hatte sie ein Vermögen ausgegeben, doch das war es ihr wert. Sie wollte ihr Fahrrad nicht noch einmal verlieren. Margreta wanderte durch die Innenstadt. Sie war auf der Suche nach einer dunklen Jacke oder Mantel. Die Beerdigung Kunkelbeins stand nämlich bevor, und sie konnte bei dem unbeständigen Wetter nur mit einer leuchtendgrünen Regenjacke dienen. Bei Karstadt hatte sie sofort Glück, der Mantel war aus der Vorjahreskollektion übrig und sogar reduziert gewesen, und er gefiel ihr ausgesprochen gut. Sie beschloss, noch eine Weile in der Stadt zu bleiben. Wenn sie das ›Radieschenheim‹ erst wieder öffnete, würde sie lange keine Zeit mehr für einen Einkaufsbummel finden. Also schlenderte sie durch ein paar Läden und erinnerte sich daran, wie sie das zuletzt mit Valerie gemacht hatte. Die hatte von all dem, was passiert war, überhaupt nichts mitbekommen. Und das war auch gut so, entschied Margreta. Wahrscheinlich würde Valerie deshalb postwendend nach Hause kommen, und das wollte Margreta auf keinen Fall. Sie hatte sich so eine Reise schon lange gewünscht. Wahrscheinlich ließ die sich gerade auf ihrem Dampfer in Norwegens Fjorden ein zweites Frühstück servieren. Margreta seufzte. Sie hatte wirklich ernsthaft überlegt, mitzufahren, Valerie hatte sie mehrmals gefragt. Doch dann stand ihr das eigene Pflichtbewusstsein im Weg. »Ich kann nicht. Marjolein will bald heiraten. Außerdem kann ich den Garten nicht alleine lassen!«

Valerie hatte nur gelacht. »Du und dein Garten! Ist ja schlimmer als jede Ehe.«

Margreta hatte nur mit den Schultern gezuckt. Jetzt vermisste sie Valerie. Sie überlegte, ob all das auch passiert wäre, wenn sie mit Valerie mitgefahren wäre? Hätte ihr dann auch jemand eine Leiche in den Kräutergarten gelegt? Margreta ging die Hüxstraße hoch in die Breite Straße. Vor dem Niederegger-Eisstand hatte sich trotz des unbeständigen Wetters wieder eine lange Warteschlange gebildet. Und vor dem Rathaus versammelte sich gerade eine Touristengruppe für die nächste Führung. Im Pressezentrum besah sie sich die Zeitschriften-, Buch- und CD-Auslagen. In einem Sonderständer entdeckte sie CDs mit Seemannsliedern. ›Die schönsten Shantys‹ hießen gleich mehrere CDs. Sie nahm einige in die Hand, drehte sie um und betrachtete ihre Titellisten. Doch da sie eigentlich überhaupt nichts damit anfangen konnte, stellte sie sie alle wieder zurück. Sie sah auf die Uhr. Es war Zeit, sich auf den Weg zu machen. Beim Stadtbäcker am Kohlmarkt holte sie sich ein Butterfranz, und die Hanseaten in der Auslage brachten sie auf die Idee, dass sie die auch mal wieder backen könnte. Während sie das Butterfranz aus der Tüte kaute, ging sie die Wahmstraße runter. Am Taxistand sah sie, wie ein Polizist heftig auf einen der Fahrer einredete. Margreta erkannte den rüpelhaften Taxifahrer mit den blonden Locken und dem schwarze Käppi von neulich, der die Wut des Polizisten kommentarlos über sich ergehen ließ, sein wutverzerrtes Gesicht sprach allerdings Bände. Die anderen Taxifahrer hatten entweder die Scheibe heruntergedreht und sich aus dem Fenster gelehnt oder waren gar ausgestiegen, um das Spektakel nicht zu verpassen. Margreta ging zu zwei Taxifahrern, die dort zusammenstanden und sich angeregt unterhielten.

»Was ist denn da los?«, fragte Margreta.

»Ach, Blondie hatte mal wieder einen Ausraster bei einem Kunden, und das hat der Polizist zufällig mitbekommen. Jetzt kriegt er seine übliche Standpauke«, feixte der eine Taxifahrer, während er sich sein kariertes Hemd tief in den rückwärtigen Hosenbund schob und damit seinen Wohlstandsbauch noch besser zur Geltung brachte.

»Blondie?«, fragte Margreta.

»Passend, finden Sie nicht?«, grinste der andere Taxifahrer, ein kleinwüchsiger und schlanker Typ, dem seine Jeans um die Hüften schlotterten.

»Wenn er den Namen nur hört, explodiert er schon«, erklärte der in dem karierten Hemd. »Aber eigentlich geht er überhaupt wegen jeder Kleinigkeit in die Luft.«

»Darf er denn dann überhaupt Taxi fahren?«

Der Schlanke grinste, der andere erklärte. »Bekommt immer wieder Verwarnungen ausgesprochen, einmal musste er Bußgeld bezahlen. Aber in der Regel hat er Glück, dass die Fahrgäste ihn nicht anzeigen.« Dann zuckte er die Schulter, als würde es ihn nicht interessieren.

»Aber mir ist das egal. Er muss die Kohle nach Hause bringen, so wie wir anderen auch«, sagte der Schlanke. »Hat ja auch Frau und Kind.«

»Wirklich?«, Margreta sah ungläubig zu Blondie hin. Wer hielt es denn mit dem aus?

»Posaunt aber überall herum, dass er irgendwann nicht mehr arbeiten müsste. Weil er angeblich eine reiche Erbschaft erwartet«, sagte der im karierten Hemd.

»Dass ich nicht lache«, höhnte der Schlanke. »Von seiner reichen Tante aus Amerika, oder was? Soweit ich weiß, hat er nicht mal 'nen Vater. Das hat Bruno mir mal erzählt. Sein Erzeuger hat ihn nie anerkannt.«

»Bruno?«, der im karierten Hemd stutzte. »Dass du dem überhaupt was glaubst. Der erzählt immer so viel, wie der Tach grad lang ist!«

»Ja, aber diesmal, glaub ich, sacht er die Wahrheit. Blondie und er haben früher beide Vorrader Straße im Hochhaus gewohnt.«

Margreta ließ die beiden Männer, die sich einander zugewandt und sie offenbar wieder vergessen hatten, allein. Sie wollte sowieso nicht mehr über den rüpelhaften Taxifahrer erfahren. Eins wusste sie allerdings: In sein Taxi würde sie niemals einsteigen. Und als Margreta später mit Meerbusch im Garten des ›Radieschenheims‹ Steckzwiebeln ausbrachte, hatte sie den Taxifahrer mit dem Spitznamen Blondie eh vergessen.

»Sach mal, min Deern, dich kriegt man ja gar nicht mehr zu Gesicht, seit die Polizei hier herumhüpft. Wann kannst du denn deinen Laden wieder aufmachen?« Meerbusch zog mit der äußeren Ecke seiner Harke drei Reihen mit etwa einen Fuß breitem Abstand in den Boden.

»Ich weiß nicht, Freddy. Die Polizei hat alles abgesperrt. Vorne diesmal. Ich habe mir schon überlegt, dass ich es zulasse, bis wieder Ruhe eingekehrt ist. Ist ja eh noch nicht viel los.«

»Schon wieder abgesperrt?« Meerbusch fiel die Harke aus der Hand.

»Hmm«, antwortete sie, als sie ihm die Harke wieder aufhob und zurückgab. Dann griff sie nach dem Eimer mit den eingeweichten Steckzwiebeln, kniete sich nieder und begann, die Knollen nebeneinander in die Reihen zu legen. Dann fiel ihr ein, dass Meerbusch nicht Bescheid wissen konnte. »Ach, Freddy, ich hab's dir ja noch nicht erzählt.« Sie sah zu ihm hoch. »Ich habe einen Drohbrief bekommen!«

»Nein!«

»Doch! Ich wurde aufgefordert, das Schnüffeln sein zu lassen!«

Er sah sie mit mitfühlendem Blick an. »Wer, um Himmels willen, sagt dir sowas nach?«

»Ach, Freddy! Wenn ich das nur wüsste! Ich würde es ja für ’nen schlechten Scherz halten, aber so langsam kann ich nicht mehr dran glauben.«

»Wieso nicht?« Meerbusch begann, mit der Rückseite der Harke etwas Erde über die Steckzwiebelreihen zu häufeln.

»Na, weil so viel auf einmal kommt. Die Leiche in meinem Garten. Das Fahrrad wurde mir schon zweimal geklaut.«

»Zweimal?« Er pfiff durch die Zähne.

»Ja. Weißt du das nicht?«

Er schüttelte den Kopf, während er sich darauf konzentrierte, mit der schmalen Rückseite der Harke die angehäufelte Erde festzudrücken. »Dann sei mal besser schön vorsichtig, min Deern.«

Margreta schluckte schwer. »Du glaubst also auch …?«

Er stellte die Harke auf den Boden und lehnte sich auf den Stiel. »Was ich glaube, tut doch eigentlich nichts zur Sache. Ich würd’ dir nur raten, bleib besser ’ne Weile weg, bis dein Kommissar den Täter gefasst hat. Wir woll’n doch nicht, dass dir was passiert! Und ich gebe zu, mir wäre dann wohler.«

»Meinst du wirklich?« Margreta ließ ihren Blick über die erste Reihe frisch ausgebrachter Steckzwiebeln gleiten.

»Ja, natürlich! Hast du denn gar keine Angst, min Deern?«

Margreta kniff einen Moment die Lippen zusammen. »Doch. Schon«, sagte sie leise. »Aber was soll aus dem hier werden?« Sie wies in den Garten um sie herum.

»Da kümmer' ich mich schon um. Mach dir da man keine Sorgen drum.«

Und als sie missmutig um sich schaute, hörte sie, wie sie jemand von der Vorderseite aus rief.

»Margreta?« Sie erkannte Klaus Himmels Stimme. »Margreta, bist du da?«

»Ich komme!«, rief sie laut zurück.

»Margreta! Gut, dass du da bist«, sagte der Vorsitzende, während er ihr die Gartenpforte aufhielt. »Ich wollte fragen, ob der Verein heute das ›Radieschenheim‹ nutzen kann. Du weißt ja, die Versammlung wegen des Grundstücks von Walli und Walter Vossen steht heute Abend an.«

»Ehrlich gesagt, ich weiß es nicht. Wenn du einen Moment warten könntest, dann würde ich Kommissar Knutsen anrufen.« Sie holte ihr Handy aus der Hosentasche und wählte seine Nummer aus. Im nächsten Moment hörte sie ein Handy klingeln. Kurz danach tauchte Knutsen hinter dem Vorsitzenden der Kleingartensiedlung auf.

»Herr Himmel!«, dröhnte Knutsen gutgelaunt. »Schön, Sie zu sehen.« Dann sah er auf sein klingelndes Handy. »Hallo, Margreta! Du möchtest mich sprechen?«

Margreta sah ihn unwirsch an, während sie den Anruf unterbrach und ihr Telefon einsteckte. Auf eine Begrüßung verzichtete sie. Sie hatte ihm ihr letztes Gespräch, was ihr wie ein Verhör vorgekommen war, nicht verziehen. Wer so mit Margreta Mai umging, der durfte hinterher gern ein bisschen zappeln. Sie war schließlich keines der immer fröhlich flatternden Windfähnchen in ihrem Lokalgarten. Klaus Himmel gab sich Knutsen gegenüber umso respektvoller, fast unterwürfig, wie Margreta entsetzt feststellte.

»Kommissar Knutsen!«, rief er aus und streckte dem Kommissar die Hand entgegen, die der jedoch ignorierte. Enttäuscht ließ Klaus Himmel die Hand sinken. »Ich wollte Frau Mai gerade fragen, ob wir ihr Gartenlokal für unsere Versammlung nutzen können«, erklärte er sich.

»Ja, warum nicht?«

»Frau Mai war sich nicht sicher, weil ...«

»Ja? Weil?«, fiel Knutsen Himmel ins Wort, so dass der zur Vervollständigung seines Satzes nur mit den Schultern zuckte und rot anlief.

»Tsss«, entfuhr es Margreta. Sie konnte nicht mit ansehen, wie Knutsen die Leute ständig aus dem Konzept brachte. »Weil ich es ihm gesagt habe! Ich habe gesagt, ich wüsste nicht, ob ich das ›Radieschenheim‹ dafür zur Verfügung stellen kann. Ich wollte dich gerade deswegen anrufen, da kamst du um die Ecke.«

Knutsen kratzte sich am Kopf. »Na gut. Von mir aus. Halten Sie Ihre Versammlung da ruhig ab. Für wann ist die anberaumt?«

»Um sechs wollte sich der Vorstand mit dem Ältestenrat treffen, um über die Vergabe der Parzelle von

Walli und Walter Vossen zu sprechen. Sie wissen, es gibt Vorbehalte gegen die Bewerber. Um halb sieben kommen die und erwarten eine Entscheidung.«

»Halb sieben! Na, das wird dann wohl nix.« Knutsen sah erst unglücklich auf seine Armbanduhr, dann zu Margreta. »Ich wollte dich nämlich fragen, ob wir heute nach dem Anzug gucken können.«

Das ist ja die Höhe, dachte Margreta. Kommt an, als wäre nichts gewesen. Um ihm zu zeigen, dass sie noch lange nicht bereit war, da weiterzumachen, wo sie vor dem Gespräch aufgehört hatten, zupfte sie, statt zu antworten, an ein paar Blättern der Ligusterhecke herum.

Knutsen rollte mit den Augen. »Hab schon verstanden. Dann klappt's eben nicht!« Und mehr zu sich selbst als zu den anderen murmelte er: »Ich muss jetzt auch los! Habe wirklich anderes zu tun!« Und damit wandte er sich um und machte sich auf den Weg Richtung Vorderterrasse. Auf halbem Weg blieb er stehen. »Ähm, genau. Weiß jemand, wo Freddy Meerbusch ist? Ich wollte ihn was fragen, habe ihn aber leider nicht auf seinem Grundstück angetroffen.«

»Freddy?«, Margreta sah von den Blättern auf. »Der ist bei mir im Garten.«

»Hätte ich mir gleich denken können!«, knurrte Knutsen und kehrte zurück.

»Ja, dann bis später um sechs, Margreta«, verabschiedete sich Klaus Himmel Richtung Lokalterrasse. »Und mach dir keine Gedanken ums Essen. Alle wissen Bescheid, dass es nichts gibt.«

»Alles klar«, rief ihm Margreta hinterher und hielt Knutsen die Gartenpforte auf. Dann folgte sie ihm durch den Garten bis zum Steckzwiebelbeet, doch Meerbusch war nicht mehr da.

»Freddy?«, rief sie verwundert und schaute sich im ganzen Garten um, doch von Meerbusch keine Spur.

»Hmm«, wunderte sich Margreta. »Ich weiß auch nicht, wo er jetzt geblieben ist.«

Alle, die im Kleingartenverein etwas zu sagen hatten, oder dies zumindest meinten, waren gekommen: Die Vorstandsmitglieder Stefan Jessen, Kalle Süderberg und Saskia Ferteil saßen links und rechts von Klaus Himmel. Ihnen gegenüber auf der Bank versammelte sich der Ältestenrat, vertreten durch Theo Himmel, Ewald Fermann, Franz Tondersen und Grete Siebenhus. Meerbusch war zu Margretas Überraschung nicht erschienen. »Er wollte zu Frau Steenkamp, hat er mir erzählt. Sie hat ihn offenbar angerufen«, dröhnte Tondersens Stimme laut durch das Lokal.

»Aber die ist doch bei ihrer Tochter in Flensburg?«, wunderte sich Margreta.

»Ich glaube, er holt sie aus Flensburg ab. Sie wollte doch so gerne zur Beerdigung«, wusste Grete Siebenhus.

Damit gaben sich alle zufrieden.

Margreta teilte die Getränkebestellungen aus und zog sich auf einen Barhocker hinter dem Tresen zurück. Sie startete ihren Laptop, den sie vor sich aufgeklappt hatte. Normalerweise hätte sie jetzt einiges in der Küche zu tun. Sie würde Gerichte auf Tellern arrangieren und servieren, doch da sie sich nur um die Getränkeausgabe kümmern musste, wollte sie ihre Zeit nutzen, um im Internet zu surfen.

In der Tischrunde, in dessen Mitte das Stammtisch-Radieschen thronte, herrschte eifriges Geplapper. Obwohl Margreta hätte schwören können, dass sie sich heute mit Sicherheit schon mehrmals über den Weg gelaufen waren, taten alle so, als sähen sie sich nach vielen Wochen zum ersten Mal. Klaus Himmel musste sich sehr laut räuspern, damit es leiser wurde.

»Wie ihr wisst, erwarten wir in einer halben Stunde die Bewerber für die Parzelle von Walli und Walter Vossen«, eröffnete er den offiziellen Teil der Zusammenkunft. »Von Seiten des Vorstands ist die Sache klar, die Familie steht an oberster Stelle unserer Warteliste, und wir sehen keinen Grund, dass sie das Grundstück nicht bekommen sollten.«

»Es war aber nicht immer so, dass sich der Vorstand in dieser Sache einig war«, meldete sich Grete Siebenhus zu Wort.

»Ich weiß«, antwortete Klaus Himmel. »Manfred hatte seine Vorbehalte.«

»Und das zu recht!«, dröhnte Tondersen laut.

Klaus Himmel hob beschwichtigend beide Hände in die Luft. »Nun mal langsam, Franz. Bislang ist es für mich nicht mehr als ein Gerücht. Trotzdem legen wir Wert auf eure Meinung und möchten natürlich, dass wir alle einer Meinung in der Sache sind.«

Theo Himmel hieb mit der Faust auf den Tisch.

»Was gibt es da noch zu besprechen?«, fragte er und legte dabei all sein Unverständnis in seine kraftlose, helle Stimme.

»Genau«, pflichtete ihm Grete Siebenhus bei. »Außerdem war Herr Kunkelbein doch Ihr Freund!« Sie sah Klaus Himmel vorwurfsvoll an. »Dass Sie ihn nach seinem Tod so hintergehen können!« Sie klang sehr fassungslos.

»Frau Siebenhus, ich verbitte mir diesen Ton!«, wies Himmel sie scharf zurecht. »Außerdem kann man einen Toten nicht hintergehen«, grummelte er ärgerlich, während er sein Glas mit alkoholfreiem Bier hob.

»Wir sollten sachlich bleiben«, meldete sich nun Saskia Ferteil zu Wort, und Stefan Jessen schrieb dies mit einem zustimmenden Nicken ins Protokoll nieder.

»Pflücken wir den Salat doch mal der Reihe nach!«, sagte Klaus Himmel, der sein Glas wieder abstellte und sich den Bierschaumbart vom Mund wischte. »Was werft ihr der Familie vor?«

»Sie haben Geld aus der Vereinskasse in Genin gestohlen!«, dröhnte Tondersen.

»Und wer hat euch das erzählt?«

»Manfred Kunkelbein!«, kam es einstimmig vom Ältestenrat zur Antwort. Und Frau Siebenhus schniefte hinterher laut, um die Tragik, die sich hinter dieser Antwort verbarg, zu unterstreichen.

»Hmm!« Klaus Himmel sah der Reihe nach in ihre Gesichter. »Ich habe das natürlich überprüft. Und Kommissar Knutsen war so freundlich, mich dabei zu unterstützen.«

Margreta, die sich gerade mit der Seite einer Bloggerin befasst hatte, die zu ihrem Entsetzen der Meinung war, dass alle im Garten eingesetzten natürlichen Schädlingsbekämpfungsmittel mehr Schaden anrichten würden als chemisch hergestellte, horchte auf.

Und auch der Ältestenrat war beeindruckt: Ihrem grimmigen Gesichtsausdruck war ein erwartungsvoller gewichen. Grete Siebenhus holte gar ihren Taschenspiegel heraus und toupierte ihren Pony noch ein Stück höher, als erwarte sie, dass der schmucke Kommissar gleich persönlich zur Tür hereinkommen würde.

»Kommissar Knutsen hat sich mit einem gewissen Herrn Trelling vom Geniner ›Sonnenglück‹ über die Sache unterhalten. Er konnte die Angelegenheit mit der Vereinskasse nicht bestätigen.«

Tondersen, Fermann, Himmel senior und Grete Siebenhus tauschten überraschte Blicke aus.

»Willst du etwa sagen, min Jung, dass Manfred Kunkelbein gelogen hat?«, fragte Himmel senior seinen Junior. Und auch, wenn Himmel senior nur ein dünnes Stimmchen hatte, schlug seine Frage wie eine Bombe ein.

Stille herrschte nun im ›Radieschenheim‹, und auch Margreta hielt die Luft an.

»Das nicht gerade«, löste Klaus Himmel die Spannung auf. Alle atmeten erleichtert aus. Keinem hätte es geschmeckt, Kunkelbein, noch bevor er unter die Erde gekommen war, als Lügner zu entlarven. »Wir wissen nur nicht, woher er diese Information überhaupt hat. Und ihn zu fragen, nun ja, dafür ist es leider zu spät.«

»Da hast du recht!«, stimmten alle mehr oder weniger ratlos zu.

»Das heißt, es gab im Geniner ›Sonnenglück‹ gar keinen Diebstahl?« Grete Siebenhus sah richtig enttäuscht aus. Sie hatte in der Regel nichts gegen Skandale einzuwenden, schließlich kündeten diese vom wahren Leben, etwas, was sie meinte, dass ihr immer verwehrt geblieben war.

»Davon müssen wir ausgehen. Es sei denn, jemand hat die gleichen Informationen wie Manfred Kunkelbein. Dann würde ich dem natürlich nachgehen.«

Die Runde schwieg.

»Habe ich mir gedacht«, sagte Klaus Himmel, während er langsam den Rest Bier aus seiner Flasche ins Glas laufen ließ.

Margreta bemerkte, dass Himmel es vermied, irgendjemanden vom Ältestenrat direkt anzugucken, und das hielt sie für sehr anständig. Hatte er doch immerhin gerade so etwas wie eine Verschwörung aufgedeckt. Gegen eine Familie, die offenbar noch nicht mal jemand kannte. Dass der Ältestenrat selbst den Komplott geschmiedet hatte, das glaubte Margreta nicht. Jemand musste sie aufs Glatteis geführt haben, mutmaßte sie. Ob es Manfred Kunkelbein gar selbst war? Sie vertrieb diesen unangenehmen Gedanken.

»Dann bin ich froh, dass wir uns in diesem Punkt einig geworden sind«, hob Himmel gut gelaunt die nachdenkliche Stille auf.

Er hatte es gerade ausgesprochen, als jemand an ein Fenster in Margretas Nähe klopfte. Knutsen stierte herein. Margreta rutschte vom Hocker und wies ihm die Richtung zum Nebeneingang, wo sie ihn kurze Zeit später empfing. »Was willst du denn hier?«

»Sind die schon fertig?« Er wies mit dem Kopf in Richtung der Versammlung.

»Nein. Warum?«

»Ich hatte gehofft, dass wir den Anzug noch kaufen könnten.«

»Ja, sag mal, Jan! Geh doch schon mal ohne mich gucken.«

Er schüttelte den Kopf.

»Oder lass dich beraten. Suche dir ein oder zwei Anzüge aus und nimm sie zur Ansicht mit, ich suche dir dann einen aus. Etwas umzutauschen ist doch wirklich kein Problem.«

Er schüttelte wieder den Kopf.

Sie stieß genervt die Luft aus. »Dann musst du eben warten, bis es bei mir passt.«

Sie schob Knutsen zur Tür hinaus. Im gleichen Moment, als sie die Tür hinter ihm geschlossen hatte, hörte sie vom Lokal her Stimmengewirr. Begrüßungen wurden ausgesprochen. Die Neuen waren anscheinend eingetroffen.

Alle waren aufgestanden, um die Bewerber für die Parzelle von Walli und Walter Vossen persönlich per Handschlag zu begrüßen. Sicherlich, um damit die Stimme ihres schlechten Gewissens zu beruhigen, dachte sich Margreta, die die Szene vom Türrahmen aus beobachtete. Margreta machte als Erstes die Frau aus. Sie stand mit dem Rücken zu ihr und war in ein Gespräch mit Grete Siebenhus verwickelt. Die behandelte sie gerade so, als habe sie eine lang vermisste Freundin wiedergefunden, was sicher an ihrer Freude darüber lag, dass die Sache mit Genin endlich geklärt war.

Ihr Mann schien von den Herren umringt, die sich nicht minder freundlich dem Neuankömmling gegenüber verhielten. Klaus Himmel entdeckte Margreta. »In der Zwischenzeit sind Herr und Frau Lasdorf eingetroffen. Ist das nicht schön?«

Margreta, die diese Umschreibung im ersten Moment übertrieben fand, konnte dieses Gefühl im nächsten Moment teilen. Denn als sich Frau Lasdorf zu ihr umdrehte, schlug ihr ein so hübsches Lächeln aus einem strahlenden Gesicht entgegen, dass sie gar nicht anders konnte, als ihre Ankunft schön zu finden. Und Margreta hatte kein Problem mit ihrem Bedürfnis, sofort Freundschaft auf ewig mit der jungen Frau schließen zu wollen. All das hielt zumindest solange an, bis sich der Kreis des Ältestenrats öffnete und ihr den Blick auf den zweiten Ankömmling freigab. Als sie Herrn Lasdorf alias Blondie erkannte, gefror ihr das für Frau Lasdorf vorgesehene Lächeln im Gesicht!

# KAPITEL 12

Ein Gewitter riss Margreta mitten in der Nacht aus dem Schlaf. Sturmböen peitschten den Regen hart gegen die Fensterscheiben, und Margreta bekam Angst, dass sie dem Druck nicht standhalten und jeden Augenblick zerbersten könnten. Dass die Vorhänge ihr dabei die Sicht nahmen, gab ihr das Gefühl, als stünde sie der Gefahr mit verbundenen Augen gegenüber, weshalb sie aufstand und diese zurückzog. Wieder in ihrem Bett nahm sie ihre Bettdecke hoch bis zur Nasenspitze, den sorgenvollen Blick nach draußen gerichtet. Die Gewitterwolken mussten sich in direkter Nachbarschaft befinden, so laut waren sie, als sie sich entluden. Die Blitze tauchten ihr Zimmer in fahles, weißes Licht, sodass ihr Vertrautes fremd und unheimlich vorkam. Irgendwann zog die Gewitterfront weiter, das Donnern wurde leiser und leiser, und dabei schlief Margreta ein. Ein Alptraum quälte sie den Rest der Nacht. Darin lag sie in ihrem Bett und versuchte zu schlafen, doch immer wieder klopfte jemand an ihre Tür. Und obwohl sie nie aufmachte, trat kurze Zeit später ein Mann direkt vor ihr Bett. Sein Aussehen wechselte, mal war er groß, mal klein. Mal hatte er Locken, mal kurzgeschorenes Haar. Mal trug er feinen Zwirn, mal zerschlissene Jeans. Doch der Name, mit dem er sich vorstellte, war jedes Mal der gleiche. Alwin Kunkelbein! Und er erklärte, er sei gekommen, um sein Versprechen einzulösen. Doch immer, wenn Margreta ihn fragen wollte, um welches Versprechen es sich denn handelte, war er verschwunden. Bis er erneut anklopfte und in neuer Gestalt erschien.

Als Margreta am nächsten Morgen erwachte, fühlte sie sich erschöpft. An den Traum konnte sie sich ganz genau erinnern, schüttelte aber im Nachhinein darüber den Kopf. Sie schaute aus dem Fenster. Obwohl der Himmel auf den ersten Blick friedlich wirkte, betrachtete sie ihn mit Argwohn. Die vereinzelt vorbeiziehenden Wolkenberge trugen nichts Gutes mit sich, das sah sie sofort, auch wenn ihre aufgetürmten Oberflächen im hellen Sonnenlicht strahlten. Die dunklen Schatten auf ihren plattgedrückten Unterseiten versprachen unbeständiges Wetter. Außerdem hatte sich in das Blau des über weite Strecken wolkenlosen Himmels ein leichter Grauton gemischt. Ihr konnte das Wetter nichts vormachen, ein Schatten hatte sich über den Tag gelegt.

Margreta schlug die Bettdecke zurück. Was sollte es, dachte sie. Der Tag musste begonnen werden! Schließlich war heute Kunkelbeins Beerdigung. Und vielleicht war es der Tag, an dem sie endlich herausfinden konnte, wer Kunkelbeins Sohn war. Und da sie lieber das Positive als das Negative der Dinge betrachtete, stellte sie sich ans Fenster und befand: »Es ist wirklich ein ausgezeichneter Tag für eine Beerdigung!«

Um kurz vor halb zwei erreichte Margreta den Friedhof in Genin, wider Erwarten ohne von einer Regenwolke erwischt worden zu sein. Als sie gerade ihr Fahrrad vor der Friedhofsmauer abstellte, brauste ein Taxi heran und bremste vor dem Friedhof ab. Margreta nahm es zwar zur Kenntnis, achtete aber nicht drauf. Sie beschäftigte sich gerade ausgiebig mit ihrem neuen Fahrradschloss, als sich die Beifahrertür des Taxis öffnete. Dann wurde sie ungewollt Zeugin eines Streits, was sie in eine missliche Lage brachte, denn sie belauschte ungern fremde Leute. Hellhörig wurde sie allerdings, als eine aufgebrachte Männerstimme aus dem Taxi schrie: »Ich hoffe, du weißt, was du tust, wenn du hier aufkreuzt! Aber erwarte nicht, dass ich auf dich warte! Den Gefallen tue ich dir nicht!« Dann knallte die Tür zu.

Als Margreta sich daraufhin umdrehte, konnte sie den Fahrgast, eine Dame mit schwarzem Kostüm und schwarzem Hut, nur von hinten sehen, so schnell eilte sie Richtung Friedhofstor. Beim Anblick des Taxifahrers allerdings war Margretas Überraschung groß. Es war Herr Lasdorf alias Blondie, der ungehobelte Taxifahrer, der seine blonden Locken wieder unter dem schwarzen Nationalteamkäppi gebändigt hatte. Der Mann, der am Abend zuvor mit seiner netten Frau und dem gut erzogenen Kind einen so guten Eindruck beim Vorstand und dem Ältestenrat hinterlassen hatte, dass nicht ein Einziger etwas dagegen hatte, ihnen das Grundstück von Walli und Walter Vossen zu überlassen. Seine Wut, die ihm ins Gesicht geschrieben stand, übertrug sich offenbar aufs Gaspedal, denn so schnell, wie er auf dem Parkplatz angehalten hatte, so schnell fuhr er wieder los.

Margreta wunderte sich, wie Herr Lasdorf am Abend zuvor so zurückhaltend sein konnte, wenn sie ihn im Taxi immer nur aufgebracht erlebte. Sie zuckte mit den Schultern und nahm ihren Regenschirm aus dem Fahrradkorb, falls später auf dem Friedhof ein paar Tropfen fallen sollten.

Der letzte Glockenschlag, der zur Trauerfeier des Verstorbenen Manfred Kunkelbein rief, verstummte gerade, als Margreta die blaue Kirchentür von St. Georg aufdrückte. Im nächsten Moment eröffnete der Organist die Trauerfeier mit einem langgezogenen Akkord in Moll, den Margreta dazu nutzte, durch die Glastür zu schlüpfen. Nur die Bänke im ersten Drittel des Kirchenschiffs waren besetzt. Margreta rutschte auf eine leere Bank auf Höhe des Taufbeckens. Und als sie gerade ihren Schirm neben sich gelegt und die Knöpfe ihres Mantels geöffnet hatte, hörte sie ein Zischen von der anderen Gangseite. »Schscht! Margreta!«

Verwundert drehte sie den Kopf. Knutsen saß in der Bank direkt vor dem riesigen Sandsteinbecken und winkte sie zu sich. Neben ihm, unterhalb der Rokokoempore, erkannte sie Fink. Der hatte allerdings kein Auge für sie übrig, war er doch darauf konzentriert, die bunten Buchfäden gemäß der angeschlagenen Seitenzahlen in sein Gesangbuch einzulegen. Margreta wechselte die Bankseite und rutschte zu Knutsen durch. »Tach!«, sagte sie leise.

»Moin!«, antwortete Knutsen. Er hielt ihr sein geschlossenes Gesangbuch hin. Sein sonst so überbordendes Sängerherz hatte offenbar nichts für sakrale Kompositionen übrig. »Kennst du die Dame dort drüben?«, fragte er leise und wies mit einer Kopfbewegung auf eine Dame mit schwarzem Hut auf der anderen Gangseite, nur zwei Bankreihen vor ihnen. Ihr schmaler Körper schluchzte jetzt schon, obwohl die Trauerfeier noch gar nicht begonnen hatte.

»Ist sie gerade vor mir reingekommen?«, fragte Margreta, und Knutsen nickte.

Margreta konnte die schlanke Silhouette in dem dunklen Kostüm auf Anhieb niemandem zuordnen, und ihr Profil wurde von einem Schleier verborgen. »Ich kann das Gesicht nicht sehen«, flüsterte sie Knutsen zu. Der knurrte unzufrieden zur Antwort.

Im nächsten Moment wurde das dramatische Vorspiel des Organisten von einer ebenso dramatischen Pause unterbrochen, deren offenes Ende bei der Trauergemeinde einige Verunsicherung auslöste. Der eine oder andere versuchte bereits erste Töne loszuwerden. Als der Organist endlich in seinem Spiel fortfuhr, atmete die gesamte Trauergemeinde erleichtert auf und setzte sodann in sein Spiel mit ein. Auch Fink sang voller Inbrunst mit, was bei Margreta einen irritierten und bei Knutsen einen amüsierten Gesichtsausdruck auslöste. Doch da Fink sich in keinster Weise stören ließ, verschränkte Knutsen schließlich entspannt seine Arme vor der Brust, während Margreta ihren Blick über die Bankreihen schweifen ließ.

Es waren mehr Trauergäste gekommen, als sie vermutet hatte. Dennoch war die erste Bankreihe, die normalerweise den Angehörigen vorbehalten ist, auf beiden Seiten frei geblieben. Auch die zweite Reihe war spärlich besetzt, aber zumindest konnte sie dort die lange Gestalt von Kunkelbeins Tochter Annika Runde ausmachen. Stocksteif saß sie da, während ihr Kopf über alle anderen hinweg ragte, ihre langen Haare fielen ihr glatt und ausdruckslos über den Rücken. Wohin sie schaute, konnte Margreta von ihrem Platz aus zwar nicht erkennen, aber sie war sich sicher, dass ihr Kopf zum aufgebahrten Sarg wies. Ob Frau Runde ihrem Vater jemals verzeihen konnte? Margreta lief es kalt den Rücken herunter.

»Wer ist das neben Frau Runde?«, fragte sie Knutsen.

»Jemand von der Uniklinik, die sie begleitet«, flüsterte er zurück.

»Also nicht ihre Tante aus Hannover?«

»Nein. Aus Hannover ist niemand gekommen!«

Auf der Suche nach einer zweiten Gestalt, von der sie annahm, dass sie alle anderen überragen würde, wanderte Margretas Blick nun von Reihe zu Reihe. »Ist Frau Rundes Bruder nicht hier?«, fragte sie Knutsen, als sie niemanden entsprechend ihrer Kriterien entdecken konnte.

»Doch!«, meinte der, indem er sich kurz zu ihr rüberbeugte und, ohne seine verschränkten Arme zu lösen, mit einem Finger in Richtung eines Mannes zwei Reihen vor ihnen deutete. Margreta sah jedoch nicht mehr als einen mit dunkelblonden, strähnigen Haaren bedeckten Hinterkopf. Sie seufzte. Sie musste sich gedulden, bis sie Kunkelbeins Sohn von vorne sehen konnte. So groß wie seine Schwester war er jedenfalls nicht geraten. Ob er es deshalb leichter bei seinem Vater gehabt hatte?

Sie fand einige bekannte Gesichter unter den Trauergästen. In einer der mittleren Reihen saß der Vorstand des Kleingartenvereins ›Radieschenheim‹, und zwar vollzählig. Und auch der Ältestenrat war da. Er hatte sich eine Reihe hinter Klaus Himmel und seiner Mannschaft versammelt. Neben Freddy Meerbusch entdeckte sie sogar Ilwa Steenkamp. Also hatte Grete Siebenhus recht, als sie sagte, Meerbusch habe sie extra für die Beerdigung aus Flensburg geholt. Außerdem meinte sie, in den Kirchenreihen den einen oder anderen Vertreter anderer Lübecker Kleingartenvereine wiederzuerkennen, die sie bei verschiedenen feierlichen Anlässen im Kleingartenverein ›Radieschenheim‹ schon einmal gesehen hatte. An Namen konnte sich Margreta allerdings nicht erinnern. Dass sie Kunkelbein die letzte Ehre erwiesen, fand sie hochanständig. Als sie mitten unter ihnen allerdings Jochen Trelling vom Geniner ›Sonnenglück‹ entdeckte, zuckte sie erschrocken zusammen, sodass Knutsen sie fragte, was denn auf einmal in sie gefahren sei. Sie wies mit dem Finger in Trellings Richtung.

»Ach, dein vergesslicher Verehrer!«, flüsterte er zurück, und zwar lauter, als ihr lieb war. Doch sie hatte Glück, niemand schien es gehört zu haben.

Die übrigen Trauergäste sortierte Margreta für sich

entweder als ehemalige Mandanten oder Anwaltskollegen von Kunkelbein ein. Vielleicht gab es Familienangehörige, die sie nicht kannte.

Nach der Trauerfeier versammelte sich die Gemeinde am Grab. Alle gaben sich zögerlich und hielten einen respektvollen Abstand, Unwohlsein stand ihnen ins Gesicht geschrieben. Vermutlich deshalb, so mutmaßte Margreta, weil niemand dem Verstorbenen wirklich nahegestanden hatte. Allein Klaus Himmel hielt sich von Zeit zu Zeit ein Taschentuch an seine gerötete Nase. Und die verschleierte Frau fiel ihr auf, die durch ihre gesamte Haltung tiefe Traurigkeit ausstrahlte. Wer sie wohl war?

Beim Hinausgehen aus der Kirche hatte Margreta die Gelegenheit gehabt, einen kurzen Blick auf Kunkelbeins Sohn werfen zu können. Doch das hagere Gesicht unter den strähnigen Haaren, das mindestens genauso blass wirkte wie das seiner Schwester, kam ihr gänzlich unbekannt vor. Am Grab konnte sie ihn auf den ersten Blick nicht entdecken. Und seine Schwester Annika Runde, von der sicherlich genauso erwartet wurde, dass sie als Erste Abschied von ihrem Vater nehmen würde, stand neben ihrer Begleiterin gar etwas abseits, so, als hätte sie mit dem Ganzen am wenigsten zu tun. Es sah nicht so aus, als würde sie später irgendwelche Kondolenzen entgegennehmen wollen, was Margreta durchaus verstand. Sie überlegte, wie es ihr ergehen würde, wenn sie an Annika Rundes Stelle den Mann beerdigen müsste, den sie einerseits zwar Vater nennen durfte, der sie aber zeitlebens abgelehnt hatte. Margreta hätte die lange Frau gern in den Arm genommen, doch gleichzeitig wusste sie, dass sie damit nur sich selbst getröstet hätte. Ihre eigene Seele schrie nämlich bei dem Gedanken an so viel Unrecht seinem eigenen Kind gegenüber.

Margreta staunte dennoch, wie ruhig Annika Runde wirkte, während sie mit ihren Blicken den Sarg verfolgte, der mitsamt seinem Blumenschmuck aus Tulpen, Margeriten, Blattgrün und Weidenkätzchen langsam ins Grab hinabgesenkt wurde. Als die Sargträger die Trageseile aus der Grube zogen, drehte sie sich um und ging. Ihre Begleitung folgte ihr.

Es reichte ihr, dass er begraben ist, dachte Margreta. Damit war ihre gemeinsame Geschichte endgültig abgeschlossen.

Die übrigen Trauergäste und auch die Pastorin sahen irritiert aus. Wer stand dem Toten am nächsten? Wer hatte das Recht, die erste Schaufel mit Sand in das Grab zu werfen? Margreta sah sich nach Kunkelbeins Sohn um. Jetzt entdeckte sie ihn. Er stand abseits, halb von ihr abgewandt. Ob er vortreten würde? Doch er rührte sich nicht.

Irgendwann erlöste Klaus Himmel die Wartenden, trat vor und nahm die erste Schaufel in die Hand.

Im nächsten Moment stürzte die Frau mit dem Schleier vor, warf sich mit den Knien an den Rand des Grabes und schluchzte laut »Manfred!«. Dann hob sie kurz ihren Schleier, um mit ihrem Taschentuch ihre Tränen zu trocknen. Dabei meinte Margreta, dass ihr das Gesicht bekannt vorkam, auch wenn sie es für den Moment nicht zuordnen konnte.

Meerbusch war aus der Menge vorgetreten. Er wollte sicherlich der Frau helfen. Doch Fink, der mit Knutsen einen Blick gewechselt hatte, war schneller. Er war schon bei ihr, legte ihr eine Hand auf die Schulter und redete leise auf sie ein. Das schien sie zu beruhigen. Schließlich ließ sie sich von Fink aufhelfen und ein Stück zur Seite führen.

Auf einmal kam Bewegung in die Trauergemeinde. Offenbar verunsichert davon, dass sich Manfred Kunkelbeins Beerdigung an keine ihnen bekannten Gepflogenheiten hielt, wollte nun jeder so schnell wie möglich seine Schaufel voll Sand ins Grab werfen und ein paar Abschiedsworte murmeln, sodass sich die Schlange, die sich schnell vor dem Grab gebildet hatte, genauso schnell auflöste und die Trauergäste Grüppchen für Grüppchen eilig den Friedhof verließen. Übrig blieben Margreta und Knutsen. In Gedanken versunken sahen sie hinter den letzten Trauergästen her. Ein Rauschen ging durch die alten Eichen, als der Wind über den Friedhof zog.

»Kanntest du die Frau?«, fragte Knutsen.

»Du meinst die, die sich ans Grab geworfen hat?«

»Hmm«, brummte Knutsen.

»Ich bin mir nicht sicher. Als sie kurz ihren Schleier hob, kam mir ihr Gesicht bekannt vor. Aber ich komme nicht drauf, wo ich sie schon einmal gesehen haben könnte.«

Knutsen kratzte sich am Kinn. »Naja, ich denke, Fink wird inzwischen herausgefunden haben, wer sie ist.«

Zwei Totengräber kamen mit Schaufeln über der Schulter des Weges entlang, doch als sie Margreta und Knutsen entdeckten, verlangsamten sie ihre Schritte.

»Komm, wir gehen. Die wollen ihre Arbeit erledigt haben, bevor es wieder Regen gibt.«

Margreta folgte Knutsen Richtung Friedhofstor.

»Es schien, als könnte sie Kunkelbeins Freundin gewesen sein«, sagte Margreta.

Knutsen zuckte mit den Schultern. »Bis jetzt hat mir niemand etwas von einer Freundin erzählt.«

»Aber wie sie sich ans Grab geworfen hat. Das sah schon aus, als habe sie ihm sehr nahegestanden.«

»Kann schon sein«, sagte Knutsen.

»Sie kam mit dem Taxifahrer!« Margreta blieb stehen. Sie wusste zwar nicht, wie es im Zusammenhang stehen sollte, doch sie fand, dass es wichtig war.

»Welchem Taxifahrer?«

»Der die Gartenparzelle neben Kunkelbein bekommt.«

Knutsen verdrehte die Augen. »Hast du ihn etwa auch auf dem Kieker? Er ist Taxifahrer! Ist doch nichts Ungewöhnliches, dass er jemanden irgendwo hinbringt.«

»Aber sie kannten sich«, verteidigte sich Margreta. »Sehr gut sogar! Sie haben sich sogar gestritten.«

»Über den Fahrpreis etwa?«

»Nein. Eher darüber, dass er etwas dagegen zu haben schien, dass er sie hierher bringen musste.«

Knutsen knurrte. »Er ist dafür bekannt, dass er nicht der freundlichste Taxifahrer ist.«

»Trotzdem. So war das nicht. Glaube mir, sie kennen sich«, sagte Margreta.

»Na gut. Ich behalte es im Hinterkopf. Ich werde sehen, was Fink herausgefunden hat.«

Sie erreichten das Friedhofstor.

»Ach, wenn ich nur wüsste, wo ich die Dame schon einmal gesehen habe«, überlegte Margreta laut.

»Du kannst sie dir noch einmal angucken, vielleicht fällt es dir dann ein. Dort hinten steht sie.«

Margreta sah in die Richtung, in die er wies. Und tatsächlich, bei Knutsens Wagen standen Fink und die Frau. Den Hut hatte sie abgenommen. Margretas Erinnerung kam zurück, als sie den Haarknoten und den knallroten Lippenstift sah. »Jetzt weiß ich es! Sie stand am Absperrband! An dem Tag, als ich Kunkelbein bei mir im Garten gefunden habe.«

»Im ›Radieschenheim‹?«

»Ja, wo denn sonst!«

»Wo genau stand sie da?«

»An der Absperrung Zibbelsring, Ecke Brombeerheck. Kurz vor Kunkelbeins Garten. Sie schien ganz verloren. Als ich sie angesprochen hatte, hat sie nicht reagiert. Ich dachte, es sei eine Freundin von Frau Steenkamp.«

»Hast du sie öfters in der Kleingartenanlage gesehen?«

»Nein! Nur das eine Mal.«

»Gut.« Knutsen wirkte richtig erfreut. »Soll ich dich irgendwo mit hinnehmen?«

»Nicht nötig.« Margreta wies auf ihr Fahrrad, das tatsächlich noch an der Friedhofsmauer stand.

»Bei dem Wetter?« Knutsen sah misstrauisch gen Himmel. »Na, dann. Wir sehen uns.«

Margreta hatte fast das Ende der Malmöstraße erreicht, als ihr auffiel, dass sie ihren Schirm in der Kirche hatte liegenlassen. Also kehrte sie um und fuhr nach Genin zurück. Sie hatte Glück, ihr Schirm lag noch auf der Bank. Ein Gemeindemitarbeiter holte gerade die Kränze aus dem Altarraum. Margreta dachte daran, dass sie sich noch gar nicht den Kranz vom Kleingartenverein ›Radieschenheim‹ angesehen hatte. Überhaupt interessierte sie, was so auf den Kränzen stand. Wer stand Kunkelbein letztlich nah genug, ihn mit einem Kranz zu ehren. Sie wollte warten, bis der Gemeindemitarbeiter die Kränze rausgetragen und auf dem Grab arrangiert hatte. Um ihm Zeit zu geben, schlenderte sie über den Friedhof, beschaute sich Gräber, las die Namen Verstorbener und bestaunte die modernen Varianten der Gräbergestaltung. An den alten Eichen, die östlich der Sankt-Georg-Kirche standen, fand sie den Hinweis, dass alle vier mehr als 300 Jahre alt waren. Eine von ihnen sollte mit einem Umfang von etwa sieben Metern gar Lübecks dickster Baum sein. Margreta war beeindruckt. Ehrfürchtig trat sie einen Schritt zurück.

Etwas später sah sie die Friedhofsbediensteten, wie sie nach getaner Arbeit den Friedhof verließen. Dabei bemerkte sie, wie ein Streifenwagen vor dem Tor hielt. Margreta beobachtete zwei Polizeibeamte und Kunkelbeins Sohn, wie sie ausstiegen und auf den Friedhof zustrebten. Schnell versteckte sie sich hinter einer Tanne. Von dort aus beobachtete sie, dass die Polizeibeamten am Tor stehen blieben und Kunkelbeins Sohn allein zum Grab seines Vaters weiterging. Sie war gespannt, was er dort wollte. Hatte er vor, sich allein von seinem Vater zu verabschieden? Eine der alten Eichen versperrte ihr jedoch die ganze Sicht, sie konnte lediglich erkennen, wie er unruhig vor dem Grab hin und her lief. Margreta sah zu den beiden Polizisten, die sich nicht für das, was auf dem Friedhof passierte, interessierten und leise miteinander lachten. Diese Gelegenheit nutzte sie und lief vor zu einem Platz, von dem aus sie eine bessere Sicht hatte. Von Nahem erkannte sie, wie verzweifelt Kunkelbeins Sohn wirkte. Immer wieder fasste er sich in sein strähniges Haar, zog und zerrte daran und heulte dabei auf. Zwischendurch wimmerte er vor sich hin. Auf einmal blieb er stehen. Er wirkte wie erstarrt, gab keinen Laut von sich. Dann plötzlich drehte er sich zum Grab und trat fest dagegen. Dann schrie er: »Jetzt hast du endlich gekriegt, was du verdienst, du elendiger Mistkerl!«

Im nächsten Moment kamen die beiden Polizisten herangeeilt. Zu dritt verließen sie den Friedhof. Kunkelbein ging mit hängendem Kopf in der Mitte.

# KAPITEL 13

Mit dem Kopf voller Gedanken und schwerem Herzen stieg Margreta am frühen Abend die Stufen zu Marjoleins und Oles Wohnung hoch. Sie hatte lange überlegt, ob sie Marjolein von ihren Sorgen erzählen sollte. Bis jetzt hatte sie ihr nämlich nichts von dem Drohbrief erzählt. Marjolein wollte bald heiraten, da sollte sie sich nicht um ihre Mutter sorgen. Außerdem klang Marjolein vorhin so glücklich am Telefon, als sie sie bat, am Abend vorbeizukommen. »Ich habe eine Überraschung, Mama. Kommst du?«

Als sie vor ihrer Wohnungstür stand, zog sie ein paar Grimassen, von ganz zerknautscht bis sehr breit grinsend. Sie hoffte, dass sie dadurch die Spuren ihrer Sorgen aus ihrem Gesicht vertreiben konnte. Dass sie sich dies hätte sparen können, bemerkte sie, nachdem sie den Klingelknopf gedrückt hatte. Denn nur Sekunden später wurde die Wohnungstür aufgerissen, und Marjolein fiel ihr derart stürmisch um den Hals, dass Margreta mit ihrer großen Tochter im Arm drei Schritte zurück in den Hausflur taumelte.

»Mama, wir haben endlich etwas gefunden! Es ist großartig! Es ist toll! Ich bin sooo glücklich!« Margreta pustete in Marjoleins Haarpracht, in die sie dabei unweigerlich versunken war, und murmelte: »Mensch Mädchen, weißt du eigentlich, dass du inzwischen fast einen Kopf größer bist als ich? So stürmisch bist du mir zuletzt um den Hals gefallen, als ich dich nach deinem ersten Kindergartentag entgegen all deiner Erwartungen abgeholt habe.«

Der Spott ihrer Mutter prallte an Marjolein ab. Ihr glückliches Grinsen ließ sie ganz entrückt aussehen.

Im Wohnzimmer ließ sich Margreta auf den breiten, mit dunkelrotem robusten Stoff überzogenen Sessel fallen, den sie Marjolein im ersten Studienjahr geschenkt und in dem Marjolein Stunden mit Klausuren lernen verbracht hatte. »Nun erzähl mal, wo denn?«

Das ließ Marjolein sich nicht zweimal sagen. Mit strahlenden Augen berichtete sie von dem Arbeitskollegen von Ole, dessen Vater gerade die Diele seines väterlichen Bauernhauses zu einem Restaurant umgebaut hatte und dieses kurz vor der Eröffnung stehe. »Er hat gesagt, dass wir dort die Feier ausrichten können, er hat noch keine Buchungen. Es hat genau die richtige Größe für uns. Und es ist total schön dort. Und total modern. Und romantisch.«

Margreta konnte sich zwar nichts vorstellen, was gleichzeitig modern und romantisch sein sollte, aber sie freute sich für ihre Tochter aus ganzem Herzen. »So viel Glück! Und es ist wirklich noch zu haben an eurem großen Tag?«

»Ja! Ist das nicht großartig?«

Margreta ließ sich alles bis ins kleinste Detail erklären. »Der Hof und der Garten. Es ist alles so traumhaft angelegt! Wenn ich mir vorstelle, dass wir die Ersten sind, die dort eine Feier ausrichten dürfen.«

»Ich freue mich wirklich für euch. Wobei es sich fast so anhört, als wärest du froh, dass es mit eurem ersten Arrangement nicht geklappt hat.«

Marjolein lächelte verträumt. »Ich glaube schon.«

Bei einer Flasche Wein sprachen sie darüber, was es noch alles zu tun gab.

»Kannst du Simone die Adressen unserer hessischen Verwandten schicken? Sie hat die von ihrer Seite bereits alle herausgesucht. Und die von Jan hat sie auch.«

»Klar, mache ich«, sagte Margreta so fröhlich wie möglich. »Aber wolltest du nicht nur ein paar E-Mails rausschicken? Wegen des neuen Restaurants?«

»Wollte ich schon. Das stimmt. Aber Simone hat gesagt, es gehe immerhin um eine Hochzeit und nicht um eine Einladung zum Nachmittagskaffee. Sie hat den Druck der Karten mit der neuen Adresse bereits in Auftrag gegeben.«

Margreta schluckte. »Ich meine … einfach so? Sie hat doch einen anderen Geschmack als ihr! Außerdem könnte man ein paar Euro sparen.«

Marjolein prustete los. »Mama, du nun wieder. Klar haben Ole und ich die Karten mit ausgesucht. Was du wieder denkst! Simone hat sich lediglich angeboten, sie für uns zu verschicken. Und das Angebot habe ich gern angenommen. Und so teuer war das gar nicht.«

»Ach so«, sagte Margreta, ein wenig besänftigt. Sie nahm sich dennoch vor, Simone dafür nicht zu danken, wenn sie ihr die Adressen überreichte. Simone ganz verzeihen konnte sie allerdings erst, als Marjolein sie in Sachen Brauchtum um Rat fragte. »Etwas Neues habe ich natürlich: Mein Hochzeitskleid. Etwas Blaues auch, ein blaues Strumpfband, das muss ich dir unbedingt zeigen. Aber mir fehlt etwas Altes und etwas Gebrauchtes. Und da wollte ich dich fragen.«

All ihr Ärger war im Nu geflogen. Was war schon das Sammeln von Adressen und Verschicken von Karten im Gegensatz zu diesen, für eine Braut essenziell wichtigen Dingen? »Aber natürlich kann ich dir helfen, meine liebe Marjolein! Dann pass mal auf.«

Nach einer halben Stunde stand es fest: Marjolein würde die Perlenkette ihrer Urgroßmutter Erika tragen. »Ein schönes altes Stück! Du wirst die Vierte sein, die es schmückt.« Und in Sachen Geliehenes wollte Margreta Frau Steenkamp fragen. Sie hoffte, dass Freddy sie nicht nach Flensburg zurückgefahren hatte.

Am nächsten Vormittag fand sie ihn mitten in ihrem Frühlingsbeet, er goss die Steckzwiebeln.

»Ich dachte, du wolltest nicht mehr in die Kleingartensiedlung kommen?«, fragte er, als sie auf ihn zukam.

Margreta sah ihn irritiert an. »Das habe ich doch gar nicht gesagt?«

»Na, ich hab' das aber gedacht.« Die letzten Tropfen fielen aus der ausgeleerten Gießkanne. Meerbusch richtete sich auf, stützte die freie Hand in seine Seite und besah sich sein Werk. »Mutig biste jedenfalls, min Deern. Aber wo du schon mal da bist. Soll ich die Tüten mit dem Rettich aussäen, die du im Gewächshaus liegen hast?«

»Ja, warum nicht.« Margreta war mit ihren Gedanken weit entfernt von ihrem Garten. Sie dachte über Meerbuschs Worte nach und musste sich eingestehen, dass sie seinen Rat von neulich, nicht mehr ins ›Radieschenheim‹ zu kommen, nie ernst genommen hatte. Damals hatte es ihr gutgetan, dass er sich um sie gesorgt hatte. »Sag mal, Freddy, warum glaubst du eigentlich, dass mir hier eine größere Gefahr droht als anderswo? Wenn du denkst, dass derjenige, der Kunkelbein auf dem Gewissen hat, auch mir an den Kragen will, dann kann er genauso gut nach Wulfsdorf kommen.«

Sie war Meerbusch, der sich auf den Weg Richtung Gartenhaus gemacht hatte, gefolgt. Als dieser abrupt stehen blieb, lief sie fast in ihn hinein. Aschfahl sah er aus, als er sich umdrehte. »Margreta! Was du denkst!«

»Ja, was? Das hast du doch so gemeint, oder nicht?«

Meerbusch griff sie an der Schulter. »Niemand tut dir was, Margreta! Schnack nicht so was!« Dann ließ er sie los, schüttelte den Kopf und trottete weiter.

Margreta folgte ihm ratlos zum Gewächshaus, in dem es nach feuchter Erde roch. Freddy hatte tatsächlich nach dem Rechten gesehen, staunte Margreta. Er musste davon ausgegangen sein, dass sie nicht mehr kommt. »Aber warum soll ich zu Hause bleiben, wenn du gar nicht daran glaubst, dass mir jemand etwas tut?«

Freddy sah sie an, als sei sie schwer von Begriff. »Kannst du denn nicht verstehen, dass ich mir Sorgen mache? Mir wäre wohler, wenn ich wüsste, dass du zu Hause bist. Wat soll dat rumwühlen in den Angelegenheiten vom Kommissar denn? Dat bringt doch nix.«

Margreta seufzte schwer. »Was mache ich denn?«

Er zog die Augenbrauen hoch. »Nu mach mir mal nix vor. Ich kenn dich. Du willst doch wissen, was passiert ist. Oder warum warst du in Genin?«

»Woher weißt du …«

Er zuckte mit den Schultern. »Ich unterhalte mich auch mit dem Kommissar.«

»Ach so. Naja …« Margreta fühlte sich ertappt. Gleichzeitig wunderte sie sich, dass Knutsen so etwas mit Meerbusch besprach. Ihr gegenüber sagte er immer, er dürfe den Ermittlungsstand nicht preisgeben. Aber vielleicht hatte Knutsen ihn in der Sache befragt.

Sie seufzte ergeben, was Meerbusch ein zufriedenes Lächeln entlockte. »Na, siehst du! Habe ich doch recht. Dann ist das also abgemacht.« Meerbusch trat aus dem Gewächshaus heraus.

Fürs Erste, dachte Margreta, die ihm nachdenklich zurück zum Frühbeet folgte. Sie wusste wirklich nicht, was sie davon halten sollte.

Als Meerbusch die Rillen für die Rettichaussaat zog, fiel Margreta Marjoleins Anliegen ein. »Sag' mal, ist Frau Steenkamp eigentlich da?«

Meerbusch nahm die Tüte mit der Sorte ›Rosa Ostergruß‹ in die Hand und studierte die Rückseite. »Den hast du dieses Jahr im Gewächshaus gezogen, oder?«, fragte er und wies auf die Saattüte.

»Hmm«, stimmte Margreta ihm zu. Den Rettich hatte sie als Salatbeilage zu den Kräuterwaffeln gereicht, als sich die Familien Knutsen und Mai eines Abends zur Hochzeitsplanung im ›Radieschenheim‹ getroffen hatten. Margreta hatte Knutsens misstrauischen Gesichtsausdruck bis heute nicht vergessen, den er aufgesetzt hatte, weil er der pikanten Waffelvariante misstraute. Er schob sie solange auf seinem Teller hin und her, bis sie sich – vollgesogen mit dem Essig-Öl-Dressing des Rettichsalats – in ein unappetitliches Etwas verwandelt hatte. Margreta war so gnädig gewesen, seinen Teller wortlos abzuräumen. Sie hatte ihm stattdessen eine Tüte mit Salzbrezeln in die Hand gedrückt.

»Ja, Frau Steenkamp ist noch da. Sie fährt heute Nachmittag mit dem Zug wieder nach Flensburg.«

»Das ist schade«, meinte Margreta und erzählte ihm von ihrer Idee, dass Marjolein sich für die Hochzeit etwas von Frau Steenkamp borgen könnte.

»Weißt du was? Ich frage Ilwa, wenn ich sie abhole. Reicht dir das?«

»Das wäre wunderbar!«, freute sich Margreta.

Als Margreta wenig später ihr Fahrrad aus der Einfahrt des ›Radieschenheims‹ schob – sie wollte zumindest heute nach Hause fahren, Meerbuschs Gerede hatte sie nicht ganz unbeeindruckt gelassen –, sah sie die unbekannte Dame vom Friedhof den Zibbelsring entlangkommen. Sie wirkte ganz benommen, wankte sogar. Margreta schwang sich auf ihr Fahrrad und fuhr der Frau entgegen. Sie trug einen schwarzen Mantel, ihre blonden Haare waren streng aus dem Gesicht gekämmt und zu einem dieser kunstvollen Knoten geschwungen. Ihre Lippen glänzten Margreta im bekannten Rotton entgegen. Margreta bremste dicht vor ihr ab, doch die Frau schien sie nicht zu bemerken. Ihr Blick wirkte glasig. Interessanterweise machte sie dennoch einen Bogen, um Margreta auszuweichen.

»Hallo«, sprach Margreta sie an, und da sie nicht reagierte, tippte sie ihr auf die Schulter.

Das hatte Erfolg, die Dame zuckte regelrecht zusammen, dann stammelte sie »Entschuldigung. Stand ich Ihnen etwa im Weg?«

Margreta zog verwundert die Stirn kraus. Wie war sie denn auf die Idee gekommen? »Nein, ganz und gar nicht. Wenn sich eine entschuldigen sollte, dann ich! Ich habe Sie schließlich erschreckt.« Auch diese Worte schienen die Frau überhaupt nicht zu erreichen. »Ich wollte fragen, ob ich Ihnen irgendwie weiterhelfen kann. Suchen Sie jemand bestimmtes?«

Die Dame schaute zwar in Margretas Richtung, sah aber durch sie hindurch. »Ja, das können Sie tatsächlich.« Dann glitt ein Hauch von einem Lächeln über ihr Gesicht, das ihren leeren Blick jedoch nicht vertrieb. »Können Sie mich zu Manfred Kunkelbein bringen? Ich finde ihn nicht mehr.«

Margreta schluckte. Was sollte sie von dieser Frage halten? Sie war doch gestern selbst bei der Beerdigung gewesen. »Nun, das ist so. Manfred Kunkelbein, ähm, wie soll ich es ausdrücken … Er ist tot.«

Ganz entgegen den Befürchtungen Margretas schien die Dame diese Nachricht jedoch nicht zu bestürzen. »Ich weiß«, sagte sie und lächelte milde. »Doch wir hatten eine Verabredung. Und die möchte ich nicht verpassen, wissen Sie?«

Margreta überlegte, was sie tun sollte. Die Dame war nicht mehr Herr ihrer Sinne. Sollte sie einen Krankenwagen rufen? Oder Knutsen Bescheid sagen? »Kommen Sie mit«, sagte sie und drehte ihr Fahrrad in Richtung ›Radieschenheim‹ herum. »Ich werde jemanden anrufen, der Sie abholt. Herrn Kunkelbein können Sie nicht mehr treffen, gute Frau. Dafür ist es zu spät.«

»Ich möchte zu seinem Haus!« Margreta erschrak bei dem unerbittlichen Tonfall, den die Dame anschlug. Ihr weicher Gesichtsausdruck war einem wütenden gewichen. »Er hat es mir versprochen!«

Margreta überlegte. Was sollte schon passieren, wenn sie sie einmal zu Kunkelbeins Garten brachte. Wenn sie Glück hatte, traf sie dort jemanden von der Polizei. Außerdem war Margreta neugierig geworden, was die Frau dort wollte. »Na gut«, sagte sie deshalb und wendete ihr Fahrrad erneut. »Dann kommen Sie eben!«

Den Weg bis zur Brombeerheck legten sie in einem hohen, von der Frau vorgegebenen Tempo zurück. Da sämtliche Absperrungen beseitigt waren, brauchten sie keine Umwege zu gehen.

Margreta war erstaunt, denn entgegen ihrer Behauptung, sie würde Manfred Kunkelbein nicht finden, wusste sie ganz genau, wo es langging. Oder hatte sie sie gar nicht nach dem Weg gefragt? Warum war sie so erpicht darauf, dass Margreta sie begleitete? Die Angelegenheit wurde merkwürdiger und Margreta immer neugieriger. Während sie liefen, versuchte Margreta, ein Gespräch zu beginnen. Sie hatte gehofft, den Namen der Frau zu erfahren. Doch die Frau hielt ihre Lippen fest verschlossen und ihre Augen stur auf den Weg gerichtet. Margreta war sich nicht sicher, ob die Frau überhaupt noch wusste, dass sie da war.

Als sie die Brombeerheck und damit Kunkelbeins Garten erreicht hatten, wurde die Frau langsamer. Vor der Gartenpforte blieb sie stehen.

Margreta hielt ihr die Gartenpforte auf und folgte ihr, vorbei an Kugelahorn, Eibenzylinder und Buchsbaumpyramiden, bis zu dem auf dem Grundstück weit hinten liegenden Gartenhäuschen. Noch vor der Tür war allerdings Endstation, denn auf der Bank daneben saß ein Polizist.

Margreta erkannte ihn als einen von denen, die sie vor ein paar Tagen bereits am Absperrband kennengelernt hatte. Es war der Ältere mit dem Mittelscheitel. Er hielt seine Dienstmütze auf den Bauch gepresst und sein Gesicht in die Sonne gereckt. Er schien seinen aktuellen Auftrag sehr zu genießen.

Als er die zwei Frauen bemerkte, schlug er sich schnell seine Dienstmütze auf den Kopf und richtete sich von der Bank auf. Nachdem er sich ein Bild davon gemacht hatte, wer ihn in seiner Ruhe gestört hatte, plusterte er sich auf. »Das gibt es doch wohl nicht. Sie schon wieder!«, schimpfte er in Richtung der Dame neben Margreta. »Ich habe Ihnen doch gesagt, dass Sie da nicht reinkönnen. Da brauchen Sie sich auch niemanden mitzubringen. Das Gartenhaus ist zu und bleibt zu!«

Margreta sah, wie die Entschlossenheit aus dem Gesicht der Frau wich. Wie eine Aufziehpuppe, die ans Ende des Aufziehbandes angelangt war, stand sie schlaff und teilnahmslos da. Genauso, wie sie sie vorhin auf dem Weg gefunden hatte. Margreta bekam nun eine Ahnung, warum sie mitkommen sollte. Sie hatte gedacht, dass sie mit Margreta ins Haus gelangen könnte. »War sie schon öfters hier?«, fragte Margreta deshalb den Polizisten.

»Mehrmals. Sie kommt immer wieder. Vorhin, als ich … ähm … kurz austreten war«, und er wies mit dem Kopf in Richtung Kirschlorbeerhecke hinter dem Gartenhaus – genau die Hecke, durch die Margreta vor ein paar Tagen zu luschern versucht hatte –, »hat sie sogar versucht, am Siegel zu kratzen. Das ist strafbar!«

»Und? Haben Sie jemanden angerufen, der sich um die Sache kümmert? Kommissar Knutsen oder so?«

»Natürlich. Raten Sie mal, warum ich hier sitze. Normalerweise braucht ein versiegeltes Haus nicht bewacht zu werden.«

»Warum haben Sie sie nicht mit zur Wache genommen? Außerdem. Wo ist überhaupt Ihr Kollege? Sind Sie nicht immer zu zweit unterwegs?«

Verlegen nahm er seine Dienstmütze ab und strich sich mit der freien Hand die gescheitelten Haare glatt, sodass das Weiß des Mittelscheitels zum Vorschein kam. »Nun ja. Die Sache ist die. Mein Kollege hat mich auf dem Parkplatz rausgelassen. Er hat einen Anruf gekriegt. Und weil wir nur das Siegel überprüfen sollten, weil hier jemand rumschleichen würde, habe ich gesagt, ich gehe vor. Sie wissen sicherlich, dass hier vor ein paar Tagen eine Leiche gefunden wurde?«

Bei dem Wort Leiche gab die Frau neben Margreta einen kurzen Aufschrei von sich und fiel danach sofort in ihre Teilnahmslosigkeit zurück.

Der Polizist sah sie kurz entgeistert an, wandte sich aber wieder an Margreta. »Also, im Prinzip warte ich auf ihn. Er sollte längst da sein«, beendete er seine Ausführung und setzte seine Dienstmütze auf. Auf einmal stierte er Margreta an. »Sagen Sie mal, was fragen Sie das eigentlich? Sie sind doch die Frau, die durchs Absperrband wollte?«

»Wie kommen Sie denn darauf!« Margreta trat einen Schritt zurück.

»Sie gehören zu ihr, nicht wahr? Sie wollen auch in das Haus, oder?« Der Polizist trat einen Schritt näher heran.

Zu nah für Margreta. »Halt!«, rief sie aus. Sie hätte es nicht ertragen, wenn der Polizist noch näher gekommen wäre. »Bevor Sie falsche Schlüsse ziehen. Ich kenne Kommissar Knutsen.«

»Sooo?« Er glaubte ihr genauso wenig wie vor ein paar Tagen am Absperrband und machte tatsächlich Anstalten, noch näher zu kommen.

»Bleiben Sie stehen, wenn Sie nicht wollen, dass ich Sie bei Ihrem Vorgesetzten verpetze. Es wird ihm sicherlich nicht gefallen, dass Sie und Ihr Partner sich getrennt haben.«

Margreta hatte noch nie jemanden gesehen, der gleichzeitig so finster aussehen und dabei so gemein grinsen konnte. Der Polizist konnte es! Und während er eine der vielen Taschen an seinem Gürtel öffnete und ein paar Handschellen herauszog, sagte er: »So wie neulich, ja? Auf die Beschwerde warte ich immer noch!«

Margreta starrte entsetzt auf die Handschellen. »Sie wollen mich doch nicht etwa festnehmen?«

»Warum nicht?«, sagte er. »Mir langt es nämlich! Wir werden schön gemeinsam auf meinen Kollegen warten und dann alle aufs Revier fahren.«

Was auch immer die Dame dazu veranlasst hatte, in genau dem Moment in einen hysterischen Schreikrampf zu verfallen, wusste Margreta nicht, aber sie war ihr außerordentlich dankbar dafür, denn das lenkte den Polizisten von ihr ab. Und als der versuchte, die Dame zu beruhigen und es nur schlimmer machte, ging Margreta ein Stück zurück und zog ihr Handy heraus. Knutsens Nummer befand sich glücklicherweise in der Liste der zuletzt gewählten Rufnummern, sodass sie sie nur auswählen und das Hörersymbol drücken brauchte. In dem Moment, in dem die Dame ihr Schreien einstellte, ging Knutsen dran.

»Was ist denn los, Margreta!«, knurrte er durch den Hörer.

Knutsen konnte mit ein paar beruhigenden Worten für den Beamten die Katastrophe abwenden, dass Margreta das erste Mal in ihrem Leben Handschellen angelegt bekam. Aus seiner Obhut geben wollte der Polizist sie dennoch nicht. Und so ließ sich Margreta darauf ein, dass sie gemeinsam mit der Dame und dem Beamten auf die Ankunft Knutsens warten würde. Der wollte nämlich persönlich vorbeikommen, um zu sehen, was, wie er sagte, Margreta denn nun schon wieder angerichtet hatte. Auf ihre Beteuerungen, dass sie gar nichts mit der Sache zu tun und nur durch Zufall in Kunkelbeins Garten geraten sei, ging er am Telefon nicht ein.

Der Polizist begegnete Margreta nach dem Telefonat wesentlich freundlicher. Offenbar hatte es ihn nicht unbeeindruckt gelassen, dass Margreta tatsächlich mit Kommissar Knutsen bekannt war. Er bot den Damen für die Zeit des Wartens sogar seinen Platz auf der Bank an, während er sich selbst danebenstellte.

Die Zeit, bis Knutsen eintraf, verlief äußerst friedlich. Die Dame hatte keinen Versuch gestartet, ins Haus zu gelangen. Sie sah sogar ein bisschen entspannter aus, fand Margreta, auch wenn ihr teilnahmsloser Blick nicht gänzlich verschwunden war. Allein die Tatsache, dass sie niemand mehr aus Kunkelbeins Garten vertrieb, schien sie glücklich zu machen.

Der Polizist beschäftigte sich während der Zeit mit seinem Mittelscheitel. Er gönnte ihm erneut ein paar Streicheleinheiten, als ob dieser während der ganzen Aufregung unter der Dienstmütze ordentlich in

Unordnung geraten wäre. Sein Blick war dabei sorgenvoll. Sicherlich hoffte er, dass sein Kollege die Kleingartensiedlung vor Knutsen erreichte. Margreta selbst dachte darüber nach, wie sie Knutsen am besten erklären konnte, wie sie in die Gesellschaft der Dame geraten war und warum sie ihn nicht sofort angerufen hatte. Immerhin hätte sie wissen müssen, dass Knutsen sich dafür interessieren könnte, dass sie wieder in der Kleingartensiedlung aufgetaucht war.

Kurz, bevor Knutsen zusammen mit Fink auftauchte, kam der zweite Polizist zurück. Und der staunte nicht schlecht, was sich in der Zwischenzeit alles zugetragen hatte.

# KAPITEL 14

»Margreta, Margreta!«, mahnte Knutsen, während er sich ihr gegenüber an seinen Schreibtisch setzte. Margreta war mit zum Polizeirevier gefahren, da sich die Dame geweigert hatte, ohne sie in den Streifenwagen zu steigen. Gemeinsam hatten sie eine Weile auf dem Flur gewartet, bis Knutsen und Fink den Bericht der Streifenpolizisten bekommen hatten. Jetzt kümmerte sich Fink gemeinsam mit einer Kollegin um die Dame, während Knutsen mit Margreta in sein Büro gegangen war und ihr dort den zweiten Drehstuhl angeboten hatte.

»Die Dame irrte durch die Siedlung, da habe ich ihr meine Hilfe angeboten«, verteidigte Margreta sich, bevor Knutsen ihr einen Vorwurf gemacht hatte.

»In das versiegelte Gartenhaus einzubrechen?«, fragte er, während er durch den Bericht blätterte.

»Natürlich nicht! Sie hat mir nicht gesagt, dass sie das vorhatte.«

»Warum genau hast du ihr deine Hilfe angeboten?«

Margreta versuchte zu erklären, wie sie der Frau begegnet war, dass sie einen verwirrten Eindruck auf sie gemacht hatte und dass sie partout nicht davon abzubringen war, zu Kunkelbeins Haus zu gehen. »Also habe ich sie hingebracht.«

»Soso«, sagte Knutsen. »In dem Bericht der Streifenbeamten steht, dass euer Verhältnis vertraulich wirkte. Stimmt das? Habt ihr ein vertrauensvolles Verhältnis?«

»Natürlich nicht. Du warst doch gestern auch auf dem Friedhof. Du weißt, dass ich sie nicht kenne. Ich gebe zu, dass ich sie zwar gefragt habe, wie sie heißt, aber darauf hat sie gar nicht reagiert. Sie war wie fixiert, wollte nur zu Kunkelbeins Gartenhaus.«

»Und wieso wollte sie nicht ohne dich in den Streifenwagen steigen?«

Margreta stieß ratlos die Luft aus. »Ich weiß es nicht. Vielleicht hat sie Vertrauen zu mir gefasst, weil ich sie zu Kunkelbeins Grundstück gebracht habe. Vielleicht findet sie mich nett.«

Ein Grinsen huschte über Knutsens Gesicht. Er packte den Bericht zur Seite, legte seine Unterarme auf den Schreibtisch und faltete seine Hände ineinander. »Okay. Du warst also zur richtigen Zeit am richtigen Ort.«

Margreta zuckte mit den Schultern. »Genau!«

»Hat sie dir wenigstens gesagt, was sie da will?«

Margreta schüttelte mit dem Kopf.

»Hat sie irgendetwas gesagt?«

»Nein. Nichts, außer so was, dass sie Kunkelbein verloren hätte. Und dass sie zu seinem Haus will. Aber das habe ich dir ja gesagt.«

In dem Moment klopfte es an der Tür. Fink steckte seinen Kopf zur Tür herein und sah Knutsen an. »Ähm. Wenn Sie mal kurz kommen könnten, Chef?«

Knutsen folgte Fink hinaus. Den Bericht der Streifenbeamten nahm er mit.

Das Büro von Knutsen im Lübecker Behördenhochhaus in der Possehlstraße war hell gestrichen und wirkte aufgeräumt, trotz unzähliger Ordner, die teils im Regal standen, aber auch auf dem Schreibtisch und einem Beistelltisch lagen. Margreta sah, dass hier jemand intensiv arbeitete, gleichzeitig aber auch gern wusste, wo was zu finden war. Von einem Regalfach in der oberen Reihe schaute sie von mehreren Fotos Ole an. Margreta stand auf und besah sie von Nahem. Ole beim Sandburgenbauen an der Ostsee. Ole im VfB-Trikot und einem Fußball in der Hand, den seine Arme gerade umfassen konnten. Ole ganz stolz mit Schultüte in der Hand. Ole schmusend mit einem Hund der Sorte Straßenmischung. Ole als Jugendspieler beim VfB. Ole mit dem Abiturzeugnis in der Hand vor dem Dom. Die Bilder mussten sich im Laufe der Jahre angesammelt haben, kein Bilderrahmen passte zum anderen. Ob Holz, Farbe oder Größe, jeder ein Unikat. Margreta besah sich die Aktenordner in den unteren Regalreihen. Auf den Aufklebern der Polizei Lübeck standen Namen wie AG Auflauf, AG Flotter oder AG Heuhaufen und zu jedem dieser Namen gab es verschiedene Ordner mit einer fortlaufenden Nummer. Auch hier hielt Knutsen Ordnung. Margreta entdeckte keine Zahlenreihe, die durcheinandergeraten war. Und fehlte ein Ordner, so wies das Regal an der entsprechenden Stelle auch eine Lücke auf. Auf dem Schreibtisch stand, was ein Bürotäter für seine Arbeit brauchte. Ein Locher, ein Tischrechner, ein Stifthalter. Ein Berg von Akten lag ordentlich aufgetürmt zur linken Seite des Flachbildschirmes, die Tastatur lag davor. Rechts neben der Schreibtischlampe und hinter dem Telefon stand ein Holzbilderrahmen mit einem Foto von Ole und Marjolein während ihres letzten Urlaubs in Dänemark. Ein geschlossener Ordner lag rechts auf der Schreibtischunterlage. Als Margreta auf den Ordnerrücken schielte, las sie AG Radieschen. Ihre Neugier war sofort geweckt, und sie war versucht, den Ordner zu öffnen. Sie hatte eine Hand darauf gelegt, als sie draußen vor der Tür Stimmen hörte. Sie nahm ihre Hand zurück. Bei ihrem Glück würde Knutsen genau in dem Moment in der Tür stehen, in dem sie den Ordnerdeckel geöffnet hatte. Sie klopfte einmal mit ihrer geschlossenen Hand auf den Ordner, dann ging ihr Blick zum Fenster. Auf der Fensterbank stand eine vor Ablegern überbordende Grünlilie. Die typische Büropflanze, die auch ein noch so unbegabter Gärtner nicht um die Ecke bringen könnte, ging es ihr durch den Kopf. Auf dem Flur war es wieder ruhig geworden, doch Margreta hatte sich entschieden. Sie würde die Akte nicht öffnen. Sie klopfte zweimal auf den Ordnerdeckel, seufzte und zog ihre Hand zurück. Erst auf dem Weg zurück zu ihrem Platz wurde sie auf das Whiteboard aufmerksam, das sich hinter ihrem Stuhl über die ganze Breite der Wand erstreckte. Margreta starrte fasziniert auf das Durcheinander von Notizzetteln, Fotos und Papierausdrucken, die die linke Hälfte des Boards beherrschten. Rechts war das Durcheinander handschriftlich angerichtet worden. Nach bester Brainstorming-Manier kreisten dort teils fett, teils dünn geschriebene, teils farbig markierte Wörter rund um ein mit einem Kreis markiertes Zentrum. Striche und Pfeile setzten diese in Zusammenhang. Einen Überblick auf die Schnelle zu bekommen, schien Margreta unmöglich. Angezogen von dem Wort ›Radieschenheim‹, das doppelt unterstrichen über dem Wortdurcheinander thronte, setzte sie sich auf ihren Drehstuhl und drehte seine Sitzfläche herum, sodass sie von ihrem Platz aus die Tafel studieren konnte. Wenn Knutsen sie jetzt erwischen würde, würde er ihr nichts vorwerfen können. Er hatte sie schließlich in dem Raum mit der Tafel allein gelassen.

Margretas Augen flitzten vom Papier zum Handgeschriebenen, las, was ihr gerade ins Auge fiel. Eine ausgedruckte Liste mit den Namen der Kleingärtner aus dem Kleingartenverein fiel ihr auf. Viele Namen waren durchgestrichen, wenige waren unterstrichen. Hinter viele Namen hatte jemand per Hand ein ›A‹ geschrieben, so auch hinter ihren eigenen. Andere halbverdeckte Blätter zeigten weitere Namen. Margreta konnte an dem sichtbaren Ausschnitt sehen, dass auch dort die meisten durchgestrichen waren. Bestimmt Listen mit den Namen von Angehörigen, ehemaligen Arbeitskollegen oder Mandanten, dachte sich Margreta. Sie wunderte sich über eine Liste mit Schubkarrenherstellern und einem Bild ihrer jeweiligen Reifenprofile. Auf einem Foto erkannte sie Kunkelbeins Tochter Annika Runde, daneben ein Foto ihres Bruders Alwin. Über den Fotos hatte jemand das Wort ›Erben‹ geschrieben. Mit vielen der angepinnten Ausdrucke konnte Margreta nichts anfangen, weshalb sie sich der rechten, der handbeschriebenen Tafelseite zuwandte. Wieder tauchten bekannte und unbekannte Namen auf, dazu Stichwörter wie Schlüssel, Bekanntschaft, Segelverein. War Kunkelbein auch Segler? Aber was wusste sie schon von ihm. Ihr Blick blieb an einem Namen hängen, der doppelt unterstrichen war. Kamilla Lasdorf. Die Buchstaben waren eng geschrieben, viel enger als der Rest, so als wäre kein Platz für ihn vorgesehen gewesen. Vielleicht war er neu dazugekommen, dachte Margreta. Lasdorf. Hieß nicht Blondie, der pöbelnde Taxifahrer, Lasdorf? Margreta war sich ziemlich sicher, diesen Namen von der Vorstellung der Familie im Kleingartenverein in Erinnerung zu haben. Aber wer war Kamilla? Doch nicht etwa seine Frau? Margreta erschrak. Die nette Frau doch nicht! Sie hatte sicherlich nichts mit dem Mordfall zu tun! Oder etwa doch? Dann sah sie einen Strich, der von dem Namen Kamilla Lasdorf bis an den äußeren Rand der Tafel gezogen war. Dort fand sie erneut den Namen Lasdorf: Mano und Elfie Lasdorf. Dahinter stand in Klammern der Vermerk ›Neue Pächter‹. Jetzt fiel es Margreta ein: Blondie hatte seine Frau Elfie genannt. Und er hieß also Mano! Und obwohl sie nicht wusste, warum der Name doppelt unterstrichen auf der Tafel stand, atmete Margreta erleichtert auf. Die nette Frau war nicht Kamilla Lasdorf! Aber wer war diese Kamilla dann? Margretas Blick verfolgte den Strich zurück. Doch bevor sie in dem Wirrwarr ergründen konnte, in welche Beziehung Knutsen jene Frau Lasdorf mit Kunkelbein gesetzt hatte, ging die Tür auf. Kurz bevor sie sich mit den Füßen abstieß, um sich mitsamt der Sitzfläche in die andere Richtung zu drehen, sah sie noch einen Namen, der doppelt unterstrichen war: Friedrich Meerbusch. Freddy? Margreta schnappte nach Luft. Dann gab sie ihrer Stuhlfläche Schwung, und kurz danach kam Knutsen in ihr Blickfeld.

Knutsen sah genervt aus. Etwa weil er sie beim Studieren der Tafel erwischt hatte? Margreta ging in die Offensive. »Wieso verdächtigst du Freddy Meerbusch? Er hat ganz bestimmt nichts mit der Sache zu tun!«

Knutsen wirkte für einen Moment irritiert. Dann folgte sein Blick ihrem Fingerzeig zur Magnettafel. »Ach, das meinst du.«

In wenigen Schritten war er dort und begann, die ganze Malerei abzuwischen. Auch der Verdacht gegen Freddy Meerbusch war mit einem Wisch erledigt.

»Was machst du da?«, fragte Margreta entsetzt.

Doch er ließ sich nicht stören. »Nur eine Momentaufnahme«, antwortete er. »Ist schon vorbei.«

»Aber war das denn nicht wichtig?« Sie war fassungslos.

»Keine Sorge«, sagte er angestrengt, während er an einem hartnäckigen Markerstrich rieb. »Ich hab doch alles mit meiner Handykamera festgehalten. Sollte ich es brauchen, hole ich es mir auf den Bildschirm zurück.« Als er wenig später die Tafel betrachtete, knurrte er. Seine Bemühungen waren erfolglos geblieben, ein Fragezeichen blieb als Schatten auf der Tafel zurück. Schließlich legte er das Tuch zur Seite und drehte sich zu Margreta um. »Warum bist du dir so sicher?«

Margreta sah ihn fragend an. »Was meinst du?«

»Meerbusch hat kein Alibi für die Nacht.«

Margreta war empört. »Also, du glaubst doch nicht … Also echt! Er ist alleinstehend. Deshalb ist man doch nicht verdächtig.«

Er wischte ihren Vorwurf mit einer Handbewegung weg. »Ehrlich gesagt ist das nicht mein dringendstes Problem.«

»Sondern?« Während er um den Schreibtisch herumging, bemerkte sie, wie sein Gesicht den unwirschen Ausdruck annahm, mit dem er sein Büro betreten hatte. An seinem Platz blieb er stehen. Seine Finger strichen über die Schreibtischunterlage. »Es ist mir unangenehm«, sagte er. »Und normalerweise würde ich so etwas nicht in Erwägung ziehen.«

Margreta verschränkte ihre Unterarme auf der Schreibtischplatte und beugte sich vor. Am Bildschirm vorbei sah sie ihn erwartungsvoll an.

Er strich sich mit seinem Zeigefinder mehrmals unter der Nase lang. Margreta lehnte sich ein Stück weiter vor.

»Die Dame, Frau Lasdorf, …«

»Frau Lasdorf? Das ist Frau Lasdorf? Kamilla Lasdorf?«

Knutsen nickte. »Frau Lasdorf ist, wie soll ich es ausdrücken, bislang nicht sehr kooperativ gewesen.«

»Nicht sehr kooperativ? Was soll das heißen?«

Fünf Minuten später saß Margreta auf einem anderen Stuhl in einem anderen Raum, in dem sich außerdem Knutsen, Fink und eine Kollegin, die ihr als Kommissarin Wenke Jensen vorgestellt wurde, und die Dame aus der Kleingartensiedlung, Kamilla Lasdorf, befanden. Fink stand an das Fensterbrett gelehnt, die Beine überkreuzt und die Arme verschränkt, Kommissarin Jensen hatte sich auf ihrem Stuhl gegenüber von Frau Lasdorf zurückgelehnt. Knutsen nahm ebenfalls gegenüber von Frau Lasdorf an einem der vielen freien Plätze rund um einen großen Tisch Platz. Knutsen hatte ihr den Stuhl neben Kamilla Lasdorf zugewiesen. Die Situation hätte genauso gut als lockere Runde an einem Tisch, aber auch als ein Gegenüber zweier Parteien beschrieben werden können, dachte Margreta. Knutsen hatte ihr in seinem Büro erklärt, dass Fink und seine Kollegin versucht hätten, mit Frau Lasdorf ins Gespräch zu kommen. Es galt herausfinden, warum sie unbedingt ins Gartenhaus wollte. Auf sämtliche Fragen sei sie jedoch überhaupt nicht eingegangen. Es gab nur einen Satz, den sie immer wiederholt habe: »Ich will zu der anderen, der netten Frau!« Auch Knutsen, der zu Hilfe geholt wurde, war an der Starrköpfigkeit der Frau gescheitert. »Es war wie verflixt. Sie war komplett fixiert auf dich. Sie wurde sogar aggressiv.«

Margreta hatte das gut nachvollziehen können, ihr war es in der Kleingartensiedlung genauso ergangen, als Frau Lasdorf unbedingt zu Kunkelbeins Gartenhaus wollte. Sie erinnerte Knutsen daran, für den Fall, dass er es vergessen hatte.

»Na gut. Dann weißt du ja, was ich meine. Ähm … Du wärst also bereit, uns im Gespräch zu unterstützen? Wir werden natürlich die Fragen stellen.«

Warum nicht, hatte sich Margreta gedacht. Sie musste Knutsen versprechen, dass sie Stillschweigen über alles bewahren würde, was sie im Folgenden hören würde. Dann hatte Knutsen ihr erklärt, dass es sich bei der Dame um die Mutter des Taxifahrers Lasdorf handele. »Sie hat ihn offenbar allein großgezogen, ein Vater wurde nie eingetragen. Wie sie in Beziehung zu Kunkelbein steht, konnten wir bislang nicht herausfinden. Doch so, wie sie sich verhält, muss es eine gegeben haben. Vielleicht ist sie sogar der Schlüssel zum Mordfall.« Als Margreta das gehört hatte, war ihr auf einmal ganz komisch zumute geworden, dann war sie Knutsen gefolgt.

Margreta rückte mit ihrem Stuhl etwas herum. So hatte sie nicht nur die merkwürdige Sitzordnung aufgehoben, die ihr missfiel, sondern konnte Kamilla Lasdorf viel besser sehen. Diese hatte den roten Lippenstift nachgezogen und dabei etwas über den Rand verschmiert. Das Rot schimmerte glänzend auf der faltigen Haut oberhalb ihrer Oberlippe. Eine dünne Haarsträhne hatte sich aus dem strengen Knoten gelöst und hing über das Ohr.

»Frau Lasdorf, jetzt ist Frau Mai da. Können Sie uns jetzt sagen, warum Sie das Gartenhaus von Manfred Kunkelbein aufsuchen wollten?«, begann Kommissarin Jensen die Fragerei. Zuvor hatte sie Kamilla Lasberg gefragt, ob sie mit der Aufnahme des Gesprächs einverstanden sei. Da sie weder zugestimmt noch abgelehnt hatte, hatte sie das Aufnahmegerät eingeschaltet und die im Raum anwesenden Personen namentlich benannt.

Kamilla Lasdorf drehte nervös an dem goldenen Ring, der ihren rechten Zeigefinder zierte. Ein Ehering? Von einem Ehemann hatte Knutsen nichts erzählt, dachte Margreta.

Als die Befragte weiterhin schwieg, stützte Knutsen seine Arme auf den Tisch, legte sein Kinn auf seine verschränkten Hände und beugte sich nach vorn. Fink löste sich von seinem Platz an der Fensterbank. Er nahm einen Zettel vom Tisch, der neben der Kommissarin lag.

»In dem Bericht der Streifenpolizei steht, dass Sie das Siegel beschädigt haben, Frau Lasdorf«, sagte Fink. »Damit haben Sie sich strafbar gemacht. Ist Ihnen das bewusst?«

Kamilla Lasdorf strich die Haarsträhne hinter das Ohr, doch fiel diese sofort wieder nach vorn.

»So etwas kann mit einer Freiheitsstrafe bis zu einem Jahr bestraft werden«, ergänzte Kommissarin Jensen.

Als Frau Lasdorf nur mit einem nervösen Augenzwinkern reagierte, schlug Knutsen die Faust auf den Tisch.

Margreta fuhr zusammen. »Muss nicht eigentlich ihr Anwalt dabei sein?«

Knutsen rollte mit den Augen.

Die Kommissarin sah Margreta mit einem Lächeln an, das ihr signalisieren sollte, dass sie schon wüssten, wie sie ihren Job zu machen hatten.

Fink hatte als Einziger Geduld mit ihr. »Wir haben die Dame über ihre Rechte aufgeklärt, Frau Mai. Danke.«

Ungeduldig sprang Knutsen auf, ging um den Tisch herum und stellte sich direkt neben Kamilla Lasdorf. »Frau Lasdorf! Was haben Sie auf dem Grundstück von Herrn Kunkelbein gemacht? Warum wollten Sie in das Gartenhaus eindringen?«

Die Frau zuckte zwar zusammen, gab aber ihr Schweigen nicht auf. Margreta hatte Mitleid mit ihr. »Entschuldigung. Darf ich es mal probieren?«

Die Kommissarin zog die Augenbrauen hoch, Fink zuckte mit den Schultern und Knutsen nickte.

Margreta legte eine Hand auf Frau Lasdorfs Arm. »Frau Lasdorf?«, fragte sie. Die Dame drehte den Kopf zu ihr. »Herr Kunkelbein fehlt Ihnen, nicht wahr?«

Mit einem Mal verschwand der leere Gesichtsausdruck, und Kamilla Lasdorfs Augen füllten sich mit Tränen.

»Sie standen ihm sehr nahe, nicht wahr?«

Sie nickte. »Wir haben uns geliebt!«, flüsterte sie.

Margreta sah Knutsen an. Der nickte.

»Seit wann, Frau Lasdorf?«, fragte Kommissarin Jensen.

Kamilla Lasdorf schluchzte. »Seit wann?« Sie schlug sich die Hände vor das Gesicht. »Immer schon!«, heulte sie.

Auf einmal hörte das Weinen auf, ihre Hände sanken in den Schoß. Ein gehässiger Zug erschien um ihren Mund. »Aber Lori hat ihn sich einfach geschnappt! Obwohl er nur mich geliebt hat!«

Knutsen sah fragend zu Fink.

»Eleonore Kunkelbein, seine Frau«, half der aus.

Knutsen nickte.

Margreta streichelte den Arm der Frau.

»Aber Sie haben sich trotzdem weiter getroffen?«, fragte Knutsen.

Sie sah ihn an. »Natürlich!« Sie wischte sich die Tränen aus den Augenwinkeln. »Er hat mich doch geliebt!«

»Ihr Sohn, Frau Lasdorf. Ist Kunkelbein der Vater?«, fragte die Kommissarin.

Sie ließ ihren Kopf zur Brust sinken. Ihre Arme drückte sie ganz fest an den Oberkörper. »Ja«, flüsterte sie.

»Aber Sie haben ihn nicht als Vater eingetragen. Warum nicht?«

»Er hat gesagt, das ist besser so. Er wollte erst seine Frau verlassen und dann eine richtige Familie mit uns gründen. Manfred sollte dann adoptiert werden.«

»Manfred?«, fragte Knutsen. »Meinen Sie Mano?«

»Ja«, hauchte sie. »Ich durfte ihn nicht Manfred nennen. Das hat er verboten.«

Margreta schüttelte den Kopf. Sie bezweifelte, dass Manfred Kunkelbein sie wirklich geliebt hatte.

»Seine Frau ist vor vielen Jahren verstorben, Frau Lasberg. Was war dann?«

Sie richtete sich auf. »Manfred hat gesagt, dass es sich nicht gezieme, wenn wir so schnell heiraten würden. Deshalb haben wir gewartet.«

»Frau Kunkelbein ist seit über zwei Jahrzehnten tot, Frau Lasberg!«, sagte Knutsen.

Kamilla Lasberg warf Knutsen einen ärgerlichen Blick zu. »Es hat eben nie gepasst!«

»Aber er hat es ihnen trotzdem immer wieder versprochen?«, hakte Knutsen nach.

Ihr Gesichtsausdruck wurde weich. »Ja!«, sagte sie und sah dabei fast glücklich aus. »Nun sollte es endlich soweit sein.« Im nächsten Moment schlug sie die Hände vor das Gesicht. »Doch jetzt ist er tot. Tot«, schluchzte sie.

Margreta legte ihr die Hand auf den Rücken. Unerfüllte Liebe tat weh.

»Ihr Sohn, Frau Lasdorf. Wusste er, wer sein Vater war?«

Kamilla Lasdorf nickte, ohne die Hände vom Gesicht zu nehmen.

»Hatte er Kontakt zu seinem Vater?«

Ihre Hände fielen schlaff in den Schoß. »Manfred wollte es nicht. Er hat gesagt, wenn Mano ihn eines

Tages kennenlernt, dann wollte er ihm ein richtiger Vater sein. Er wollte warten, bis wir eines Tages eine richtige Familie sind.«

Kommissarin Jensen schüttelte den Kopf. Margreta vermutete, dass sie das Gleiche dachte wie sie. Kunkelbein hatte sie immer nur vertröstet. Er hatte nie vor, sie zu seiner Frau zu nehmen, geschweige denn, Mano als seinen Sohn anzuerkennen.

»Und Mano? Was hat er dazu gesagt?«, fragte Knutsen.

»Mano?« Kamilla Lasdorf sah ihn irritiert an.

»Ja, Frau Lasdorf. Was hat Mano dazu gesagt, dass sein Vater nichts von ihm wissen wollte?«

Sie zuckte mit den Schultern. »Was sollte er dazu sagen? Ich habe es ihm natürlich erklärt, warum es so war, wie es war. Und natürlich gab es Zeiten, da wollte er nichts von ihm wissen. In der Pubertät war es am schwierigsten. Doch jetzt ist er erwachsen, hat selbst eine Familie und kann es verstehen. Er hat sich sehr für mich gefreut, als ich ihm erklärt habe, dass es bald so weit wäre. Dass wir endlich eine Familie würden. Und er war damit einverstanden, sich um das frei gewordene Grundstück in der Kleingartensiedlung zu bemühen. Da es doch gerade frei geworden war. Ich habe ihm gesagt, da wir bald eine Familie sein werden, wäre es doch schön, wenn wir auch die Freizeit zusammen verbringen könnten. Der Opa kann seinem Enkel beim Spielen im Garten zusehen …«

Kamilla Lasdorf sah sehr verträumt aus, als sie erzählte, und Margreta fragte sich ernsthaft, ob die

Frau jemals an ihrem heilen Bild der Familie Kunkelbein-Lasdorf gezweifelt hatte.

»Warum sollte es bald so weit sein, Frau Lasdorf?«, fragte nun Kommissarin Jensen. »Hatten Sie etwa schon das Aufgebot bestellt?«

Margreta fand den ironischen Unterton in der Frage der Kommissarin unpassend. Doch Kamilla Lasberg schien ihn nicht zu bemerken. Im Gegenteil, sie wirkte mehr als glücklich, mit der Frage an einen offenbar besonderen Moment ihres Lebens erinnert zu werden. »Das hat er mir nicht verraten. Er liebte es, mich zu überraschen. Er hat mir nur gesagt, bald würde unsere Liebe für ewig sein.«

»Und wann, Frau Lasdorf, sollte diese Ewigkeit beginnen?«, fragte Knutsen interessiert.

Die Traurigkeit kehrte in das Gesicht Kamilla Lasdorfs zurück. »Heute«, sagte sie leise. »Heute sollte es so weit sein.«

Knutsen stieß die Luft aus. »Heute? Warum ausgerechnet heute?«

Sie sah ihn an. »Für heute hatte er mich eingeladen. In sein Gartenhaus.«

Fink und die Kommissarin Jensen sahen sich an. Knutsen nickte. »Und was genau sollte heute in seinem Gartenhaus passieren?«

»Unsere gemeinsame Zukunft sollte heute beginnen. Das hat er mir versprochen.«

# KAPITEL 15

Es war später Nachmittag, als Knutsen und Margreta das Behördenhochhaus verließen. Knutsen hatte ihr angeboten, sie nach Hause zu fahren. Und da Margreta mit dem Streifenwagen und nicht mit ihrem Fahrrad in die Possehlstraße gekommen war, hatte sie sein Angebot dankbar angenommen. Sie sah nachdenklich aus dem Fenster, während sie die Kronsforder Allee stadtauswärts fuhren.

»Sie hat tatsächlich erwartet, dass sie in seinem Gartenhaus etwas finden könnte, was sein Versprechen einlösen würde. Obwohl er tot ist.«

Knutsen brummte. Er setzte den Blinker und bog links in Richtung Vorrade ab. »Vielleicht gibt es tatsächlich etwas, was für sie von Bedeutung ist. Was sie unbedingt holen möchte, bevor es für immer beim Ausräumen der Hütte verschwindet.«

»Fast drei Jahrzehnte hat er sie hingehalten, und sie hat trotzdem felsenfest an ihre Liebe geglaubt. Das ist doch krank! Hast du gesehen, dass sie einen Ehering trug?« Margreta konnte es nicht fassen.

Knutsen nickte. »Ja, habe ich. Verheiratet war sie aber nie. Vielleicht hat er ihn ihr geschenkt.«

»Ich könnte mir sogar vorstellen, dass sie ihn sich selbst geschenkt hat«, mutmaßte Margreta.

»Wie auch immer. Ich hoffe jedenfalls, dass ihr Sohn gut auf sie aufpasst. Sie sollte sich nicht noch einmal in der Kleingartenanlage sehen lassen, sonst kann ich ihr die Arrestzelle nicht ersparen. Eine Strafanzeige wegen Beschädigung des Siegels hat sie schon.«

Die letzten Häuser von St. Jürgen flogen vorbei.

»Vielleicht hat der Ältestenrat recht und der Sohn hat etwas mit dem Mord zu tun?«

»Kommt jetzt wieder die Geniner Vereinskasse auf den Tisch? Er hat kein Geld gestohlen. Und selbst wenn, warum sollte er dann seinen Vater umbringen?«

Margreta sah zum Wegweiser, der kurz hinter dem Ringstedtenhof auf der rechten Seite die Kleingartenanlage ›Radieschenheim‹ mitsamt ihrem Gartenlokal ankündigte. Als ihr in dem Moment etwas einfiel, stieß sie Knutsen mit dem Ellenbogen gegen den Arm.

Er reagierte empört: »Was soll das denn!«

Margreta drehte ihr Gesicht zu ihm. »Mensch, der Ältestenrat hat doch gesagt, Kunkelbein selbst habe Mano Lasdorf zur Last gelegt, die Kasse genommen zu haben. Das hieße ja, dass der Vater seinen eigenen Sohn beschuldigt hat.«

»Hmm. Ich gebe zu, das ist merkwürdig. Das würde gegen das ungetrübte Vater-Sohn-Verhältnis sprechen, an das Frau Lasdorf glaubt. Allerdings konnte ja nicht mehr geklärt werden, ob der Vorwurf tatsächlich von ihm stammt.«

»Ich finde das jedenfalls sehr verdächtig.«

»Es klingt gut, Margreta. Hilft mir aber nicht, denn er hat ein Alibi.«

»Nein! Blondie?«, Margreta wurde auf der kurvigen Straße abwechselnd nach rechts und nach links gedrückt.

Knutsen wirkte amüsiert. »Du nennst ihn Blondie?«

»Ich doch nicht! Die Taxifahrer, mit denen ich über ihn gesprochen …« Sie brach ab, als ihr einfiel, dass sie sich gerade verplappert hatte. Er wusste ja gar nichts davon.

Tatsächlich zog er seine Stirn hoch.

»Das war rein zufällig passiert«, fügte sie als Erklärung an.

»Wie immer«, knurrte Knutsen.

»Jedenfalls finde ich, dass Herr Lasdorf Gründe genug hätte, seinen Vater umzubringen«, brachte Margreta das Gespräch dahin, wo es ihrer Meinung nach weitergehen sollte. »Die Taxifahrer haben auch erzählt, er habe mit einer ins Haus stehenden Erbschaft geprahlt.«

»Welche Taxifahrer waren das?«

»Ich weiß es nicht. Ich kenne sie nicht. Aber ich könnte …«

»Nein, bitte nicht! Ich werde mich darum kümmern.«

Sie fuhren schweigsam durch Vorrade, jeder in seinen Gedanken versunken. Schließlich brach Knutsen als Erster das Schweigen. »Ein starkes Motiv hat Lasdorf, das stimmt. Rache am eigenen Vater, der ihn nie anerkannt hat. Und am Geliebten seiner Mutter, der sie jahrelang hingehalten hat.«

»Und das Alibi ist gut?«

Knutsen zuckte mit den Schultern. »Er war angeblich zu Hause. Seine Frau bezeugt das.«

Margreta dachte an die nette Frau. Würde sie für ihren Mann lügen? »Vielleicht hatte er einen Helfer?«

Knutsen ließ diese Frage unbeantwortet.

Für Margreta bedeutete es, dass sie auf ihrer Liste der Tatverdächtigen hinter Blondie ein Fragezeichen setzen musste. Ganz streichen wollte sie ihn nicht. Sie seufzte, als sie resümierte. Es blieb nur noch Kunkelbeins Sohn.

Als sie das Wulfsdorfer Ortsschild passierten, fragte sie Knutsen, ob er noch mit zu ihr kommen würde. Sie hoffte, Knutsen mehr Fakten in Sachen Mordfall entlocken zu können. Immerhin war er heute gesprächiger als sonst. Und so eine Gelegenheit durfte sie nicht verstreichen lassen, nur, weil sie zufällig vor ihrer Haustür angekommen waren. Sie wollte unbedingt mehr erfahren, weiter mit ihm über Familie Lasdorf spekulieren. Auf die Nase band sie ihm dies allerdings nicht. Sie setzte auf den Hunger, den ein alleinstehender Kommissar nach einem harten Tag sicherlich haben musste. »Ich werde uns etwas kochen!«

»Was denn?«

Margreta verdrehte die Augen. Sein skeptischer Tonfall klang so, als würde er bei ihr mal wieder nichts anderes als Spinneneintopf mit verschimmeltem Käse erwarten. Doch um der Sache willen schluckte sie seinen Angriff herunter. »Vielleicht finde ich Tiefkühlpizza in meinem Gefrierschrank!«

»Ja, okay!« Knutsen klang erfreut.

Margreta rollte mit den Augen. Sie hatte nie Tiefkühlpizza in ihrem Gefrierschrank.

Als sie ihm wenig später in der Küche eine Zwiebel und ein Messer in die Hand drückte, sah er sie fragend an. »Ich dachte … Tiefkühlp…?«

»Schneiden!«, fiel Margreta ihm ins Wort und legte ihm ein Schneidebrett auf den Tisch.

Das Seufzen, mit dem er reagierte, klang so tief und ehrlich, als gründe es auf einen reichen Erfahrungsschatz unzähliger kulinarischer Enttäuschungen. Margreta tat ihm trotzdem nicht den Gefallen, dies entsprechend zu würdigen. Schließlich akzeptierte er sein Schicksal, setzte sich auf einen der Küchenstühle, zog sich das Brett heran und begann stillschweigend seine Arbeit. Als Margreta sah, wie ungeschickt er sich bereits beim Häuten der Zwiebel anstellte, drehte sie sich zur Arbeitsfläche um. Das Drama, ob nun inszeniert oder gnadenlos ehrlich, wollte sie sich nicht anschauen. Er würde zwar ein paar Tränen lassen, aber ansonsten ganz sicher heil aus der Sache herauskommen.

Sie selbst wandte sich den Kräutertöpfen auf ihrer Fensterbank zu. Sie überlegte eine Weile, wählte dann aber nur Petersilie und Schnittlauch für das Kräutersoufflé-Rezept aus, das sie zubereiten wollte. Knutsens Gaumen absichtlich zu überfordern, entschied sie, könnte dem Abend nicht zuträglich sein. Außerdem hatte er genug mit seiner Skepsis zu kämpfen, wie sie feststellte. Immer wieder versuchte er, von seinem Platz aus an ihrer Hüfte vorbei auf die Arbeitsfläche zu schielen, um zu ergründen, was sie da so im rasanten Tempo mit einem Wiegemesser auf dem Küchenbrett bearbeitete. Doch auch Margreta hatte ihren Stolz. Ihrem Motto getreu, auch ein Knutsen konnte alles essen, musste aber nicht alles wissen, versperrte sie ihm gern die Sicht. Und während er sich mit seinen Zwiebeln abmühte, trennte sie die Eier, mischte das Eigelb mit den Kräutern und den restlichen Zutaten und goss schließlich die fertige Masse in vier gebutterte Soufléformen. Und als sie diese gerade in den Ofen gesetzt hatte, hörte sie einen Aufschrei hinter sich. »Autsch!« Margreta klappte erschrocken die Ofentür zu und fuhr herum.

Knutsen steckte gerade seinen Zeigefinger tief in den Mund und schloss die Lippen darum, als er ihn herauszog. Aus geröteten, tränennassen Augen, die andauernd blinzelten, sah er sie vorwurfsvoll an. »Ich habe mich geschnitten!« Dann schob er laut seinen Stuhl zurück und verschwand durch den Flur ins Bad.

Margreta ging zum Tisch und stellte fest, dass das Zwiebelmassaker zumindest für die Zwiebel unblutig verlaufen war. Das beruhigte sie. Sie kümmerte sich um die nicht geschnittenen Reste und räumte den Tisch auf. Bis Knutsen zurückkam, hatte sie ein Essig—Öl-Dressing angerührt, dem sie die Zwiebeln beigemischt hatte. Sie war gerade dabei, Tomaten für den Salat zu schneiden.

»Das hat so in den Augen gebrannt, ich konnte nichts mehr sehen!«, brachte er als Erklärung für sein Malheur vor.

Als sie 20 Minuten später am Esstisch im Wohnzimmer Platz nahmen, spürte Margreta, dass sie nervös wurde. Ein gemeinsames Essen mit Knutsen war für sie grundsätzlich eine Herausforderung, für die sie sich normalerweise mit einer Extraportion Stolz und reichlich gepfefferten Kommentaren wappnete. Doch heute hatte sie sich vorgenommen, sich am Riemen zu reißen. Was auch immer er über ihre Kochkünste sagen würde, sie wollte es einstecken. Sie nahm es mit einem Lächeln hin, dass er den Wein, der sie über zehn Euro die Flasche gekostet und den sie in einen Dekanter gefüllt hatte, ablehnte. Sie teilte sich mit ihm das Bier, das er stattdessen wünschte zu trinken. Für sie galt es, seine gesprächige Laune nicht zu verderben.

Auch Knutsen schien an einem friedlichen Abend interessiert zu sein, denn es passierte, womit sie am wenigsten gerechnet hatte: Knutsen steckte sich das erste Mal, seit sie sich kannten, eine Gabel voll von ihrem Essen in den Mund, ohne schon von vornherein einen vernichtenden Kommentar abgegeben zu haben. Erst war sie sprachlos, dann nahm sie es hin. Ob es daran lag, dass er selbst beim Kochen mitgeholfen hatte? Doch sie bemerkte etwas anderes: Seine friedliche Stimmung löste etwas Seltsames bei ihr aus: Eine wohlige Zufriedenheit ergriff sie, sodass sie sogar seufzen musste, bevor sie selbst in das auf einem frischen Salatbett angerichtete, herrlich duftende Soufflé stach. Und da sie fand, dass das Essen ausgezeichnet schmeckte, seufzte sie gleich noch einmal.

Es war das offene Gespräch über Kamilla Lasdorf und ihren Sohn sowie die gelungene gemeinsame Mahlzeit, die Margreta wenig später hoffen ließ, dass Knutsen ihr Einblicke in die restlichen Ermittlungen im Mordfall Kunkelbein gab. Immerhin waren da noch die Geschwister Kunkelbein, über die sie reden könnten. Sie hatten mindestens genauso gute Gründe, sich an ihrem Vater zu rächen wie ihr Stiefbruder Mano Lasdorf. Annika Runde hielt Margreta allerdings nicht für eine Mörderin. Die, so fand sie, war viel zu labil. Ihr käme so eine Tat sicherlich nicht in den Sinn. Und dann die schwächliche Natur. Wie sollte das gehen? War Margreta nicht selbst die Schubkarre nach nur wenigen Metern umgekippt? Annika Rundes Bruder allerdings, Alwin Kunkelbein, der war stark genug. Der konnte so etwas sicherlich tun. Er erschien Margreta sehr verdächtig – insbesondere da Mano Lasdorf ein Alibi hatte. Margreta hatte Alwin Kunkelbein zwar nicht kennengelernt, aber sein Verhalten auf dem Friedhof sprach Bände für sie. Und genau dies wollte sie gern mit Knutsen diskutieren.

Sie hatte Knutsen selten in so friedlicher Stimmung erlebt. Sie hätte schwören können, dass er nicht nur das Essen, sondern auch den Abend genoss. Warum sonst war er mitsamt dem Pils, das sie ihm in die Hand gedrückt hatte, und den beiden Gläsern ungefragt vom Tisch zum Sofa umgezogen? Margreta war wirklich in ausgezeichneter Laune, als sie den Tisch ab- und die Küche aufräumte. Sie war sogar in so ausgezeichneter Stimmung, dass sie, als sie ins Wohnzimmer zurückkehrte, das Lied ›Dat du min Leevsten büst‹ ertrug, das er mal wieder vor sich hin summte. Und wenn sie ganz ehrlich war, dann fand sie, dass er eine schöne Bassstimme hatte. Sie war sogar ein bisschen traurig, als er sein Summen einstellte, als sie neben ihm Platz nahm.

»Wie geht es eigentlich Annika Runde?«, fragte sie, um endlich auf das Thema, was sie den ganzen Abend interessierte, zu kommen. »Es gibt jede Menge zu tun für sie, auch jetzt noch, nach der Beerdigung. Kunkelbeins Wohnung und sein Gartengrundstück müssen geräumt werden.« Sie lehnte sich gemütlich zurück und stellte sich auf eine lange Zeit des Zuhörens ein. Umso enttäuschter war sie, als seine Antwort kurz und knapp ausfiel.

»Frau Runde ist heute Mittag abgereist!«

»Aber wieso das?«

»Für Frau Runde ist es das Beste, wenn sie nach Hause fährt. Es war der Rat ihres Arztes. Er hat ihr dringend ihre gewohnte Umgebung empfohlen.«

Das konnte Margreta gut verstehen. »Ach, die arme Frau. Auch wenn sie Grund genug hatte, ihren Vater zu verachten. Dass er ermordet wurde, das ist wirklich schrecklich!«

Knutsen stimmte ihr brummend zu.

»Und dann ausgerechnet vom eigenen Bruder!«

Knutsen sah sie irritiert an. »Wie kommst du darauf?«

»Ich dachte, er sei tatverdächtig?«

»Quatsch!«

»Was heißt hier Quatsch? Das war sogar in den Nachrichten!«

»Das wurde schon lange widerrufen. Hast du das nicht gehört?«

Sie schüttelte den Kopf. »Aber wer soll es sonst gewesen sein? Vorhin hast du gesagt, Mano Lasdorf hat ein Alibi. Also ist es doch klar, wer übrig bleibt!«

Knutsen lachte auf. »Das ist wirklich gut!« Dann schüttelte er den Kopf. »Tut mir leid, aber so funktioniert mein Beruf nicht. Ich kann doch nicht den Mörder bestimmen, indem ich Reise nach Jerusalem spiele. Wer zuletzt kein Alibi hat, ist der Mörder!«

Margreta war empört. »Und was ist mit der Sache auf dem Friedhof?«

»Welche Sache auf dem Friedhof?« Er rückte zu ihr herum und sah sie eindringlich an.

»Am Grab! Er hat das Grab beschimpft! Seinen Vater! Ich war zufällig dort und habe es mitbekommen.«

Knutsen kniff die Augen zusammen. »Was genau hat er gesagt?«

»Dass er endlich bekommen hat, was er verdient hat!«

Knutsen dachte kurz nach, dann nickte er. »Ja, das hat er mir auch erzählt. Seine Wut auf seinen Vater ist so groß, die wird ihm wahrscheinlich für sein ganzes Leben reichen. Aber dennoch, er hat seinen Vater nicht umgebracht.«

»Und warum nicht?«

»Na, weil er ein stichfestes Alibi hat. Er war definitiv in Frankfurt, als der Mord passiert ist, es gibt gleich mehrere Zeugen. Er arbeitet am Flughafen.«

Margreta sprang auf. »Das gibt es doch nicht! Er auch? Und wer war es dann? Hast du noch mehr Verdächtige?«

Knutsen rieb sich erst die Augen, dann sah er sie lange an. Schließlich schüttelte er den Kopf. »Nein, tut mir leid, ich habe schon viel zu viel gesagt. Solange die Ermittlungen laufen, kann ich dir nichts erklären. Am besten ist, ich gehe jetzt nach Hause!«

Jetzt hatte Margreta genug mit ihrer Zurückhaltung. »Aber bei Frau Lasdorf durfte ich dir behilflich sein, ja?«

Er sah sie mit zusammengekniffenen Augen an. »Ausnahmsweise kam es mir gelegen, dass du herumgeschnüffelt hast, ja!« Dann schob er sie zur Seite, sodass er zur Tür gehen konnte.

Das saß! Margreta war mehr als gekränkt. »Ich schnüffle nicht herum! Das habe ich dir schon einmal gesagt!«

Er knurrte nur zur Antwort, dies allerdings laut und vernehmlich. Dann schnappte er sich sein Jackett vom Garderobenhaken. Als er die Haustür hinter sich zuziehen wollte, hielt Margreta sie fest, was ihn dazu brachte, sie loszulassen. Eilig lief er den Weg zur Straße entlang, wo sein Auto parkte.

»Ich hoffe, dir hat wenigstens das Essen geschmeckt!«, schrie sie ihm hinterher.

Knutsen blieb kurz stehen. Ohne sich umzudrehen,

rief er zurück: »Wo du es erwähnst: Es hätte ruhig mehr Fleisch drin sein dürfen!«

Margreta knallte wütend die Haustür zu.

# KAPITEL 16

Als am nächsten Vormittag jemand an ihrer Tür klingelte, lag Margreta noch im Bett. Ihr kam es so vor, als hielte ihr jemand die Klingel direkt ans Ohr. Sie schlug deshalb um sich, doch das Klingeln hörte nicht auf. »Was ist denn los?«, rief sie unwirsch. Es wollte ihr nicht gelingen, den Ton zu ignorieren. Sie schlug die Bettdecke zurück und manövrierte sich mit großer Anstrengung aus dem Bett. Der Wecker zeigte elf Uhr. »Ist ja mitten in der Nacht!«

Das Stehen, das war ihr klar, war ihr gestern viel leichter gefallen. Ihr Kopf fühlte sich an, als sei er mindestens doppelt so schwer. »Au weia!«, sagte sie und hielt sich vorsichtshalber den Kopf fest. Mit mehr geschlossenen als offenen Augen wankte sie die Treppe herunter und auf die Tür zu. Als sie sie geöffnet hatte, schlug ihr nicht nur herrlichster Sonnenschein, sondern auch ein nahezu unerträglich gutgelauntes »Hallo! Hier kommt die Hochzeitsüberraschung!« entgegen.

»Waaas?«, war das einzig Kluge, was Margreta darauf antworten konnte.

»Ja, gutes Mädchen! Was ist denn mit dir passiert?«, Valerie schob ihre Freundin in den Hausflur hinein.

»Frag nicht!«, sagte Margreta und presste sich ihre Hände an die Schläfen, in der Hoffnung, damit das Brummen in ihrem Schädel ausschalten zu können. Im Wohnzimmer ließ sie sich auf das Sofa fallen und rutschte soweit herunter, dass ihr Kopf von der Sofalehne gestützt wurde. Ergeben nahm sie zur Kenntnis, dass ihre Freundin sich neugierig umsah. Und dass sie eins und eins zusammenzählen konnte, wenn sie die beiden Biergläser und den leeren Dekanter sah – das traute ihr Margreta selbst mit Kater zu.

Valeries Reaktion kam prompt. »Du hast ja eine Party gefeiert. Ohne mich!« Sie grinste Margreta an. »Und? Wo ist er? Noch oben?«

»Lass mich bloß in Ruhe!«, murrte Margreta und drehte sich zur Seite, sodass ihr Kopf auf eines der Sofakissen fiel. »Hier ist kein *Er*!«

Valerie hatte beide Biergläser angehoben und daran geschnüffelt. »Was dann? Ein Glas für Bier und eins für Wein? Ist das dein neuer Stil?«

»Wenn es danach aussieht!«, sagte Margreta ergeben und schloss die Augen.

»Also, wenn ich ehrlich bin, sieht es ganz und gar nicht danach aus. Eher nach einer herben Enttäuschung! Ich hoffe, er ist den Brummschädel wert?«

Ein Kissen flog vom Sofa zu Valerie. Die fing es auf und lachte. »Ich glaube, du stellst dich mal unter die Dusche!« Und damit zog sie Margreta vom Sofa hoch und schob sie aus dem Wohnzimmer hinaus. »Und dann, meine Liebe, will ich alles hören!«

Die Dusche tat Margreta tatsächlich gut, hinterher fühlte sie sich bedeutend besser. Und der frisch gebrühte Kaffee, mit dem Valerie sie am Küchentisch erwartete, tat sein Übriges.

Margreta erzählte Valerie alles, was sich seit ihrer Abfahrt ereignet hatte. Über den Mord und der Leiche in ihrem Kräutergarten. Von den Verdächtigen, die sich allesamt von Knutsens Liste verabschiedet hatten. Und von ihrer Angst, dass der Mörder der gleiche sein könnte wie der Fahrraddieb. Einzig mit ein paar »Das glaube ich ja nicht!« und »Das darf doch nicht wahr sein!« mischte Valerie sich in die Erzählung ein, ansonsten hörte sie sprachlos zu. Es wurde mit der Zeit immer mehr Kaffee gekocht und zur Mittagszeit etwas Toast mit Rührei verdrückt. Als Margreta am Ende ihrer Erzählung angelangt war, bemerkte sie, dass es gut getan hatte, sich alles von der Seele zu reden. Und am Ende war ihr klar, dass es nur eine Lösung für den Mordfall geben könnte: Irgendetwas stimmte mit dem Alibi von Mano Lasdorf nicht!

Valerie sah das genauso. Als Margreta fertig war, trommelte sie mit ihrem Zeigefinger auf den Tisch. »Margreta, Margreta! Das verstehe ich nicht! Was, in Gottes Namen, machst du hier? Anstatt, dass du dich gestern für die Variante Wein aus dem Bierglas entschieden hast, hättest du lieber die Adresse der Dame Lasdorf heraussuchen sollen!«

Margreta konnte ihrer Freundin nicht ganz folgen. »Frau Lasdorf? Aber warum?«

»Tssss«, machte Valerie und schüttelte den Kopf. Ratlos zerrte Margreta das Telefonbuch zwischen den Kochbüchern aus dem Küchenregal heraus, wo es seit Jahren seinen Stammplatz hatte. Dann warf sie es Valerie hin.

Die starrte es entsetzt an. »Das ist ja von 2003! Hast du kein neueres?«

Margreta zuckte mit den Schultern. »Steht doch sowieso immer das Gleiche drin!«

»Na, das hoffe ich!« Die Seiten flogen, als Valerie rasend schnell durch die dünnen Seiten blätterte. »Wie sagtest du, heißt sie mit Vornamen?«

»Kamilla«, sagte Margreta, die sich gerade eine Kopfschmerztablette aus dem Küchenschrank holte. Als sie sie mit einem Schluck Wasser aus dem Küchenhahn heruntergeschluckt hatte, klappte Valerie das Telefonbuch zu. »Es gibt nur eine Kamilla Lasdorf, und zwar in der Fregattenstraße. Na, also!«

Margreta ließ sich auf den Stuhl fallen. »Ehrlich gesagt verstehe ich nicht, was ich da soll. Ich kann sie kaum fragen, ob sie nicht auch denkt, dass ihr Sohn der Mörder ist.«

Valerie beugte sich zu ihr hinüber. »Natürlich nicht. Aber du sagst, dass sie dir auf eine gewisse Art mehr vertraut als zum Beispiel deinem Kommissar Knutsen.«

»Er ist nicht mein Kommissar!«, grummelte Margreta.

»Jaja.« Valerie wischte ihren Einwand mit einer Handbewegung weg. »Jedenfalls wäre es möglich, dass sie dir etwas erzählt, was sie bislang noch keinem erzählt hat. Und vielleicht findest du irgendetwas heraus. Vielleicht … ja vielleicht ist ihr Sohn mit Marjolein zur Schule gegangen. Was weiß ich. Irgendeine Verbindung muss es doch geben!«

Margreta starrte sie an. »Vielleicht hast du recht!«

In dem Moment klingelte das Telefon. Marjolein war dran. »Mama! Du hast Simone noch nicht die Datei mit den Namen unserer hessischen Verwandten gegeben! Sie hat gerade bei mir angerufen und sich beschwert! Die neuen Einladungen sind da und müssen dringend raus, die Hochzeit ist doch nächstes Wochenende!«

»Ach du meine Güte, ja!« Margreta rieb sich mit dem Handballen die Stirn. »Ich hab's vergessen, mein Schatz. Tut mir leid, ich mache es gleich!«

Als Margreta feststellen musste, dass sie die Datei gelöscht hatte – jedenfalls konnte sie sie nicht mehr auf ihrer Festplatte finden, blieb ihr nichts anderes übrig, als eine neue anzufertigen.

Valerie bot ihr an, ihr zu helfen. »Bei deiner Verfassung dauert das sonst eine Ewigkeit!«

Margreta nutzte die Gelegenheit, Valerie in Sachen Simone auf den neuesten Stand zu bringen. Gemeinsam setzten sie sich in Margretas Arbeitszimmer.

Margreta hatte sich bald in Rage geredet. »Sie ist so … so … so mütterlich!«

»Sie bekommt ja auch eine Tochter. Ist doch klar. Aber du dafür einen Sohn. Nimm es nicht so schwer, Marjolein wird damit umgehen können!« Valerie tippte die Adressen in eine Tabelle auf Margretas Laptop.

»Ach, du hast gut reden«, seufzte Margreta. »Deine Tochter ist schon lange verheiratet!«

»Erst ein halbes Jahr …«

»Sag' ich ja!«, sagte Margreta.

Als sie gemeinsam das Adressbuch durchforstet hatten und alles in den Computer getippt war, stellten sie fest, dass einige Adressen unvollständig waren. »Ich glaube, die hat Marjolein zugefügt. Mist!« Dann überlegte sie. »Warte mal. Damals zu Marjoleins Taufe hatte ich auch so eine Liste gemacht.« Margreta stand auf. »Wo habe ich die nur?«

»Marjoleins Taufe?«

»Hmm«, bestätigte Margreta, während sie ratlos auf ihren Schreibtisch starrte.

»War die nicht in Frankfurt? Als Marjolein, lass mich überlegen, ein halbes Jahr alt war?«

»Ja, genau«, sagte Margreta, während sie einen Ordner halb aus dem Regal zog, um ihn gleich darauf kopfschüttelnd zurückzuschieben.

»Seitdem bist du zweimal umgezogen!«

»Hmm.« Margreta öffnete eine Schublade und holte eine metallene Kiste heraus. Sie schüttelte sie, dann schaute sie hinein.

»Margreta!« Valeries Ton klang warnend.

»Was ist?«

»Das ist fast ein Vierteljahrhundert her. In der heutigen Zeit gibt es Internet!«

Margreta starrte Valerie an. »Du meinst, meine 85-jährige Tante Ria steht im Internet?«

»Oh Margreta! Trink nie wieder Bier und Wein zusammen. Das bekommt dir wirklich nicht!«

Eine halbe Stunde später hatten sie alle Adressen zusammengesucht und per E-Mail an Simone geschickt.

Margreta wusste, nun stand dem Besuch bei Frau Lasdorf nichts mehr im Wege, weshalb sie nervös wurde. Sie hätte gern gehabt, dass Valerie sie begleitet, doch beiden war klar, dass das der Sache nicht zuträglich war. »Sie vertraut dir! Wer weiß, vielleicht sagt sie gar nichts, wenn ich dabei bin«, sagte Valerie, und Margreta gab ihr recht.

»Aber ich fahre dich hin! Und dann statte ich Marjolein einen Besuch ab und hole dich ab, wenn du dich meldest. Ich bin schließlich neugierig.«

»Na gut«, sagte Margreta und sah dabei gar nicht glücklich aus. Das änderte sich in dem Moment, als erneut das Telefon klingelte. Froh über den Aufschub trällerte sie fröhlich »Hier bei Mai« ins Telefon.

Es war Ilwa Steenkamp. »Frau Mai, entschuldigen Sie bitte die Störung. Herr Meerbusch hat mir Ihre Nummer gegeben. Ich rufe aus folgendem Grund an: Ich habe gehört, Sie suchen ein geliehenes Schmuckstück für die Hochzeit Ihrer Tochter Marjolein? Und ich habe gehört, dass Sie dabei an mich gedacht haben. Ich möchte Ihnen zuallererst sagen, wie sehr mich das freut!«

Als Zweites erfuhr Margreta, dass Frau Steenkamp ein Paar Perlenohrringe besaß, die sie Marjolein sehr gern leihen wollte. »Ich weiß nur nicht, ob Ihre Tochter Ohrlöcher hat. Und ob sie überhaupt Perlen tragen möchte.«

Margreta war begeistert. »Natürlich nehmen wir sie!«

Frau Steenkamp gab zudem zu bedenken, dass sie erst kurz vor der Hochzeit wieder in Lübeck sei.

»Aber ich werde Herrn Meerbusch die Ohrringe geben, sobald ich da bin.«

Nachdem Margreta Valerie aufgeklärt hatte, worum es ging, griff sie erneut zum Telefon. »Das muss ich sofort Marjolein erzählen!«

»Das mache ich«, sagte Valerie und nahm Margreta das Telefon ab. »Du hast jetzt etwas anderes zu tun.«

Als Margreta zum Flur ging, um sich die Schuhe anzuziehen, folgte ihr Valerie umgehend. »Denkst du etwa, dass ich abhaue?«

»Ich weiß nicht, was ich heute über dich denken soll. Irgendwie ist dir heute der Leo abhandengekommen!«

»Ist ja auch eine Menge passiert«, grummelte Margreta, während sie mit zittrigen Händen ihre Schuhe band. Es stimmte – als sie noch als ›de Kall un de Leo‹ ihr Unwesen trieben, hatten sie vor nichts Angst. Sie konnte sich selbst nicht erklären, wo ihr Mut geblieben war.

Just in dem Moment, in dem sie das Haus verlassen hatten und Margreta die Haustür zuziehen wollte, klingelte das Telefon erneut. Im Nu hatte Margreta die Tür wieder aufgestoßen. Es war für sie keine Frage, dass sie dieses Gespräch annahm. Knutsen war dran. Das gefiel ihr nicht, doch eine Gelegenheit war eine Gelegenheit, und eine gute sollte man nicht verstreichen lassen, fand Margreta.

»Was willst du?«, fragte sie.

»Ähm. Der Anzug, Margreta. Da wäre noch die Sache mit dem Anzugkauf.«

»Ach, der Anzug. Ja.« Margreta achtete darauf, dass sie kurz angebunden klang, sodass Knutsen gleich bemerken konnte, dass sie noch nicht wieder versöhnt war. Gleichzeitig wollte sie nicht zu kurz angebunden klingen, damit das Telefonat nicht zu schnell zu Ende ging.

»Also, ich weiß nicht, ob du überhaupt … Zeit hättest.«

»Ich? Zeit?« Sie zog die Worte lang, während sie erst zu Valerie schaute, die sie misstrauisch musterte, dann auf ihre Uhr, die kurz nach drei Uhr zeigte. »Also, Zeit habe ich schon.«

Valerie schüttelte den Kopf.

»Also, nicht jetzt sofort, meine ich«, verbesserte sich Margreta.

»In einer Stunde? Ich könnte dich abholen. Du bist in Wulfsdorf?«

»In einer Stunde?«, wiederholte Margreta. Valerie schüttelte den Kopf. »Nein, in einer Stunde kann ich nicht.«

»Ja, wann dann? Sag du doch was!«

Margreta drehte sich weg, um Valerie nicht mehr sehen zu müssen. »Sagen wir, um fünf? In der Ziegelstraße, Höhe Schwimmbad?«

»Wieso denn dort? Was machst du in der Ziegelstraße? Gehst du schwimmen? In der kurzen Zeit?«

»Ja«, log Margreta.

Sechs Klingeln gehörten zu dem linken der drei Mehrfamilienhäuser, die versetzt nahe einem Gehölzrand standen. Auch sonst wirkte die Wohnsiedlung mit mehreren Bäumen sehr idyllisch. Nur das entfernte Brummen des Verkehrs auf der naheliegenden Autobahn störte Margreta etwas. Die einheitlichen Namensschilder aus Edelstahl glänzten in der Nachmittagssonne. Den Namen Lasdorf gab es zweimal. Margreta probierte erst den unteren Knopf, und als keiner darauf reagierte, den oberen, doch auch dieses Klingeln blieb unbeantwortet. Als sie überlegte, ob sie bei den Nachbarn klingeln und sich so Einlass verschaffen sollte, öffnete sich die Haustür und eine Dame im mittleren Alter kam heraus.

»Guten Tag«, sagte Margreta.

»Tag!«, erwiderte die Dame im Vorbeigehen.

»Entschuldigung. Wissen Sie zufällig, ob Frau Lasdorf zu Hause ist?«

»Haben Sie geklingelt?«

Margreta nickte.

»Eigentlich müsste sie da sein. Sie ist immer da. Probieren Sie es mal bei der Familie Lasdorf. Die wohnt im zweiten Stock. Vielleicht ist sie oben.«

»Dort habe ich auch schon probiert.«

»Dann macht sie wieder nicht auf. Das kennen wir. Klopfen Sie mal an das Küchenfenster.« Die Frau nickte zum Fenster links der Eingangstür und verschwand Richtung Garagen.

Vielleicht hatte Frau Lasdorf sie wirklich überhört. Doch deshalb ans Fenster klopfen? Warum sollte sie es nicht erst an der Wohnungstür probieren? Leider war die Haustür ins Schloss gefallen. Margreta rüttelte einmal daran, doch sie blieb verschlossen. Margreta klingelte erneut bei Kamilla Lasdorf und schließlich, weil sie sich keinen anderen Rat wusste, bei allen Hausbewohnern. Aber es blieb dabei, niemand öffnete ihr. Sie trat einen Schritt zurück, schaute an der weißgestrichenen Hauswand entlang zu dem Fenster, auf das die Frau gezeigt hatte. Sollte sie wirklich so aufdringlich sein und dort klopfen? Wenn Frau Lasdorf nicht aufmachen wollte, war das ihr gutes Recht. Aber war es nicht Margretas gutes Recht herauszufinden, wer ihr die Leiche in den Kräutergarten gelegt hatte?

Sie klopfte erst zaghaft, dann lauter. Schließlich stellte sich Margreta auf die Zehenspitzen, um ins Fenster zu schielen, doch eine Bistrogardine mit aufgedruckten Stiefmütterchen verwehrte ihr den Einblick ins Zimmer. Was sie jedoch erkennen konnte, war ein schwaches Licht unterhalb der Dunstabzugshaube, das die beigen Fliesen darunter in gelbliches Licht tauchte.

Dann ist sie tatsächlich da, dachte sich Margreta. Sie klopfte noch einmal gegen das Fenster, doch es tat sich nichts.

Sie sah auf die Uhr. Es war erst halb vier. Knutsen würde erst um fünf zur Ziegelstraße kommen. Und Valerie war sicherlich noch nicht einmal bei Marjolein angekommen. Wenn sie sie anrief, dann würde sie ihr nicht glauben, dass sie alles versucht hatte.

Margreta seufzte. Was hatte Valerie gesagt, sie habe das Gefühl, Margreta wäre der Leo abhandengekommen?

»Na, dann mal los!«, sprach sie sich laut Mut zu und schielte erst um die Hausecke, dann folgte sie den Betonplatten rund ums Haus.

Es schloss sich ein freies Grünstück an, über dessen Länge sich Wäscheleinen an Eisenpfählen spannten. Die Rückseite des Hauses wies Balkone für jede Wohnung aus. Die beiden Wohnungen des Erdgeschosses besaßen allerdings eine Terrasse, die etwas höher lag als das Rasenstück und mit einer Ligusterhecke abgegrenzt war. Über zwei Betontrittstufen konnte man vom Rasenstück aus auf die Terrassen kommen.

Margreta wagte sich eine der Stufen hoch, um auf Frau Lasdorfs Terrasse sehen zu können. Sie lag verlassen da, ein dunkelgrüner Gartentisch aus Plastik stand unterhalb des Wohnzimmerfensters, das mit der Terrassentür zusammen die ganze Breite einnahm. Neben dem Gartentisch standen mehrere Gartenstühle im gleichen Grünton übereinandergestapelt. Auf der obersten Sitzfläche hatte sich Dreck gesammelt. Ein vertrockneter Blumenstock in einem großen braunen Terrakottatopf stand ebenfalls unter dem kurzen Vordach. Hier hatte noch niemand die ersten Frühlingsstrahlen genossen, dachte Margreta.

Sie nahm die letzte Stufe und stand ganz auf der Terrasse. Eine Gardine versperrte zwar die Sicht durch das breite Fenster, doch an der Terrassentür war sie ein Stück zur Seite gezogen. Als Margreta an der Tür drückte, gab sie nach. Die Wärme, die ihr aus dem Spalt entgegenschlug, trug einen warmen, muffigen Geruch mit sich. Sie schob die Tür ein Stück weiter auf.

»Frau Lasdorf?«, rief sie ins Wohnzimmer.

Als niemand antwortete, ging sie rein.

Eine lindgrüne Sofagarnitur auf einem großen, buntgeknüpften indischen Teppich beherrschte das Wohnzimmer. Geknüpfte Kissen mit Blumenmotiven lagen in den Ecken. Die Wände zierten Öldrucke in braunen Rahmen. Allerlei Nippes stand auf den Ablageflächen der Kommoden und Beistelltischchen, ein paar Bilderrahmen zeigten die junge Familie Lasdorf. Auf dem länglichen Wohnzimmertisch stand eine Plastikblumendekoration, die einst leuchtenden Farben vom Sonnenlicht ausgebleicht, daneben ein kleiner Zeitungsstapel, zuoberst die gültige Hörzu. Die Heizung bollerte, und irgendwo lief Schlagermusik. Margreta wagte sich weiter ins Zimmer hinein. »Frau Lasdorf? Hallo? Ich bin es, Margreta Mai. Aus der Kleingartensiedlung.«

Margreta sah ratlos um sich. Auf einem staubigen Wandregal standen verschiedene Kerzenleuchter, teils mit angebrannten Kerzen bestückt. Dazwischen ein Bilderrahmen mit einem blondgelockten Jungen: Mano Lasdorf als Schulkind. In einem anderen Bücherregal stand eine Lexikon-Gesamtausgabe in weinrotem Kunstlederumschlag. Eine Staubschicht bedeckte alles.

Margreta ließ das Wohnzimmer hinter sich. Die Musik wurde im Flur nur unwesentlich lauter, der senffarbene Teppich dämpfte den Ton. Doch Margreta war sich sicher, dass sie aus dem Zimmer zur Linken kam. Die Tür war geschlossen. Bevor sie sich zum

Anklopfen entschließen konnte, ging sie weiter. Die erste Tür rechts stand offen, sie führte ins Badezimmer. Margreta steckte den Kopf durch die Tür. Eine hellblaue Badezimmergarnitur zierte die in Brauntönen gehaltene Badezimmereinrichtung. Hinter dem Bad lag die Küche, in die sie schon von draußen versucht hatte reinzuschauen. Dunkle Eichenfronten schluckten das Licht und ließen den Raum beengt wirken. Vor dem Fenster mit der Bistrogardine stand ein kleiner Esstisch für zwei Personen. Margreta ging in den Raum und schaltete das Licht über dem Herd aus, das sie von draußen hatte brennen sehen.

Schließlich fasste sie sich ein Herz und trat vor die geschlossene Tür, aus der die Musik kam. Schenk mir dein Herz für immer. Das Lied, in dem der junge Mann mit der sanften Stimme um das Herz seiner Angebeteten flehte, hatte erneut begonnen. Margreta klopfte mehrfach, doch niemand rührte sich. Sollte sie gehen? Was würde Valerie ihr raten? Margreta seufzte, griff nach dem Türgriff und stieß schließlich beherzt die Tür auf. Dann stieß sie einen Schrei aus.

Der Raum war abgedunkelt, Kamilla Lasdorf lag auf ihrem Bett. In dem weißen Kleid, dem Blumenkranz im Haar und dem Strauß in der Hand sah sie aus wie eine Braut. Ihr blondes Haar, ausnahmsweise nicht zum Knoten gezogen, sondern glatt gebürstet, schmiegte sich um ihr Gesicht. Sie war geschminkt, ihr roter leuchtender Lippenstift glänzte im Schein der zwei Lampen, die links und rechts von ihrem Kopfende standen und eine Kerzenform hatten und auch wie Kerzen flackerten. Ihre Lider, mit weißem Lidschatten bepudert und die Wimpern mit Mascara betont, hielt sie geschlossen. Ihr Mund war zu einem Lächeln verzogen. Sie wirkte außerordentlich glücklich.

»Mein Gott, Frau Lasdorf!«, rief Margreta erschrocken aus. Sie machte einen Schritt in den Raum.

Im nächsten Moment hörte sie schnelle Schritte auf dem Flur. Jemand betrat hinter ihr das Zimmer.

»Halt!«, befahl eine dröhnende Männerstimme.

In dem Moment surrte der CD-Spieler auf der Fensterbank. Für einen Moment blinkte das Display, dann leuchtete die Zahl Drei auf und die sanfte Stimme bat erneut darum, was er sich von seiner Angebeteten am meisten erhoffte. Schenk mir dein Herz für immer.

# KAPITEL 17

Knutsen war als Erster am Bett. Margreta beobachtete, wie er seine Hand an Kamilla Lasdorfs Halsschlagader legte und sich über ihr Gesicht beugte. Dann holte er sein Handy heraus. »Kommissar Knutsen hier. Einen Notfallwagen in die Fregattenstraße 98, Kamilla Lasdorf. Suizidversuch. Die Frau ist nicht mehr bei Bewusstsein.« Knutsen rannte um das Bett herum und riss die Pillenpackung hoch, die dort neben einer Flasche Wodka stand. »Wahrscheinlich Tabletten mit Alkohol. Schnell.«

»Sie lebt noch?«, fragte Margreta leise. Sie war inzwischen dichter ans Bett getreten.

Knutsen nickte, dann rüttelte er an den Schultern der Frau. »Hallo? Frau Lasdorf?« Doch es kam keinerlei Reaktion. Und während er weiter Erste Hilfe leistete, bat er Margreta, draußen nach dem Notarzt zu sehen. »Ich hoffe, sie kommen gleich. Es ist höchste Zeit.«

Während sich wenig später das Rettungsteam um Frau Lasdorf kümmerte, hatte Margreta auf Bitte von Knutsen im zweiten Stock geklingelt, aber bei Familie Lasdorf war immer noch keiner zu Hause. Margreta hatte daraufhin auf den Treppenstufen am Eingang gewartet. Sie wollte in der Wohnung nicht im Weg sein.

Als der Rettungswagen abfuhr, kam auch Knutsen heraus. »Was dagegen, wenn wir den Anzugkauf mal wieder verschieben? Wir hätten da, glaube ich, eine Kleinigkeit zu besprechen!«

Danach sagte Knutsen kein Wort mehr. Sowohl nicht während der Fahrt zum Behördenhochhaus noch auf ihrem Weg mit dem Fahrstuhl in den siebten Stock. Während in Knutsens Wagen zumindest eine Shanty-CD für Unterhaltung gesorgt hatte, gab es im Fahrstuhl nichts dergleichen. Knutsens Schweigen fühlte sich für Margreta unerträglich an. Erst vor dem Getränkeautomaten im Flur richtete er wieder ein Wort an sie. »Auch Kaffee?«

Margreta nickte, und Knutsen steckte eine Guthabenkarte in den dafür vorgesehenen Schlitz.

»Mit Milch? Oder ohne? Gewürze ham wir jedenfalls nicht im Programm.«

»Mit Milch. Danke.« Tatsächlich freute es sie, dass er schon wieder seine Späße mit ihr trieb, auch wenn der ernste Gesichtszug um seinen Mund blieb. Und der verschwand auch nicht, als sie sich zum zweiten Mal in seinem Büro gegenübersaßen.

Knutsen nippte an dem Pappbecher, dann stellte er ihn neben dem Bilderrahmen mit dem Foto von Marjolein und Ole ab. Anschließend holte er eine Plastiktüte aus seiner Jackentasche hervor. In dem Moment kam Fink herein.

»Tach Chef. Ich dachte, Sie sind 'nen Anzug kaufen?« Dann nickte er Margreta zur Begrüßung zu. »Oder ham Sie etwa schon Erfolg gehabt?«

»Leider nicht. Ist uns was dazwischengekommen. Ich hoffe, ich kriege noch einen Anzug. Langsam wird's eng!« Ein kurzes Grinsen flog über sein Gesicht, dann war es auch schon wieder weg. »Ich bin jedenfalls nur bis zur Fregattenstraße gekommen. Denn stell dir vor, Fink: Frau Mai war mal wieder zur rechten Zeit am rechten Ort. Wäre sie nicht ausgerechnet heute Nachmittag auf die Idee gekommen, Frau Lasdorf zu besuchen, hätte die ganz sanft ihrem Tode entgegenschlummern können. Doch nun hat Frau Mai ihr das Leben gerettet.«

Fink sah anerkennend nickend zu Margreta, die dieses nicht einmal bemerkte. Sie hatte schwer an Knutsens Ironie zu knabbern.

»Frau Lasdorf wollte sich umbringen!«, wiederholte Fink, der offenbar jetzt erst begriff.

Knutsen seufzte. »So sieht es zumindest aus. Was sie darüber denkt, steht vielleicht in dem Brief hier.« Knutsen wies auf die Plastiktüte, in der ein Umschlag steckte. »Könntest du Kopien davon und von dem Foto, das auch da drin ist, machen?«

Fink nickte und verschwand mit den Originalen.

Margreta beugte sich vor. »Warum warst du dort? Es war noch lange nicht fünf. Und außerdem hatten wir uns dort gar nicht …«

»… verabredet?«, fiel Knutsen ihr ins Wort, ohne sie dabei anzusehen. »Nein, das stimmt.« Er hob den Kaffeebecher, nahm einen Schluck und stellte ihn wieder ab. »Es kam mir komisch vor, dass du in so kurzer Zeit Schwimmen gehen wolltest. Du wärst kaum nass gewesen, da hättest du dich wieder umziehen müssen. Außerdem die Nähe zur Wohnung von Frau

Lasdorf. Knutsen, habe ich mir gedacht, du fährst mal hin und guckst. Und ich hatte gerade an der Fregattenstraße eingeparkt und zu Fuß den Weg zu den Wohnblocks eingeschlagen, da habe ich dich gesehen. Wie du auf Zehenspitzen ins Küchenfenster geguckt hast. Und dann bist du hinter dem Haus verschwunden. Ich habe erst gewartet und gedacht, ich guck mal, die wird gleich wiederkommen. Sie ist zwar neugierig, aber sie tut doch nichts Verbotenes. Als du nicht wiederkamst, bin ich dir gefolgt. Mensch, Margreta! Was nur hat dich veranlasst, in die Wohnung zu gehen? Das ist Hausfriedensbruch!«

Margreta sah betrübt auf ihren Kaffeebecher, den sie in den Händen drehte. Knutsen hatte ja recht, das war nicht in Ordnung. »Die Nachbarin hat gesagt, sie wäre sicherlich da. Und da in der Küche das Licht brannte …«

»In der Küche brannte kein Licht!«

Sie sah hoch. »Doch! Ich habe es ausgemacht. Ich habe die Musik aus dem Schlafzimmer gehört und war mir sicher, sie hatte das Licht nur vergessen. Kostet doch alles Strom!« Doch da sie selbst einsah, dass es sie nichts anging, welches Licht Frau Lasdorf einschaltete und wann, fügte sie hinzu: »Tut mir leid. Ich habe nicht nachgedacht.«

Knutsen knurrte, was wohl eine Bestätigung sein sollte. Doch er war nicht zufrieden. »Also, was wolltest du da? Was wolltest du von Frau Lasdorf? Hast du von dem Selbstmordversuch gewusst?«

»Nein!« Margreta sprang auf. »Ich wollte nur mit

ihr reden. Ich wollte wissen, ob sie mir etwas erzählt. Irgendwas, was sie bisher noch keinem erzählt hat.« Sie setzte sich.

»Was denn? Ob sie im Lotto gewonnen hat? Oder schon mal nackt in die Wakenitz gesprungen ist?«

»Nein!«

»Was dann?«

Margreta stieß die Luft aus. »Na gut. Wegen Lasdorf. Ich frage mich, ob ich doch etwas mit ihm zu tun haben könnte. Er ist ungefähr so alt wie Marjolein. Vielleicht habe ich etwas vergessen und kenne ihn irgendwoher. Ich wollte ... Frau Lasdorf vertraut mir doch. Ich wollte es versuchen!«

»Ich habe dir aber gesagt, dass er ein Alibi hat.«

»Von seiner Frau, ja!« Margreta sah ihn mit funkelndem Blick an. »Und wenn sie für ihn lügt?«

In dem Moment kam Fink mit den Kopien herein. »Ich habe schon mal reingelesen. Sehr schön!«, sagte er.

*Mano!*

*Endlich! Dein Vater und ich sind nun zusammen, für immer! Ich danke Dir!*

*Ich danke Dir, dass Du immer an das Glück unserer kleinen Familie geglaubt hast. Dass Du mir immer zur Seite gestanden hast. Du hast immer Verständnis gezeigt für das Leben, das ich dir bot. Und hast mir gezeigt, wie unser Glück vollkommen werden kann.*

*Wenn nicht in diesem Leben, dann werden wir im nächsten eine Familie sein. Das hast du immer gesagt. Verzeih, dass ich Dir nicht vertraut habe.*

*Denn es stimmt. Als Manfred – Dein Vater – plötzlich von uns gegangen ist – allein –, war ich am Boden zerstört. Ausgerechnet an dem Abend, an dem er mir versprochen hatte, dass das Warten ein Ende haben würde. Ich habe gedacht, ich hätte Deinen Vater an dem Tag für immer verloren. Doch Du hattest recht, als Du sagtest: Ich habe ihn für immer gewonnen.*

*Vergiss die traurigen Tage, denn die sind endgültig vorbei! Dein Vater und ich, wir sind vereint. Und bald werden wir alle zusammen sein.*

*Wir warten auf Dich!*
*Ich bin so glücklich!*

*Deine Mutter*
*Kamilla*

Knutsen knurrte, nachdem er den Brief laut vorgelesen hatte. Seine Hand mitsamt Brief sank auf den Schreibtisch. »Was soll das bedeuten?« Er lehnte sich in seinem Schreibtischstuhl zurück und rieb sich über den Hinterkopf.

»Ist doch klar: Mano hatte mit seiner Mutter geplant, die ganze Familie ins Jenseits zu befördern«, schlussfolgerte Fink, der vor der geschlossenen Tür stand.

Knutsen wackelte langsam mit dem Kopf. Seiner Grimasse nach zu urteilen, die er dabei zog, war er nicht von Finks Meinung überzeugt. »Na na na, das ist aber ganz grob interpretiert! Ich gebe zwar zu, dass man das so sehen könnte. Aber auch ganz anders.«

»Und zwar?«, hakte Fink nach. Er lehnte sich seitwärts mit einem Schulterblatt gegen die Tür und verschränkte die Arme vor der Brust.

»So eine Floskel wie ›*Wenn nicht in diesem, dann im nächsten Leben*‹ hört man doch ab und zu. Er wollte sie vielleicht trösten, und sie hat was falsch verstanden.«

Fink zuckte mit den Schultern. »Möglich.«

»Aber sie dankt ihm doch!«, mischte sich Margreta ein. »Sie dankt ihm, dass er ihr den Weg gezeigt hat.«

Knutsen knurrte noch einmal. Dann schwang er sich in seinem Stuhl nach vorn und stand auf. Und während er im Büro hin und her lief, überlegte er laut: »Nehmen wir mal an, Mano Lasdorf und seine Mutter haben zusammen was ausgeheckt. Was war dann ihr Plan? Dass Vater und Mutter zusammen in den Freitod gehen? Warum sollte Kunkelbein da mitmachen? Im Falle Kunkelbein musste also auf alle Fälle nachgeholfen werden.«

»Wurde ja auch«, warf Margreta ein.

»Und warum ist sie ihm nicht gleich in den Tod gefolgt? Was ist da schiefgelaufen?« Knutsen kehrte zu seinem Stuhl zurück und ließ sich fallen. »Und noch dazu hat Kamilla Lasdorf nicht mit dem Tod Kunkelbeins gerechnet. So hat sie sich verhalten, und so steht es eindeutig in dem Brief. Ihr Plan war, sofern es ihn denn gegeben hat, dass sie gemeinsam gehen.«

»Vielleicht hatte Mano Lasdorf eine ganz andere Idee als seine Mutter. Eine, von der sie nichts wusste.« Fink kratzte sich an der Nase. »Vielleicht wollte er sie von Kunkelbein befreien. Die fixe Idee, sie könnten eine Familie werden, hat ihr ganzes Leben bestimmt. Und letztlich auch seins. Und als Lasdorf gemerkt hat, dass es seine Mutter ernst meinte mit dem Freitod, hat er gehandelt. Um sie nicht zu verlieren.«

»Vielleicht ist ihm Kunkelbeins Einladung dazwischengekommen«, schlug Margreta vor. Sie war aufgestanden und um den Tisch herumgegangen, um selbst einen Blick auf die Kopie des Abschiedsbriefes zu werfen. »Lasdorf hat Kunkelbein nie anders kennengelernt, als dass er ihn abgelehnt und mit seiner Mutter sein Spiel getrieben hat. Und auf einmal kommt die Einladung von Kunkelbein, und er verspricht, dass jetzt alles gut werden soll. Dass ihr gemeinsames Glück beginnen soll. Vielleicht hat Lasdorf Kunkelbein das späte Glück mit seiner Mutter nicht mehr gegönnt. Kunkelbein musste weg, damit er seine Mutter behalten konnte.«

»Hmm!« Knutsen lehnte sich in seinem Stuhl zurück und verschränkte die Arme hinter dem Kopf.

»Wir sollten auf alle Fälle Frau Lasdorf ins Gebet nehmen. Vielleicht fällt ihr ein, dass ihr Mann in der Mordnacht nicht in seinem Bett war, wie sie vorgibt. Denn solange er ein Alibi hat, helfen uns die schönsten Spekulationen nicht.«

Als Margreta ihren Blick vom Brief abwandte, fiel er auf die Kopie des Fotos. »Sind das etwa Kamilla Lasdorf und Manfred Kunkelbein? Da sind sie aber jung gewesen!« Das Foto zeigte die beiden während einer Partyszene. Zwischen mehreren tanzenden Paaren waren sie von dem, der die Aufnahme gemacht hatte, in den Fokus gerückt. Kunkelbein hielt Kamilla Lasdorf eng an sich gedrückt und beugte sich gerade zu ihr hinüber, als wollte er sie küssen. Sie lehnt sich jedoch mit dem Kopf zurück und lächelt ihn frech an.

Knutsen nahm die Kopie hoch. »Hier sehen sie tatsächlich verliebt aus!«, staunte er.

»Wie alt mag sie da sein? 20?«, fragte Margreta.

»Wie hieß dieses Lied, was da lief? In Frau Lasdorfs Schlafzimmer?«, fragte Knutsen.

Als Margreta ihm die Zeile nannte, die ihr im Kopf geblieben war, tippte er die Liedzeile in seinen Computer ein. »›Schenk mir dein Herz für immer‹. Das ist von 1969. Von Bernd Apitz. Die B-Seite von dem Charts-Hit ›Der Mondschein schien schon schön‹.«

»Aha …«, meinte Fink ratlos. »Nie gehört.«

»Schenk mir dein Herz für immer«, begann Knutsen zu singen und sah Fink dabei verliebt an. »Du sollst es nie bereuen …«

»Ist gut. Ist gut. Ich kenne es trotzdem nicht!« Fink hob abwehrend seine Hände in Richtung Knutsen.

Der grinste und brach seinen Gesang ab.

Fink schüttelte fassungslos den Kopf. »Ich hätte nicht gedacht, dass es 1969 solche Musik gab!«

»Wieso nicht?«

»Naja, 1969, da war Woodstock. Die Landung auf dem Mond! Das letzte Jahr der Beatles!«

»Und Heintje hatte mit ›Heidschi Bumbeidschi‹ einen Hit gelandet.« Knutsen schaute erst amüsiert auf den Bildschirm, dann wurde er ernst. »Jedenfalls würde es mich nicht wundern, wenn unser Paar auf dem Bild nach dem Lied vom Apitz getanzt hat. Ich denke, sie hat es nicht ohne Grund in der Endlosschleife laufen lassen.«

»Durchaus möglich!«, sagte Fink und nickte zustimmend.

Margreta hatte sich, während sich die beiden Männer über den Musikgeschmack der 60er Jahre ausgelassen hatten, die Kopie des Bildes genauer angesehen. Auf einmal stutzte sie. »Der Sombrero hier vorn. Seht mal. Erinnert er nicht an den Hut in meinem Garten? Auf Kunkelbeins Gesicht lag doch ein Sombrero, als ich ihn gefunden habe.«

Die beiden Männer beugten sofort ihre Köpfe über die Kopie. »Tatsächlich!«, sagte Knutsen. »Wo ist das Originalfoto, Fink?«

Fink holte die Plastiktüte mit dem Foto und legte sie auf den Schreibtisch. »Wenn man das Alter der Aufnahme berücksichtigt: Ja, könnte sein. Das Muster, meine ich, stimmt überein. Die Farbe ist natürlich verfälscht.«

»Schade, dass der Träger nur von hinten zu sehen ist«, meinte Margreta, die plötzlich ganz aufgeregt war, weil sie das Gefühl hatte, den Mann gefunden zu haben, den sie die ganze Zeit suchen.

Doch Knutsen versetzte dem sofort einen Dämpfer.

»1970 war die Fußballweltmeisterschaft in Mexiko. Eine Menge Leute trugen Sombreros. Jedenfalls bis zum Halbfinale Deutschland gegen Italien, das Italien nach einer spannenden Verlängerung leider vier zu drei für sich entschied.«

»Dann hat die Party also 1970 stattgefunden«, dachte Fink laut nach. Er hatte die Tür geöffnet, im nächsten Moment war er aus dem Raum. Wenig später kam er mit dem Beweisstück Nummer Neun, dem Sombrero aus dem Garten, zurück. »Hier ist der Hut. Es ist zumindest das gleiche Modell!«, meinte er, nachdem er das Foto mit dem Sombrero in der Plastiktüte verglichen hatte.

»Trotzdem. Es nützt nichts. Wie sollen wir den Träger des Huts ausfindig machen? Wir wissen nicht einmal, wer auf der Party war. Kunkelbein können wir nicht mehr fragen, und Kamilla Lasdorf liegt im Koma.« Knutsen sah nachdenklich auf das Foto.

»Und was wäre, wenn der Hut Kunkelbein selbst gehört hat?«, schlug Margreta vor. »Und der Hutträger sich den Hut von Kunkelbein ausgeliehen hat? Oder Kunkelbein besaß den gleichen? Der Mörder könnte den Hut in Kunkelbeins Gartenhaus gefunden und ihm aufgesetzt haben.«

»Das Labor hat bestätigt, dass die Haare, die im Hut gefunden wurden, von Kunkelbein stammen. Das stimmt«, sagte Fink nachdenklich.

»Er lag aber auf seinem Gesicht«, erinnerte Margreta.

»Vielleicht hatte er ihn vorher auf«, wischte Fink den Einwand fort.

Knutsen, der den Ideenaustausch der beiden schweigsam verfolgt hatte, richtete sich in seinem Stuhl auf und griff zum Telefonhörer. Und während er ihn zum Ohr führte, sagte er: »Wie auch immer. Wir sollten uns auf Mano Lasdorf konzentrieren.« Dann tippte er eine Kurzwahlnummer ein. »Jensen? Haben Sie die Familie Lasdorf schon erreicht? … Herr Lasdorf ist schon zum Krankenhaus. Das ist gut. Und Frau Lasdorf? … Noch besser. Fahren Sie zu ihr und überprüfen Sie bitte das Alibi ihres Mannes. Es könnte sein, dass sie nicht die Wahrheit gesagt hat. Fink und ich fahren derweil in die Uniklinik zu Mano Lasdorf.«

Dass ein Messer stumpf ist, merkt man spätestens, wenn man damit eine Tomate schneiden will. Wenn man, wie Margreta, sogar mehrfach von der Stelle abrutscht, an der man eigentlich in das saftige Fleisch schneiden möchte, dann ist ein Messer sogar sehr stumpf. Weit schlimmer als ein stumpfes Messer ist jedoch, wenn derjenige, der es benutzt, gar nicht wahrhaben will, dass es stumpf ist. Wenn der lieber zerquetschte Tomaten in Kauf nimmt, als sich mit dem Gedanken an ein Wetzmesser zu befassen. Am schlimmsten, so urteilte Valerie lautstark von ihrem Platz an Margretas Küchentisch im ›Radieschenheim‹ aus, von dem sie das ganze Drama um Messer, Tomate und Freundin beobachtet hatte, sei jedoch eine Superköchin, die sich mit einem stumpfen Messer abgab.

»Ich verstehe dich nicht. Was machst du da? Lass doch bitte die armen Tomaten in Ruhe!«

Wieder rutschte das Messer an der glatten Haut einer Tomate herunter, doch Margreta wusste gar nicht, was Valerie von ihr wollte. »Was hast du denn?«, fragte sie zerstreut, während sie das Messer erneut an der inzwischen schon tief eingedrückten Stelle ansetzte. Irgendwann gab die Haut nach und platzte, wie es schon bei allen anderen Tomaten zuvor passiert war. Und da es die letzte Tomate war, die Margreta schneiden wollte, ließ Valerie sie mit einem klagenden »Wo ist nur meine Margreta hin?« in Ruhe.

Wenig später roch es aus dem Topf auf dem Herd nach Zwiebeln und Knoblauch. Margreta kochte eine große Portion Tomatensoße auf Vorrat. Nachdem Mano Lasdorf nämlich vor drei Tagen als Tatverdächtiger festgenommen worden war und nun in Untersuchungshaft saß, hatte Margreta entschieden, das ›Radieschenheim‹ in der kommenden Woche aufzumachen. Was seine Mutter anging, die hatte die Tablettenaktion, wie Knutsen schon vorausgesagt hatte, überlebt, wenn auch mit den fürchterlichsten Nebenwirkungen. Sie hatte sich mit ihrer Aktion ein neues Zuhause in der Psychiatrie verschafft. Inwiefern sie mit dem Mord an Manfred Kunkelbein zu tun hatte, das wurde derzeit überprüft.

Mano Lasdorf hatte bislang nicht zugegeben, dass er seinen Vater umgebracht hatte, aber zumindest, dass sein Alibi falsch war, hatte Knutsen Margreta vertraulich erzählt. »Er hatte sich in so viele Ausreden verstrickt, dass er irgendwann zugab, in der Mordnacht tatsächlich nicht zu Hause gewesen zu sein, was seine Frau nach wie vor beteuert hatte. Wo er allerdings war, darüber schweigt er sich aus.« Knutsen hatte sie eindringlich darum gebeten, nichts von dem, was er ihr erzählt hatte, weiterzugeben. »Ich verlasse mich auf dich. Sprich nur über das, was es auch in der Presse zu hören oder zu lesen gibt!« Und dort gab es lediglich zu hören, dass die Polizei einen Tatverdächtigen festgenommen hatte.

Wenn Margreta das ›Radieschenheim‹ in der nächsten Woche eröffnete, dann war es gut, viel Tomatensoße zu haben. Tomatensoße war eine Grundlage für vieles. Man konnte sie einfrieren oder in Gläsern haltbar machen. Außerdem war Margreta froh, etwas zu tun zu haben.

Sie drückte Tomatenmark aus der Tube in den Topf, dass es nur so dampfte. Dann warf sie die Tomatenstücke dazu, dass es nur so zischte. Noch etwas Thymian, und es roch fantastisch.

»Lecker!«, schwärmte Valerie. »Es riecht wie … wie … wie immer! Mensch, was habe ich diesen Geruch vermisst!«

Wenigstens dieses Lob ging nicht spurlos an Margreta vorbei. Ein schüchternes Lächeln flog über ihr Gesicht, im nächsten Moment war es allerdings verschwunden.

Als das Telefon im Lokalbereich klingelte, lief Valerie dorthin. »Gartenlokal ›Radieschenheim‹, Wilken am Apparat, was kann ich Leckeres für Sie tun?«, hörte Margreta sie kurze Zeit später flöten. »Frau Mai? Aber sicher ist sie da. Einen Moment.«

Valerie übernahm den Kochlöffel, Margreta das Telefon.

»Freddy! … Ja, ich bin wieder da. Stell dir vor, ich koche … Du hast es schon in den Nachrichten gehört? Ist es nicht wunderbar? Endlich ist der böse Traum vorbei … Nein, keine Ahnung, wer es ist. Bin auch gespannt, wann sie es bekanntgeben … Die Ohrringe? Ja klar, ich kann bei dir vorbeikommen. Übermorgen? Gern! … Bis dann, Freddy! Und danke, dass du dich so toll um meinen Garten gekümmert hast. Er sieht herrlich aus. Was sollte ich nur ohne dich machen?«

Als Margreta auflegte, war die gute Stimmung verflogen. Sie konnte es selbst nicht benennen, eigentlich sollte sie glücklich sein. Doch seitdem sie wusste, dass die nette Frau Lasdorf für ihren Mann gelogen hatte, kam Margreta nicht mehr aus dem Grübeln raus.

Am nächsten Tag war es endlich so weit: Margreta ging mit Knutsen einen Anzug kaufen. Er gab zu, dass er nicht mehr dran geglaubt hatte. Aber schließlich standen sie zu zweit in der Herrenabteilung.

Der Anblick der unzähligen Ständer mit den unzähligen Anzügen schien Knutsen zu überfordern.

»Und? Was brauche ich für einen?«

Margreta musste über die Hilflosigkeit des sich sonst so souverän gebenden Hauptkommissars lachen.

»Was für eine Farbe magst du denn?«

»Farbe?« Er sah sie nervös an. »Was für eine Farbe nimmt man denn?«

»Ich würde sagen, die dir gefällt.«

Knutsen stieß die Luft aus, sah sich panisch um und zuckte hilflos mit den Schultern. »Was gefällt dir denn?«

»Och …«, machte Margreta. »Mir gefallen eine Menge. Was ist denn deine Lieblingsfarbe?«

Jetzt sah er noch angestrengter aus. »Weiß nicht. Rot vielleicht.«

»Du willst einen roten Anzug probieren?«, Margreta nahm ihn beim Wort und sah sich um. Sie hätte nicht gedacht, dass sie überhaupt einen finden könnte, doch dann sah sie einen Ständer weiter hinten, von dem ihr der Ärmel eines feuerwehrroten Jacketts entgegenleuchtete. Es war ein Ständer mit Freizeitmode.

»Ich ziehe doch keinen roten Anzug an!« Knutsen lief ihr verzweifelt hinterher. »Du hast mich doch nur nach meiner Lieblingsfarbe gefragt.«

Schließlich übernahm Margreta die Auswahl, was Knutsen sehr entgegenkam. Sie hatte ihn wirklich noch nie so handzahm erlebt und wunderte sich, wie geduldig er sein konnte. Bereitwillig zog er alles an, was sie ihm in die Kabine reichte, und mit Stolz führte er jeden Anzug vor, der ihm irgendwie gefiel. Schließlich wählte er einen dunkelgrauen Anzug mit weißem Hemd aus, und dazu eine weinrote Krawatte entsprechend seiner Lieblingsfarbe.

Auf dem Heimweg sprachen sie über Mano Lasdorf.

»Und was ist, wenn er nicht gesteht?«, fragte Margreta.

»Das ist eine Frage der Zeit, glaube mir. Alles weist auf ihn als Täter hin!«, meinte Knutsen. »Es ist vorbei, Margreta. Lass wieder Ruhe bei dir und in dein ›Radieschenheim‹ einkehren.«

Margreta nickte zwar, fühlte sich deshalb aber nicht besser.

Als sie in Wulfsdorf aus seinem Wagen stieg, meinte sie: »Weißt du, Jan, eins lässt mich nicht in Ruhe bei der ganzen Sache. Warum hat Mano Lasdorf ausgerechnet mir die Leiche in den Garten gelegt?«

# KAPITEL 18

»Hast du die Blumen bestellt?«

»Ja, Mama. Vor eineinhalb Monaten!«

»Auch die für die Tischdekoration?«

»Ja.«

»Und die für die Kirche?«

»Die habe ich vergessen.«

»Was?« Margreta schlug ihre Hände vor die Brust.

»War ein Scherz, Mama!«

»Kind!« Mit einem großen Seufzer ließ Margreta ihre Hände fallen.

»Tut mir leid, war doof.«

»Ja, wirklich! Ich habe gedacht, mein Herz bleibt stehen. Was ist mit der Hochzeitstorte?«

»Wird morgen ins Restaurant geliefert.«

»Wann? Nicht, dass sie zu spät kommen!«

»Sie haben versprochen, dass sie um die Mittagszeit da ist.«

»Gut.«

»Mama?«

»Ja, Schatz?«

»Es wird toll morgen! Ich freue mich so.«

»Ja, mein Schatz!«

»Wir sehen uns nachher am Bahnhof? Denk dran, um vier.«

»Ja, ich weiß! Bis dann.« Margreta stellte ihr Bügeleisen ab, nahm das Telefon hoch, aus dessen Lautsprecher das Signal für eine unterbrochene Verbindung zu hören war, und drückte das rote Hörersymbol. Sie wollte das Telefon zur Seite legen, als sie sich überlegte, dass sie besser noch einmal mit Ole sprach.

»Knutsen. Hallo?«, meldete er sich kurze Zeit später.

»Ole. Hier ist Margreta. Ich wollte nur sagen, hab bitte ein Auge auf Marjolein, ja? Sie scheint sehr nervös zu sein.«

»Mach ich, Margreta.«

»Gut. Bis dann.«

Margreta nahm das Bügeleisen auf und seufzte. Es war an so vieles zu denken. Und während sie sich um ihre Stoffhose kümmerte, die sie am nächsten Morgen zum Standesamt anziehen wollte, ging sie im Kopf ihre To-Do-Liste durch. Jetzt war es bereits halb zwölf, und um drei hatte sie sich mit Freddy Meerbusch in seiner Wohnung verabredet, um die Perlohrringe für Marjolein abzuholen. Frau Steenkamp hatte extra darum gebeten, dass sie nicht in die Kleingartensiedlung mitgenommen wurden. Nach dem Mordfall hatte sie große Sorge um die Sicherheit vor Ort, auch wenn Mano Lasdorf in Untersuchungshaft saß. »Die Ohrringe bedeuten mir sehr viel. Es wäre ein Unglück, wenn sie geklaut würden.« Die Extratour würde Margreta zwar Zeit kosten, aber für Margreta war es eine Selbstverständlichkeit, darauf Rücksicht zu nehmen. Um vier erwarteten sie einen Teil der hessischen Verwandtschaft am Lübecker Hauptbahnhof. Sie wusste, was bis dahin nicht erledigt war, blieb unerledigt.

Um halb drei, Margreta war gerade dabei, das Bügelbrett wegzuräumen und sich zur Abfahrt bereit zu machen, rief Knutsen an. »Margreta. Kannst du einen Krawattenknoten binden? Und das Hemd, das wir gekauft haben. Muss das gebügelt werden? Ich will Ole und Marjolein jetzt nicht anrufen, sie haben sicherlich genug um die Ohren.«

Margreta rollte die Augen. »Ich muss jetzt weg, Jan. Ich fahre zu Freddy Meerbusch, die Ohrringe holen. Wie wäre es, wenn du morgen früh vor dem Standesamt zu mir kommst? Dann machen wir das alles.«

Margreta musste den Kopf über ihn schütteln, als sie sich in ihren Wagen setzte. Heute blieb ihr Fahrrad zu Hause, die Verwandtschaft konnte ja schlecht auf dem Gepäckträger Platz nehmen.

Pünktlich um drei klingelte sie an Meerbuschs Wohnungstür.

»Tach, min Deern. Du trinkst doch einen Kaffee mit mir?«, fragte er.

Margreta sah auf die Uhr. »Ist er schon gekocht?« Als Meerbusch nickte, nahm sie seine Einladung dankend an. Ein bisschen Zeit hatte sie sowieso eingeplant.

»Dann kann ich mich endlich revanchieren!«, freute er sich, nachdem er sie ins Wohnzimmer geführt hatte. Dann verschwand er in der Küche.

Margreta sah sich um. Sie war noch nie bei Freddy Meerbusch gewesen, schließlich sahen sie sich nahezu täglich im Kleingartenverein. Seine Einrichtung war zweckmäßig. Eine Kunstledergarnitur nahm den

Farbton der dunkelbraun getäfelten Zimmerdecke auf, davor stand ein gekachelter Couchtisch. Beige Vorhänge rahmten das Fenster ein, auf dem Fensterbrett stand eine Reihe Alpenveilchen. Der Wohnzimmerschrank aus Eiche beheimatete in seiner Mitte einen Röhrenfernseher, im Regal darüber standen eine bauchige Vase aus Ton mit einem Trockengesteck, eine Wetterstation mit Funkuhr und ein Bilderrahmen mit einem Hochzeitsfoto in Schwarz-Weiß, vermutlich Meerbuschs Eltern. In den offenen Fächern zur linken und zur rechten Seite lagen oder standen ein paar Bücher. Margreta ließ ihren Blick über die Titel schweifen und erkannte einen Atlas, mehrere Reiseführer, einen Bildband über Segelschiffe und ein Fotoalbum. In einem kleinen Schälchen zwischen den Büchern lagen ein paar Perlohrringe in einem durchsichtigen Tütchen. Das waren sicherlich die für Marjolein.

In dem Moment kam Meerbusch mit einem Tablett mit zwei Kaffeetassen mit Untertellern, Milch und Zucker. »Bin gleich mit dem Kaffee da«, rief er und verschwand, nachdem er das Tablett auf dem Couchtisch abgestellt hatte.

Margreta zog das Fotoalbum heraus und begann, darin zu blättern. Als Meerbusch zurückkam, wollte sie es zuklappen und zurückstellen, doch er sagte: »Guck ruhig. Ich hab nix zu verbergen!«

Also nahm Margreta das Album mit zum Couchtisch, und während sie den Kaffee trank und durch sein Album blätterte, erzählte er ihr über seine Eltern – das

Paar, das auf dem Hochzeitsfoto zu sehen war –, die aus Westpreußen geflohen waren und in Lübeck eine neue Heimat gefunden hatten. Margreta hielt währenddessen die Uhr über dem Fernseher im Blick. Als es Zeit wurde zu gehen, klappte sie das Album mit Schwung zu. Dabei segelte ein Bild hinaus.

»Ach du liebe Güte. Vergiss bloß die Ohrringe nicht!«, rief Meerbusch und stand auf, um zum Schrank zu gehen.

Margreta fischte derweil nach dem Foto. Als sie es aufgehoben und angesehen hatte, blieb ihr die Spucke weg. Auf dem Bild war die gleiche Partyszene aus dem Jahr 1970 mit dem verliebt tanzenden Paar Kamilla Lasdorf und Manfred Kunkelbein zu sehen wie auf dem Foto von Kamilla Lasdorf. Nur war diese Aufnahme von der anderen Seite des Raumes gemacht worden. Hier war der Träger des Sombreros deutlich zu sehen. »Aber das ist doch …« Dann sah sie zu Meerbusch, der ihr gerade freundlich lächelnd das Paar Ohrringe reichen wollte. »Du bist das?«

Ihr entsetzter Blick ließ ihn innehalten. »Was ist los, min Deern?« Als er im nächsten Moment das Bild in Margretas Händen sah, begriff er. Auf einmal sank sein Kopf auf die Brust, sein Blick heftete sich auf die Ohrringe in seinen Händen. Er stand da wie ein Schuljunge, der beim Lehrerstreich erwischt worden war. »Ja«, sagte er mit tonloser Stimme.

»Freddy!«, sagte Margreta bestürzt. »Warum?«

Meerbusch rührte sich eine ganze Weile nicht. Irgendwann legte er die Ohrringe auf den Couchtisch und ließ sich langsam auf die Couch sinken. Dann vergrub er seinen Kopf in seinen Händen und begann zu schluchzen.

Margreta konnte es nicht fassen. Sie starrte auf das Bild und konnte nicht begreifen, was es ihr alles zu erzählen hatte. »Freddy! Du hast Manfred Kunkelbein umgebracht!«, stieß sie aus.

»Nein!« Sein Kopf flog in die Höhe. Mit flehendem Blick sah er sie an. »Das ist nicht wahr! Ich habe ihn nicht umgebracht.«

»Was dann?«

Sein Kopf fiel wieder auf die Brust. Mit seinen zusammengefalteten Händen schlug er sich gegen die Stirn. »Er ist … Er ist gestürzt!«

»Gestürzt?«, rief Margreta aus. »Freddy, was redest du da?«

Er sah sie aufgeregt an. »Doch. Er ist gestürzt. Es war … Wir haben gestritten und ich … Ich habe ihm nur einen Stoß gegeben. Ich wollte nicht, dass er fällt! Ich wollte nicht, dass er … dass er tot ist!« Er sprang auf, lief im Raum hin und her. »Da war dieser Hocker im Weg. Als er zurückgetaumelt ist, ist er darüber gestolpert. Er hat so heftig mit den Armen gerudert. Sein Blick war so entsetzlich! Ich wollte … Ich konnte ihm so schnell nicht helfen. Er fiel so schnell! Und dann hat es diesen lauten Schlag getan.« Er blieb stehen und sah sie an. »Im nächsten Moment lag er da, Margreta. Du musst mir glauben, ich wollte das nicht!«

Margreta schüttelte den Kopf. »Aber wenn das so war, warum hast du nicht die Polizei gerufen? Warum hast du keinen Krankenwagen ... Oh mein Gott! Warum hast du ihn zu mir gebracht, Freddy?«

Er lief zu ihr, ließ sich vor sie auf die Knie fallen. Er riss ihr das Foto aus der Hand und legte es auf den Tisch, dann packte er ihre Hände, drückte sie. »Margreta! Ich ... Ich hatte so eine Angst. Ich ... Ich konnte nicht klar denken. Immer noch nicht! Und ich wollte ... Ich habe gedacht, du machst das schon! Du kriegst das wieder hin. Du kriegst immer alles hin!« Er sah sie mit flehendem Blick an.

Margreta konnte nicht fassen, was sie da hörte. Sie riss sich los, sprang auf und quetschte sich an ihm vorbei. Sie konnte seine Nähe nicht ertragen. »Ich glaube das alles nicht!«, schrie sie, als sie ein wenig Abstand zwischen sich und Meerbusch gebracht hatte. »Dachtest du etwa, ich könnte ihn zum Leben erwecken?«

Er rutschte auf seinen Knien herum, sodass er sie wieder sehen konnte. »Nein! Ich weiß nicht. Margreta, bitte, verzeih mir!«

»Ist dir klar, dass ein Unschuldiger für dich im Gefängnis sitzt? Ein Familienvater?«

Margreta schwirrte der Kopf. »Ich muss den Kommissar anrufen«, sagte sie mehr zu sich als zu Meerbusch und kramte ihr Handy heraus.

»Nein!«, schrie Meerbusch verzweifelt auf. »Das ... das willst du nicht wirklich.«

Oh doch, dachte Margreta und wollte gerade Knutsens Nummer heraussuchen, als es an der Wohnungstür klingelte. Margreta sah Meerbusch an, aber da er sich nicht rührte, ging sie Richtung Tür. Als sie sie öffnete, fiel ihr fast das Handy aus der Hand.

»Ich ... Ich habe mir Sorgen gemacht. Weil du doch um vier am Bahnhof sein musst. Du kommst zu spät!«

Margreta war sprachlos, als sie sah, wem sie gerade die Tür geöffnet hatte.

»Alles in Ordnung?«, fragte Knutsen sie.

Sie nickte.

»Ja dann. Aber vergiss bitte nicht, du musst los. Es ist schon fünf vor!«

Als er sich umwenden wollte, hatte sie ihre Sprache wiedergefunden. »Nein, Jan. Warte! Du musst reinkommen. Es ist ... Freddy ... Er hat Kunkelbein umgebracht.«

Er nickte ernst. »Dann weißt du es schon!«

Gut eine Viertelstunde später parkte Margreta mit immer noch zitternden Händen vor dem Bahnhofsgebäude ein. Zum Glück war es von Meerbusch bis zum Bahnhof nicht weit, denn sie hatte sich kaum auf den Verkehr konzentrieren können.

Sie war zu spät gekommen, doch dank eines Telefonats mit Marjolein hatte sie erfahren, dass auch der Zug mit der Vogelsberger Verwandtschaft nicht pünktlich am Hauptbahnhof einfahren würde.

Eine Viertelstunde später war ihr Auto bis oben hin vollgepackt, die Rückbank mit Tante Trudi und Onkel Erwin, der Beifahrersitz mit Tante Ria und der Kofferraum mit dem ganzen Gepäck, das sie für ihren Kurzurlaub in Lübeck mitgebracht hatten. Und dass für Margretas Gedanken über Knutsens unerwartetes Auftauchen und Meerbuschs ungeheuerliches Geständnis, die sie den ganzen Hinweg beschäftigt hatten, kein Platz war, das sah sie spätestens am Lindenteller ein. Denn da war sie mittendrin im Hessisch Gebabbel mit Tante Trudi und Onkel Erwin, die sich nicht daran störten, ihr teils gleichzeitig von der *uffreschenden* Fahrt zu berichten. Wie ihre 85-jährige Tante Ria dabei einschlafen konnte, war Margreta ein Rätsel. Sie schnarchte bereits aus offenem Mund, als sie noch nicht halb den Weg nach Wulfsdorf geschafft hatten. Und wenn Margreta die wackelnden Köpfe und wilden Gesten in Marjoleins Auto vor ihr richtig deutete, ging es in ihrem Wagen nicht anders zu. Erst als sie die Verwandtschaft in dem kleinen Gästehaus, das ein Nachbar ihr für die Zeit der Hochzeit angeboten hatte, abgeladen hatten und man sich für eine halbe Stunde später bei Margreta im Haus zum Kaffee verabredet hatte, hatte sie Zeit, über den Besuch bei Meerbusch nachzudenken. Sie warf einen Blick in ihre Handtasche, ob sie die Ohrringe für Marjolein wirklich eingepackt hatte. Hatte sie. Sie war nämlich überstürzt bei Meerbusch aufgebrochen. »Du musst jetzt zum Bahnhof. Wir feiern jetzt Hochzeit!«, hatte Knutsen sie gedrängelt und sie aus der Wohnung geschoben. »Ich werde dir alles morgen früh erklären!«

Er hatte sie eindringlich gebeten, Marjolein nichts von der Sache mit Meerbusch zu erzählen. »Das Thema mit dem Mord in der Kleingartensiedlung hat schon genug Einfluss auf die Hochzeitsvorbereitungen genommen. Sie denken, jetzt ist alles geklärt und wir sollten sie in dem Glauben lassen. Du kannst dir nicht vorstellen, was für Sorgen sie sich die ganze Zeit um dich gemacht haben!« Er sah sie besorgt an. »Ich hätte dir das eigentlich gern vor der Feier erspart!«

Sie hatte sich schließlich damit abgefunden. Für Meerbusch konnte sie im Moment eh nicht mehr tun. Für Marjolein aber schon. »Aber wehe, du kommst nicht früh genug, um mir alles zu erklären! Um neun kommt die Verwandtschaft zum Frühstück! Sonst kannst du das mit dem Krawattenknotenbinden komplett vergessen!«

Er kam früh genug! Um sieben Uhr beendete sein Klingeln ihre unruhige Nacht, in der sie sich bei dem Gedanken an Meerbuschs Geständnis um viel zu viel Schlaf gebracht hatte. Er stand vor der Tür, mitsamt neuem Anzug, Hemd und Krawatte unter dem Arm.

»Wie geht es Freddy?«, fragte sie ihn, bevor sie ihn begrüßt hatte.

»Den Umständen entsprechend. Er sitzt in Untersuchungshaft«, hatte Knutsen ihr geantwortet. Da sie noch nicht unter der Dusche gewesen war, holte sie dies schnell nach. Zuvor hatte sie Knutsen das Kaffeepulver neben die Kaffeemaschine gestellt. Als sie zehn Minuten später mit nassen Haaren und in Freizeitkleidung zurückkam, stellte sie befriedigt fest, dass Kaffeekochen keine zu hohe Kunst für ihn war. Im Gegenteil, der Kaffee schmeckte sehr gut. Und Knutsen begann sofort zu erzählen, wie er auf den Täter Meerbusch gekommen war.

»Im Endeffekt war es deine letzte Äußerung, die du mir gegenüber getan hast, als wir den Anzug gekauft haben. Du hast mich nämlich gefragt, warum Mano Lasdorf ausgerechnet dir die Leiche in den Garten gelegt haben soll. Das hat mich ins Grübeln gebracht.«

»Aber das habe ich doch immerzu gefragt. Ich habe immer die Verbindung zu mir gesucht.«

»Das stimmt. Ich gebe zu, dass ich den Gedanken zwar immer im Kopf, aber dennoch vernachlässigt habe. Letztlich hätte es doch Zufall sein können, dass die Leiche in deinem Garten lag. Und auch die Fahrraddiebstähle ließen sich erklären. Vielleicht nicht der Drohbrief, außer, du hättest ihn selbst gebastelt. Aber bei Mano Lasdorf stimmte so viel, und es gab so viele Ungereimtheiten. Zuletzt das falsche Alibi seiner Frau. Außerdem hatte er ein starkes Motiv.«

»Und trotzdem war er es nicht!«

»Nein. Er war es nicht.« Er nickte nachdenklich. »Freddy Meerbusch stand mit auf der Liste der Tatverdächtigen. Seine Spuren sind überall in der Kleingartensiedlung zu finden! Er geht überall ein und aus. Der Verdacht reichte nie aus, seine Spuren waren immer erklärbar. Außerdem fehlte uns schlicht ein Motiv. Niemand wusste, dass er Kunkelbein kannte. Er hatte es uns nicht erzählt. Wir hätten den Staatsanwalt nie von einer Hausdurchsuchung oder einer DNA-Analyse überzeugen können.«

»Wie bist du trotzdem auf ihn gekommen?«

Er rieb sich über das Kinn. »Ich sage ja, deine Bemerkung hat mich ins Grübeln gebracht. Letztlich hatte Lasdorf nicht gestanden. Es wäre ein Indizienprozess geworden. Und ich sagte mir, was soll's, vielleicht gibt es doch einen gemeinsamen Bekannten von Margreta und Kunkelbein, den wir bisher übersehen haben.«

»Hast du das Foto bei Meerbusch gesehen?«

Er nickte. »Ist zu den Beweismitteln gewandert! Ich hatte es allerdings nicht so einfach wie du. Fink zu überzeugen, ein paar Überstunden zu machen, war das Schwierigste. Er hat gefragt, was das soll. Der Täter säße in Untersuchungshaft. Aber letztlich hat er mitgemacht. Wir sind alles durchgegangen, um herauszufinden, was Kunkelbein um 1970 herum gemacht haben könnte. Wie hat er sich die Zeit vertrieben, mit welcher Clique war er unterwegs. Wer wusste von der Party, auf der er mit Kamilla Lasdorf getanzt hat. Wir haben alte Namenslisten herausgesucht und sind sie durchgegangen, Schule, Konfirmation, Fußballverein. Wir haben alle angerufen, die wir erreichen konnten, haben mit Menschen gesprochen, die Kunkelbein schon fast vergessen hatten. Und immer die Frage, was sie über Kunkelbein um die Jahre 1970 wissen. Und dann wurden wir fündig!«

»Und zwar?«

»Ein ehemaliger Mitspieler von ihm aus der Fußballjugend. Ein gewisser Herr Sasswitz. Der sagte, es habe eine Clique gegeben, die sich anlässlich der Fußballweltmeisterschaft um 1970 regelmäßig privat getroffen hätte. Zum Bolzen und zum Feiern.«

»Und dann?«

»Wir haben ihm sofort einen Besuch abgestattet. Es hatte eine Weile gedauert, bis er die Namen der Leute in der Clique zusammenbekommen hat. Zum Glück hatte er alte Fotos, und anhand derer hatte er schließlich alle zusammen. Als der Name Freddy Meerbusch fiel, war alles klar.«

»Wieso warst du ausgerechnet bei Meerbusch, als ich da war? Du bist mir doch nicht gefolgt?«

»Nein. Gestern Nachmittag hatte ich endlich den Haftbefehl für Meerbusch bekommen. Und ausgerechnet da erzählst du mir, dass du die Ohrringe für Marjolein holen wolltest. Also wollte ich vor der Tür warten, bis du gegangen bist. Ich wollte dir von seiner Festnahme vor der Hochzeit nichts erzählen. Aber als du nicht rauskamst und ich doch wusste, dass du zum Bahnhof musstest, habe ich mir Sorgen gemacht, dass etwas passiert sein könnte. Tja, und deshalb habe ich geklingelt.«

»Zum Glück«, sagte sie. Ein zufälliger Blick auf die Uhr ließ sie entsetzt aufspringen. »Mein Gott, ich muss meine Haare machen … Und anziehen … Und dein Hemd bügeln! Und das alles, bevor die Verwandtschaft kommt!«

Nachdem Margreta ihre Locken unter der Bürste gebändigt und ihr Make-up aufgelegt hatte, lud sie

Knutsen ein, mit ihr in das Bügelzimmer zu kommen. Sie musste unbedingt den Rest erfahren.

»Dann haben Meerbusch und Kunkelbein also in den 1970ern wilde Partys gefeiert«, wiederholte Margreta, was Knutsen zuletzt gesagt hatte, während sie das heiße Bügeleisen über den ersten Hemdsärmel schob. »Ich hätte nicht gedacht, dass die beiden sich kennen.«

»Ich war auch erstaunt!«, bestätigte Knutsen.

»In den Befragungen hat Meerbusch immer nur gesagt, er habe mit dem Vorstand, außer, wenn es um den Verein ginge, nichts zu tun. Er würde Kunkelbein weiter nicht kennen.«

»Das war zumindest, was sein Verhalten im Verein betrifft, nicht gelogen«, kommentierte Margreta. Dann überlegte sie. »Aber warum hatte er Streit mit Kunkelbein? Er hat ihn geschubst, hat er mir gesagt.«

»Ja, das hat er uns auch so erzählt. Und das passt zu dem, was wir herausgefunden haben. Im Obduktionsbericht ist als Todesursache stumpfe Gewalt angegeben worden. Und zu der Verletzung am Kopf passt die Tischkante in Kunkelbeins Gartenhaus, an der die Tatortgruppe seine Haare und Blutspuren sichergestellt hat. Streitursache war übrigens Kamilla Lasdorf.«

Margreta sah ihn an. »Nein! Die kannten sich auch?«

»Offenbar sogar sehr gut«, sagte Knutsen. »Sie ist seine Cousine. Meerbusch hatte sie mit in die Clique gebracht. Dort hat sie Kunkelbein kennengelernt. Kunkelbein war eine Weile mit ihr zusammen, doch als er seine spätere Frau kennenlernte, hat er sich von ihr getrennt.«

Margreta wendete das Hemd auf dem Bügelbrett. »Und das hat sie nie überwunden? Aber Mano Lasdorf ist doch viel jünger. Ist er doch nicht Kunkelbeins Sohn?«

»Doch doch, warte. Die Geschichte geht weiter. Kamilla Lasdorf hat die Trennung nie überwunden, hat immer versucht, ihn zurückzugewinnen. Aber Kunkelbein hat seine Frau geliebt, gemeinsam haben sie bald eine Familie gegründet. Was ihn allerdings nicht daran gehindert hat, eine Affäre mit Kamilla Lasdorf einzugehen. Das Übliche. Er hat ihr immer versprochen, dass er seine Frau für sie verlassen würde, wenn die Kinder älter wären. Doch dann starb seine Frau, und wie du weißt, hat das eine Menge verändert.«

Margreta nickte, während sie über die Knopflöcher fuhr.

»Meerbusch sagte, in der Zeit habe er Frau Lasdorf mehr Hoffnungen gemacht denn je. Hat fast täglich körperlichen Trost bei ihr gesucht. In sein Haus kommen durfte sie allerdings nie, was erklärt, dass niemand im Umfeld von Kunkelbein von der Affäre wusste. Eines Tages hatte er genug von ihr, wollte nicht mehr viel von ihr wissen. Er hat sie nur noch selten besucht und ihre Anrufe nicht mehr entgegengenommen. Und da hat Frau Lasdorf alles auf eine Karte gesetzt und ist mit 40 Mutter geworden. Sie hatte die Hoffnung, Kunkelbein würde zu ihr zurückkommen, wenn sie ein gemeinsames Kind haben.«

»Doch die Rechnung ging nicht auf!«, folgerte Margreta, als sie das Hemd von allen Seiten begutachtete.

»Genau. Er hatte ja bereits zwei Kinder, mit denen er nichts anfangen konnte. Meerbusch sagte, er habe sie rausgeworfen, als sie ihm von der Schwangerschaft erzählt hat und ihr untersagt, ihn als Vater zu nennen.«

»Was sie auch nicht getan hat.«

»Jedenfalls ging das Drama über die ganzen Jahre weiter. Mal war er nett zu ihr, hat ihr Geld für Mano gegeben, mal bestritt er, der Vater zu sein. Und immer wieder hat er ihr das baldige Glück versprochen. Und sie hat es geglaubt.«

»Aber wenn das die ganzen Jahre so ging. Warum war Meerbusch die Liebe seiner Cousine erst jetzt ein Dorn im Auge?«

»Er sagte, er habe immer versucht, auf seine Cousine einzureden, dass sie Kunkelbein vergessen soll. Dass er sie nur ausnutzt. Aber sie wollte nichts davon hören, hat sich sogar von ihm abgewandt und spricht seit Jahren nicht mehr mit ihm. Mit Kunkelbein habe er früher oft über die Sache gestritten, der aber habe sich nie von ihm beeindrucken lassen. Im Kleingartenverein sind sich die beiden deshalb aus dem Weg gegangen. Meerbusch hatte sich mit dem Gedanken abgefunden, dass er an der Sache nichts mehr würde ändern können.«

»Und trotzdem der Streit? Nach so vielen Jahren? Warum?«, Margreta holte einen Bügel, um das Hemd aufzuhängen.

»Die Sache ist hochgekocht, als Kunkelbein erfahren hat, dass Mano Lasdorf sich um das Gartengrundstück von Walli und Walter Vossen beworben hat. Da hat er Panik bekommen. Meerbusch will mitbekommen haben, wie Kunkelbein im Suff in irgendeiner Lübecker Kneipe über Frau Lasdorf hergezogen sei. Dass sie ihm sein Leben versaut habe. Dass sie ihm schon immer auf den Geist gegangen wäre und dass er nicht zulassen würde, dass sie sich auf so impertinente Art und Weise in sein Leben drängt. Und er würde alles versuchen, damit Mano Lasdorf das Grundstück nicht bekommt. Als Meerbusch dann mitbekommen hatte, dass plötzlich dieses Gerücht im Umlauf war, dass Mano Lasdorf Geld aus der Geniner Vereinskasse gestohlen haben soll, meinte Meerbusch zu wissen, woher der Wind wehte. Und deshalb war er an dem Abend zu Kunkelbein gegangen. Um ihn zur Rede zu stellen.«

»Kannst du mir deine Krawatte geben?«, unterbrach Margreta Knutsens Erzählung.

»Könnte ich. Aber muss sie nicht genau mit dem Hosenbund abschließen?«

»Ja gut, dann komm her.«

Als er sich die Krawatte um den Hals gelegt und sich vor sie hingestellt hatte, fuhr er fort. »Kunkelbein hat Meerbusch ausgelacht, als er vor der Tür stand. Was er schon wieder wolle, habe er ihn gefragt. Und ob er nach so vielen Jahren immer noch den Ritter für seine liebe Cousine spielen würde. Dann, so hat Meerbusch ausgesagt, habe Kunkelbein ihn provoziert. Kunkelbein hat ihm erzählt, er habe Frau Lasdorf eingeladen unter dem Vorwand, dass er nun endlich mit ihr zusammen sein wollte.«

»Das passt zu dem, was Frau Lasdorf erzählt hat«, sagte Margreta, die gerade den Knoten fertig geschlungen hatte. Sie zog ihn fest. »So, fertig!«, sagte sie und trat zurück.

»Dankeschön«, sagte er und lockerte die Krawatte gleich wieder, um sie sich über den Kopf zu ziehen.

»Stimmt. Nur hat Kunkelbein Meerbusch erzählt, dass er vorhatte, sie an dem Abend bloßzustellen. Damit sie ihn endlich in Ruhe ließe. Das hatte Meerbusch so wütend gemacht, dass er auf Kunkelbein losgegangen war. Aber da Meerbusch viel kleiner ist als Kunkelbein, habe der die Angriffe nur abgewehrt und ihn dabei ausgelacht. Das hat ihn noch wütender gemacht. Schließlich hat er ihn geschubst, und zwar so heftig, dass Kunkelbein rückwärts getaumelt und gestürzt ist.«

»Dann war es also ein Unfall und kein Mord. Meerbusch ist kein Mörder!«

»Sagen wir mal so: Er hatte nicht die Absicht, ihn umzubringen. Die Frage ist, ob er Kunkelbeins Tod hätte verhindern können, wenn Meerbusch gleich einen Krankenwagen gerufen hätte. Jetzt hat er zumindest eine Anklage wegen unterlassener Hilfeleistung am Hals. Und noch die Geschichte, dass er die Leiche zu dir gebracht hat. Wie will er das dem Richter erklären?«

»Zu mir hat er gesagt, dass er dachte, ich würde das schon regeln«, sagte Margreta.

»Was denn? Den Krankenwagen rufen?« Knutsen schüttelte ungläubig den Kopf. »Das wäre viel zu spät gewesen.«

»Ich verstehe es auch nicht!«, sagte Margreta traurig. »Kommst du mit ins Wohnzimmer? Ich muss den Tisch fürs Frühstück fertig machen. Isst du eigentlich mit?«

Er zeigte auf den Anzug. »Ich habe alles dabei. Wenn es dir nichts ausmacht? Frühstück könnte ich wirklich gut vertragen.«

Er half ihr beim Eindecken.

»Er hat mir gesagt, dass er so eine Angst hatte«, sagte Margreta, die Teller und Tassen aus der Vitrine holte.

»Das glaube ich sogar. Aber wenn er ihm schon nicht helfen konnte, dann wäre es besser gewesen, er hätte Kunkelbein liegengelassen. Die ganze Story, die danach kommt, ist doch die, die es so unglaublich macht. Die Umlagerung des Toten in deinen Garten. Wie gut, dass wir den Abend zusammen verbracht haben, sonst hätten die Ermittlungen für dich ganz anders ausgesehen! Und dann die unsinnigen Fahrraddiebstähle. Und der Drohbrief. Das wird ihm alles zur Last gelegt. Das muss er dem Richter erklären können.«

»Warum hat er eigentlich mein Fahrrad gestohlen?«

»Seine Erklärung ist, dass er dachte, er könnte dich damit am herumschnüffeln hindern. Dass du damit aufhörst, wenn dein Fahrrad weg ist.« Knutsen grinste. »Also war der Fahrraddiebstahl ganz in meinem Sinne!«

»Dann wähle ich doch lieber einen Meter Absperrband!«, sagte Margreta scheinheilig.

Er lachte. »Eins zu null für dich!«

»Aber warum hat er es mir immer wieder gegeben?«

»Tja. Ich schätze, er wollte dir nur Angst einjagen. Da passt der Drohbrief dazu.«

»Das ist ihm gelungen!«, sagte sie. »Trotzdem. Meerbusch tut mir schon leid. Er ist so ein lieber Mensch! Da wollte er etwas Ehrbares tun und nun so etwas.«

Knutsen zuckte mit den Schultern. »Mal sehen, vielleicht hat der Richter Mitleid mit ihm und setzt nicht gleich die Höchststrafe an.«

Als Margreta den fertig eingedeckten Tisch begutachtete, sagte sie: »Fertig! Jetzt können sie kommen.«

In dem Moment klingelte es auch schon.

# KAPITEL 19

Margreta war so stolz auf ihre Tochter! Sie war wirklich die schönste Braut, die sie je gesehen hatte. Das strahlende Lächeln, mit dem sie das Kirchenschiff durchschritten hatte. Mit dem sie zuvor die Stufen des Standesamts heruntergekommen war. Und mit dem sie jetzt vor dem Restaurant aus der Kutsche stieg, auf die Simone so unbedingt bestanden hatte. Hach, Margreta konnte sich gar nicht sattsehen!

Natürlich hatte sie sich den schönsten Mann an ihre Seite gewählt. Ole sah hervorragend aus in seinem schnittigen Anzug und mit seinen frechen Augen. Und immer, wenn er ihr damit zuzwinkerte, wurde ihr ganz warm ums Herz, so wie jetzt gerade. Margreta musste sich ans Herz fassen, so nah ging es ihr. Ja, wenn sie es zugab, dann war sie sehr stolz auf ihn. Valerie hatte wirklich recht gehabt, als sie behauptete, Margreta würde heute einen Sohn dazubekommen!

Mit einem Seitenblick auf Simone musste sie allerdings feststellen, dass man es mit dieser Sohn-Tochter-Dazugewinnsache wirklich übertreiben konnte. Es ist ja eins, dass sie Marjolein als so etwas wie ihre Tochter ansah. Aber musste sie die ganze Zeit heulen wie ein Schulmädchen und immerzu »Oh Marjolein, wie schön du bist!« schluchzen? Würde das nicht allein Margreta zustehen? Knutsen machte nicht so ein Aufheben um das Ganze. Wo steckte er überhaupt?

»Können wir endlich reingehen?«, knurrte es in dem Moment hinter ihrem linken Ohr. »Oder sollen wir die Hochzeit in den Hof verlegen?«

Margreta hatte gemerkt, dass Knutsen sich heute sehr dicht bei ihr aufhielt. Wahrscheinlich, weil es nur so von Simones Verwandtschaft wimmelte, und von der Vogelsberger Verwandtschaft kannte er kaum jemanden. Und die, die er heute Morgen beim Frühstück kennengelernt hatte, die mied er tunlichst, da er sie, wie er ihr ins Ohr geflüstert hatte, mit keinem Wort verstanden hatte.

In dem Moment fand sich Valerie bei ihr ein. »Glückwunsch, meine Süße!«, sagte sie und umarmte sie fest. Dann wandte sie sich an Knutsen. »Ihnen auch meinen allerherzlichsten Glückwunsch, Herr Kommissar!« Dann zwinkerte sie Margreta zu und drehte sich um, um sich in die Reihe der Gratulanten einzureihen, die sich rund um das Brautpaar gebildet hatte.

Das festliche Mahl verlief reibungslos. Nicht nur mangels Brautvater, sondern weil er fand, dass es zeitgemäß war, hatte Ole selbst die Tischrede geschwungen. Er hieß alle Gäste herzlich willkommen und klärte über den Grund der Sitzordnung auf. »So könnt ihr euch ein bisschen näherkommen und müsst nicht warten, bis ihr genug Korn intus habt.«

Als sich alle den Bauch vollgeschlagen und die

ersten Runden Korn herumgereicht waren, zog Ole sein Jackett aus. Alle Herren atmeten auf und taten es ihm gleich. Margreta fiel auf, dass Knutsen diese Tatsache trotzdem nicht entspannte. Er wurde immer nervöser, guckte ständig auf die Uhr oder rieb seine Hände an seiner Hose. Sie verlor ihn aus dem Blick, als Tante Ria sie in Beschlag nahm. Sie konnte es nicht verstehen, warum ihr der nette Kellner keinen Schoppen bringen wollte, obwohl sie ihn bereits mehrmals in Auftrag gegeben hatte. Es dauerte eine Weile, bis Margreta ihr klar gemacht hatte, dass die Norddeutschen in der Regel keinen Apfelwein tranken und ihn ein Restaurant nicht vorrätig hatte. »Noch nicht mal einen Süßgespritzten?« Enttäuscht von ihrer ersten Reise in die norddeutschen Gefilde kehrte Tante Ria zu ihrem Platz zurück, wo sie eine ganze Weile kopfschüttelnd dasaß.

Auf einmal wurde es ganz still im Saal, denn auf der kleinen Bühne tat sich etwas. Etwa 20 Mann in schwarzen Hosen, Fischerhemd und rotem Halstuch betraten nebst einem Akkordeonspieler die Bühne. Margreta erkannte unter ihnen Hauptkommissar Jan Knutsen, der sich in die hintere Reihe der Sänger stellte. Als der Dirigent den Taktstock hob, waren alle Gäste mucksmäuschenstill. Dann setzte der Chor ein zum Lied ›Leben im hohen Norden‹.

Als der letzte Ton verklungen war und die Gäste den Shantychor mit gebührendem Applaus entlohnt hatten, trat Knutsen ans Mikrofon. Er räusperte sich mehrmals. »Ja, liebe Marjolein, lieber Ole. Ich hoffe, euch hat der kleine Liedbeitrag meines geliebten Shantychors ›Stormgebrus‹ gefallen, denn nun kommt eine Überraschung für euch.«

Mit einer Handbewegung bat er den Akkordeonspieler zu sich, der in der Zwischenzeit sein Akkordeon gegen eine Gitarre ausgetauscht hatte. Er positionierte sich neben Knutsen, der am Mikrofon blieb. Als Erstes spielte der Gitarrist Saite für Saite einen Akkord, dann setzte der Chor zu einem leisen Summen an. Margreta kannte das Lied schon, bevor Knutsens wunderschöner Bass den ganzen Saal erfüllte.

*Dat du min Leevsten büst,*
*dat du woll weeßt.*
*Kumm bi de Nacht, kumm bi de Nacht,*
*Segg, wo du heeßt!*

*Kumm du üm Middernacht,*
*kumm du Klock een!*
*Vader slöpt, Moder slöpt,*
*ick slap alleen.*

*Klopp an de Kammerdör,*
*fat an de Klink!*
*Vader meent, Moder meent,*
*dat deit de Wind.*

*Kummt denn de Morgenstund,*
*kreiht de ol Hahn,*

*Leevster min, Leevster min,*
*denn mößt du gahn!*

*Sachen den Gang henlank,*
*lies mid de Klink!*
*Vader meent, Moder meent,*
*dat deit de Wind.*

Viel später am Abend, als Marjolein und Ole unzählige Spiele überstanden hatten und die Hochzeitstorte angeschnitten war, fanden sich Margreta Mai und Hauptkommissar Knutsen auf zwei Stühlen am Rande der Feier wieder. Knutsen brauchte eine Pause von der Vogelsberger Verwandtschaft, Margreta eine von der Lübecker. Beide lächelten selig und waren froh, dass sie sich beim Ausruhen aneinander anlehnen durften.

»Sach mal, Margreta. Hast du das eigentlich gern gemacht?«

»Was denn, Jan?«

»Na, dieses Herumschnüffeln!«

»Das hab ich doch gar nicht, Jan!«

»Nee, das hast du immer gesagt. Aber gemacht hast du's trotzdem!«

»Hab ich das?«

»Jou!«

»Na, dann lass uns darauf einen trinken.«

»Jou! Dat machen wir. Aber Margreta?«

»Jou?«

»Bei meinem nächsten Fall, da mischt du dich nicht wieder so ein. Versprochen?«

»Versprochen, Jan!«

»Na dann. Prost, Margreta!«

Und schließlich lagen sie sich in den Armen und grölten gemeinsam, so laut ihre Stimmen es hergaben, Knutsens Lied: Dat du min Leevsten büst.

# DANKSAGUNG

Ich möchte mich ganz herzlich bei Conny Weyer, Christel Schneider und Mirko Draeger von der Polizei Hessen bedanken. Ihr habt mich spontan und unkompliziert in Sachen Polizeiarbeit und Spurensicherung beraten und wurdet nicht müde, meine unzähligen Fragen zu beantworten.

Mein Dank geht außerdem an meine wunderbare Familie. Wieder einmal standet ihr mir mit viel Rat und großer Tat beiseite.

Ihr alle seid großartig!

*Weitere Krimis finden Sie auf den folgenden Seiten und im Internet:*

**WWW.GMEINER-SPANNUNG.DE**

**C. GREF / M.SCHWAGMANN**
Die Seelenwärter

978-3-8392-1576-0 (Paperback)
978-3-8392-4441-8 (pdf)
978-3-8392-4440-1 (epub)

Halle 1805: Julius Weiland, der jüngere Bruder von Unterinspektor Weiland, beginnt ein Medizinstudium an der Friedrichs-Universität zu Halle. Doch an der Lehranstalt geschehen merkwürdige Dinge ... Betreibt Erasmus Brackhagen, eine Koryphäe auf dem Gebiet der Nervenkrankheiten, ein geheimes Forschungslabor und experimentiert an den »Irren«, wie die Geisteskranken genannt werden? Ausgerechnet Brackhagen, der widerliche Frischvermählte von Eleonore – der Frau, die Julius um alles in der Welt liebt!

**CHRISTIANE GREF / MEIKE SCHWAGMANN**
Die Schädeljäger

978-3-8392-1298-1 (Paperback)
978-3-8392-3917-9 (pdf)
978-3-8392-3916-2 (epub)

»Lässt sich die Seele anhand eines Schädels vermessen? Ein spannender historischer Thriller vor atemberaubender Kulisse.«

Weimar, 1805. Die Heimat der deutschen Klassik steht Kopf: Eine blutige Spur enthaupteter Leichen führt durch die Stadt. Zur selben Zeit präsentiert der Phrenologe Dr. Franz Josef Gall seine umfangreiche Schädelsammlung in den Hörsälen Weimars. Hat er etwas mit den Morden zu tun? Als der Weinhändler Adrian Dennfelder das Angebot ausschlägt, seinen Schädel vermessen zu lassen, wird es auch für ihn gefährlich. Er muss den Täter finden, will er nicht selbst der nächste Kopflose sein …

# Das Neueste aus der Gmeiner-Bibliothek

**Unser Lesermagazin**

Bestellen Sie das kostenlose Krimi-Journal in Ihrer Buchhandlung oder unter www.gmeiner-verlag.de

**Informieren Sie sich ...**

**www** ... auf unserer Homepage:
www.gmeiner-verlag.de

**@** ... über unseren Newsletter:
Melden Sie sich für unseren Newsletter an unter www.gmeiner-verlag.de/newsletter

**f** ... werden Sie Fan auf Facebook:
www.facebook.com/gmeiner.verlag

**Mitmachen und gewinnen!**

Schicken Sie uns Ihre Meinung zu unseren Büchern per Mail an gewinnspiel@gmeiner-verlag.de und nehmen Sie automatisch an unserem Jahresgewinnspiel mit »mörderisch guten« Preisen teil!